咬人的城镇

赵广建 著

天津出版传媒集团

百花文艺出版社

图书在版编目（CIP）数据

咬人的城镇 / 赵广建著. -- 天津：百花文艺出版社, 2013.5

ISBN 978-7-5306-6298-4

Ⅰ. ①咬… Ⅱ. ①赵… Ⅲ. ①小说集–中国–当代 Ⅳ. ①I247

中国版本图书馆 CIP 数据核字(2013)第 108565 号

选题策划：李跃　　　　　装帧设计：刁子勇
责任编辑：李跃　　　　　责任校对：陈凯

出版人：李华敏
出版发行：百花文艺出版社
地址：天津市和平区西康路 35 号　　邮编：300051
电话传真：　+86-22-23332651（发行部）
　　　　　　+86-22-23332656（总编室）
　　　　　　+86-22-23332478（邮购部）
主页：http://www.bhpubl.com.cn
印刷：天津泰宇印务有限公司
开本：880×1230 毫米　　1/32
字数：186 千字　　　插页：2
印张：9.5
版次：2013 年 5 月第 1 版
印次：2013 年 5 月第 1 次印刷
定价：20.00 元

目　录

短篇小说

序

　　我老家住在河北藁城东门里的南后街上。儿时的印象里，那里的许多人并不是为了钱和权去活着，这个小说集里的许多中心人物，就是从那里沉淀出来的，大都有真实模特儿。在《咬人的村庄》集子里，多是现实批判，而后来的写作中，我想突出正面形象，以此弘扬我们民族勤劳善良的传统美德。去年，我的《老硬服软》一组小小说在天津市第二十届"文化杯"全国梁斌小说奖评奖中获了奖，就拿当时的"获奖感言"作为这个集子的"序"吧。虽然集子里中短篇小说占了大量篇幅，但也许能道出写这些作品的某些想法；也就是发表《老硬服软》这组小稿的同期，《天津日报·文艺周刊》宋曙光老师配发了《编辑手记》，他多年来对我发稿和出书给予了无私的帮教和支持，作为老师和朋友，把他的《编辑手记》也作为此书的序言，也许是我表示感谢和敬重的最好方式了。

　　获奖感言全文如下：

各位老师、各位朋友：大家好！

　　我叫赵广建，当了25年兵，干了15年金融，却在业余时间写了三十多年小说。有人说我写小说是不务正业。我说，人活着不能没有想法，有人愿意把想法说在嘴上给人听，有人愿意把想法写在纸上给人看，"看"能让人静下心来思考，这或许是我死心眼子写小说的一个因由。实践证明，活在世上不光是工作，有个业余爱好挺好。

今天得奖，感谢万分的同时又十分惭愧。二十年前的文章和今天相比，我认为自己并没多大长进。拿不出像样儿的作品来撼动人心，自问确实非常有愧，好在今天的激励机制建得好，奖励对我既是个鼓励，更是鞭策。今后，我必须老老实实坐下来，认真写好自己的"想法"。

小说写人，人活于社会，社会在矛盾和冲突中动荡前行，怎样鲜明地刻画出人在社会中的个性和本性，是我认真写好小说的关键，也是我搞好创作的难处。我的小说大多是有感而发，没有专门坐下来编写过，尤其是当自己的思想和社会上某些现象产生冲突非写不可时，动笔就是时候了，这也许是我自身狭隘而写不出敲人心髓力作的一个原因。

《老硬服软》这组小小说，形式上是此人向个别现象服软，但实质上我想表达的是他必须向中华民族的传统美德服软。有钱算什么呢？当官算什么呢？劳动和人民才是社会的要素。我在银行多年工作中见到，改革开放使部分人富裕起来之后，有些人充满了拜金主义，有奶便是娘，看钱比爹亲——好像全世界都在为自身利益打仗，国与国之间，家与家之间，甚至有的父母儿女、兄弟姐妹、亲戚朋友、夫妻邻里大打出手，闹得六亲不认，不可开交，但这些现象代表不了社会发展的主流。

我单位有个每月只挣几百元钱的临时工，她父亲见她生活困难，非要给她两万块钱，她说："我不要，花自己劳动挣来的钱心里踏实。"她那种当今社会中视劳动为光荣的行为，让我十分感动；我大姐单位房改要她补交 3 万元钱，我说："我为姐家立功的机会到了，这钱我出。"大姐说："我不背你那个包袱。别以为你是行长，那不是被人尊重的根本。"

这些撞击我心魂的生活素材,都给了我提笔的动力和理由。

我们中华民族的传统美德不是拜金主义,不是争权夺利、弄虚作假,而是勤劳和善良,是讲究珍惜生命、热爱生活、不畏困苦、乐于助人的多面日月。实践告诉我们,人活着,除了名利,为国为民为社会要做的有意义的事情还很多。我老家同街一个103岁的老人,她的一句话让我写了一个叫《物件儿》的中篇小说,她说:"俺妯娌7个,她们活不过我,是她们舍不得自家手里那点物件儿。"人为财死,形形色色,唯百岁人心中有一块净土!

还有,有些人富了之后,本来是劳动人民出身,转而瞧不起劳动和劳动者,本来是穷苦人出身,转而瞧不起穷人,他们不是用自我富裕帮帮身边或国家,而是把巨额财产转移到国外去,那受益的会是中国人吗?个别人一心想着自己,潜移默化影响或引导孩子上学的目的是为了出国,出国的目的是为了挣钱,挣钱的目的是为了享受,甚至有些人无聊到迷信拜神完全找不到自我的程度、腐朽糜烂到了监狱的边缘,中华民族会沿那样的险境走下去吗?历史会容忍那样的现象持续下去吗?我想是不会的。历史会按照自行的逻辑进行自我修正的。这些"亡我"、"灭国"现象,代表不了我们民族发展的主旨,更成为不了中华民族的铁骨和脊梁,反倒成了我笔下贬讽的对象……

小说也是宣传,以此弘扬自身民族的正义和劳苦大众的勤善,是我作为作者应有的责任。还是那句老话:我热爱劳动,热爱劳动民众,愿勤劳善良做人,一辈子身心在穷苦百姓当中。虽然于生活之路,于工作和创作之路,自己像是患了双膝麻痹的病人,每前行一步都要付出艰辛的代价,但愿这代价能换来他人幸福,唤醒他人去创造美好,认识罪恶……

2011年10月28日

从赵广建的《老硬服软》谈起

　　很高兴又读到赵广建的小小说。这组《老硬服软》，虽是广建乡村小说系列中的一组新作，但已在他的电脑里存放多日，之所以迟迟没有往外拿，是想"多放放，再改改"。广建很是看重自己的作品，每有新作，都像对待自己的孩子一样珍视。广建的小小说，从来都不是急就章，而是长期怀胎的结晶，那些只有几百字的小短篇，有的竟然在他心里存放了若干年，直到构思成熟，他才会动笔写出来，这种"久酿"的小说，自然就有了令人咀嚼的味道。

　　《老硬服软》这组小小说，依然保持了广建以往的风格，从语言到构思都是他的"原装"。广建刻画出的这个老硬，肯定是他河北藁城市的一个老乡，但又绝不是具体的某一个人，而是被"塑造"出来的一个小说人物。"老硬的故事"应该来自多个姓氏，广建只是利用这个老硬，讲出了自己心里想说的话，即作者对生活和对人生的理解。

　　比如这个老硬，广建推出这个新人物的目的，就是试图通过这个富裕起来的农民，说明并非有了金钱就可以拥有一切，进而折射出当今社会不能唯钱是图，还应有亲情，有道德，有国格。尽管老硬的本性没有变,心地向善的本质没有变,但生活的改变、时代的变革,还是在他的身上起到了潜移默化的影响,他在有钱之后的行为作派,自然就会处处碰壁。为此,他不得不向亲弟服软,(《说软话》),在姐家输了颜面(《碰鼻子》),并遭到老奶奶数落(《指路》),为邻家的丧事而尽失情分(《扔猪》)……老硬与亲人、乡邻之间的关系,确因金钱而出现了隔膜,老硬该怎样处理并解决这些矛盾? 这也正是小说蕴含的深意。

广建在设计这个老硬时,同时还设计了多个不同性质的老硬,他们虽然在即将完稿的小说中都叫老硬,故事却不相同,而且反差较大,显示了广建对生活的熟悉和对乡村人物的准确把握,也使读者有了更热切的期待。广建从农村来到城市,其根脉一直扎在乡间老宅,城市改变不了他的原籍。他的小小说中的主人是乡里乡亲,语言地道、手法娴熟,无论哪类形象都绝对是土生土长、原生原态。

用小小说塑造人物并非易事,仅就篇幅而言就相当困难,而广建的作品又都是几百字一篇的小小说,他所要做的和必能做到的,应是塑造人物群像,即以精短篇幅成组地刻画系列人物。在他已经创作完成的几十万字的小说作品中,人物形象已是极为丰富,除了那些熟络的爷、奶、爹、娘、儿、孙、儿媳、侄子、妯娌之外,他还塑造了更多的有名有姓的人物群像。"老硬的故事"中的老硬,便应是其中之一。

为了写好小说,广建经常要回老家"接地气",只要回到乡村的土地上,他就有了小说的感觉,语言就顺畅,冥想难解的问题就有了答案。这组《老硬服软》中的情节,有些就是来自他本人的经历,他几乎所有的作品,都能在乡间找到依据,老家是他的灵感之源,是他的写作宝库。

从上世纪 80 年代初,广建开始在《天津日报?文艺周刊》发表小小说作品,迄今已近三十年,他依旧不改对文学的初衷,在白天劳作之后的夜晚和假日,坐在电脑前敲击键盘,与脑海里活跃的文学人物逐个交谈,然后将他们送上报刊,走进作品集《咬人的村庄》。

说起来,我和广建近三十年交往,就是缘于文字之交。那时他在天津警备区任职,因为爱好写作才使得我们之间有了如此漫长的友谊。虽然他发表在《天津日报?文艺周刊》上的首篇小小说由我责编,但虽后这么多年,包括为他刊出小小说专版、编纂小说集《咬人的村庄》等,我都没为他的作品写过什么。

以上想到的,也是在编发他的这组小小说时,一时的有感而发。我始终认为,广建的小小说是他人难以企及的,尽管是业余创作,他所达到的艺术水准也是属于高位的,特别是他的小说语言和小说结尾,都是别人所学不去的。

宋曙光
发表于 2011 年 5 月 12 日《天津日报》

小小说

算　卦

　　都说老海会算卦，谁也没见过他出手。

　　八月十五赏月间，老伙计们在他家外院银光下围桌喝酒，也不晓谁先嚼了一舌头，院里顿时热闹起来，众人非要老海算算李家的金大碗最终归了哪去。

　　老海笑笑说："这还用算吗？李家祖传的金大碗不是归了他家李小满了吗？问得荒唐！"

　　众人哄然笑了。

　　老海说："笑嘛呢？是不是归了他？"

　　权子爹端起酒说："罚你！谁不晓那贼羔子啥材料，睁眼说胡话，喝了这杯罚酒再说！"

　　老海没理会，近乎自豪地说："小满他爷爷当年可是咱县的名望人物，那买卖做得才叫气派，日进斗金不说，光金大碗就打发过无数，听说这金碗就是当年添置下来的。"

　　权子爹说："咋不说他爹他娘为保金碗吃了多少苦头呢？挨批挨斗差些个没把命搭上。爹娘要是没守牢靠，那金碗早不晓得飞哪去了。"

　　老海说："上辈人起早贪黑，吃苦受累为的啥？不就是为了把积攒留给后人吗？这金大碗可是给咱镇争下过不少门面呢！我算过一卦,照他家如今养儿的过法儿,归给他家李小满是时候了。"

权子爹说:"归他?那狗日的从小当皇帝,要星星爹娘不敢给月亮,如今好吃懒做,整天游手好闲,哪来的好事给他?看那软样儿,早晚李家败在他手上。"

老海笑着说:"那更是他的了。李家老人们的心愿总算兑现了!"

权子爹说:"这是你算的卦吗?那碗在省城拍卖场上早卖屎了,落他手上个蛋!"

老海说:"落不到他手上,落谁手上了?你说,落谁手上了?"

"落人家马家手上了!"权子爹毫不客气地说,"眼睁睁姓马的把金碗买走,你咋闭眼说胡话呢?"

"咋算胡话,咋算胡话?"老海急了,"你咋越老越糊涂呢,你没听说过吗?钱在谁手里不是谁的,那是社会的,谁花了才是谁的,对吗?"

"对。"

"那李家的钱,谁花了?"

权子爹瞪眼。

老海教训说:"老子不花留给儿子,儿子不花留给孙子,他李爷为啥倒腾买卖置来金大碗?小满爹娘为啥吃尽苦头保住金大碗?不都是为了这一天嘛——叫李小满花掉!谁花了,钱归了谁。我说得不对吗?你说他是不肖子孙,你说他是可恨的孽障,谁家的钱不是最后留给不肖子孙花掉呢?你说!"

权子爹目瞪口呆,满院子人也目瞪口呆。

怀　底

　　管生在张家扛长活时，待少东家最为心热，还习惯向东家老爷说："甭操心，有我盯着哩。"及至他当了大管家，他的儿子和少东家都长到十几岁时，他还常说"我盯着"那句话，让东家自管对他放心。

　　管生对儿子管教极严，粗活累活样样叫干，包括少东家玩耍的木枪、纸船、弹弓子、风筝，都叫儿子亲手做好、拱手奉送，且家里好吃、好喝必先孝敬了家中老人才能轮到晚辈享用。管生儿子干活从不偷懒，平日也从不向家里张嘴要钱要物，他养成的是自己动手、一心想助别人的习惯。

　　管生对少东家就不同，他视少东家比大东家还亲，每有好吃好喝必先备上，不管别人如何，少东家总会得到最好的那份儿，喜得老爷和老太爷都夸管生当管家当得最好。

　　话说转眼已是了老太爷下世、少东家娶了媳妇的年月，老东家突然得了半身不遂，家里任事儿顶不上饯了，管生依然对东家尽心尽力、言听计从，依然把家里管理得有章有序、井井有条，只是所有大事小情全部靠给了少东家，对老东家不说那句"我盯着"的热心话了，改口更多说的是"您看这事……"之类的客套话，总是顺着少爷让他傲慢说："我不管，你看着办去。"依然侍候少爷衣来伸手,饭来张口,横吃横喝,不管旁人,家里的大事小情都要靠给管生去做。

又几年,老爷下世了,管生也老了,他回到家里不再为东家当差。

管生回到家里时,他家已是豪宅大院富响八乡,儿子已盖房、置地样样能干。儿在小时候就会家里的活计,干完了帮邻居,长大后,更是帮了邻居帮外头,啥事都会无惧苦累,头头是道,等到成家立业做上买卖时,把持家里的日子像雪球一样越滚越大,钱财也越聚越多,而当年的少东家早已把家里挥霍得瓢干碗净,贫困潦倒了。少东家把自家屋院卖完之后,又盼着挣大钱捞回来,四处借债,到处去赌,最后落得出门要饭,一直要到了管生家门口。

管生又见到少东家时,依然极是客气,给了许多好吃的,目送他走出去老远……

少东家走后,街上见到管生送少东家的人们议论说:“管生对东家一家可是不薄……”议论人群中二秀爷最有学问,他胸有成竹地揭底说:“他待儿子苦,那是他亲他儿子,儿子才有了今天。他待少东家甜,那是他恨他东家,少东家也才有了今日!他怀揣二心哩。”

众人愕然。

后　果（四题）

臭　棋

傻杰不识字,甭说爹娘,连自个儿的名字也写不囫囵。他笨头笨脑在哪也瞅不见出息。谁晓,后来跟他叔学会了下象棋,一发不可收拾,赢得半条街的棋迷拍屁股瞪眼。

这天,村长把傻杰叫到跟前说:"傻杰呀,明儿镇长来检查咱村工作。他喜欢下象棋,你不是会摆个全棋吗?饭后跟镇长比划一把。甭怕,自管放心下。但有一条得记住,不能赢,只能下平。记住喽不?"傻杰说:"记住啦。"之后,抓抓脑皮问,"那要是不小心,输了呢?"村长说:"输了不要紧,输了再来。不能赢,赢了就麻烦了。"傻杰嘿嘿一笑,表示明白了。

转眼间,棋已下上。围观众人清清楚楚看到,镇长左一招,右一招,招招棒槌敲后腰,直杀得傻杰只有招架之功,不见还手之力,似乎傻杰真的无可奈何了。眼看镇长杀到最后就要收官,傻杰突然保炮丢车,干脆利落地来了一个马后炮。镇长嘴唇一撇,棋,输了。这让在场观众十分尴尬,外加万分意外。殊不知,镇长可是全镇有名的大棋圣,在哪也没输过,尤其是在镇政府,无人不晓,

5

战无不胜,这会儿败在一个文盲手里,实在丢面子。害得村长抓耳挠腮,大骂傻杰是瞎猫碰上了死耗子。

正在尴尬之际,镇长秘书顶了上来。他站在棋前对傻杰说:"怎么样,我来和你试一招?"

傻杰笑笑说:"来来来,试一招,试一招。刚才……"他抓抓后脑勺儿,想起来村长之前的教导,后悔自己输棋着急把棋下"忘了"。可他心想,你又不是镇长,你要敢下,我非赢你个老牛不吃草儿不可!两人在众目睽睽之下对垒起来。

只见傻杰左一招,右一招,招招棒槌敲后腰,直杀得镇长秘书吸气咂舌,着急无奈。傻杰正乐,镇长秘书却已双车沉底,忽然来了一个二车挫。傻杰彻底输了,输了个老牛不吃草儿!

这又让在场棋迷拍屁股瞪眼,人们不光是新鲜傻杰输了棋,更遗憾镇长秘书下棋从没赢过镇长大人,怎么这会儿利利索索地就把强手赢了?

后来,镇长秘书被调离岗位后,撅在被窝里向老婆后悔说:"老子下了一把臭棋。光顾着为镇长出那口恶气了,忘了自己的发展战略!"

满　屋

李爷住屋很满,跟了孙子住进城里,屋比以先更满。

头过年,李爷屋里动静便大起来,除了归置存物,还有和孙子你来我往的钳嘴声。

"你把我捆报纸的尼龙绳扔哪啦?"当爷的吆喝孙子毫不含糊,为保卫旧物底气十足。

孙子一边翻找一边回答:"屋太满,不好找呢。爷,给您找来就是,孙没扔过。"劝爷不要着急,又解释,"上压下,外挡里,不好找呢。比百货店柜台后还满呢!"

当爷的还在喊:"找见了吗?我那捆报纸的尼龙绳呢?快拿

来！"

孙子手忙脚乱起来："这就来，这就来。"

李爷住屋满当得让人无法翻找，连他几十年前穿过的呢子大衣，多少年前用过的铁皮茶叶盒，都要如获至宝存放起来，谁要敢扔半个，定要引发口舌大战。久而久之，物件多了，屋内地盘小了，家里日子倒是满得红火。

这天，收废品的又来收报纸，李爷屋里动静更大起来。

"我那秤砣呢？你把我秤砣扔哪啦？"爷很不耐烦。

孙子小心回答："没人给您拾掇过。找找吧，孙没见呢。"

"咋就说没见呢？说过多少遍了，我的物件不叫你动，给我扔哪啦？"

"爷，孙不晓，孙不晓哩。"

"快给我找来！快找来！人家废品师傅还等着呢，快找来！"爷催促孙子即刻行动。

孙子说："人家那不是有秤吗？就用人家的称吧。"

爷急了，惊目大吼："他的秤准吗？你瞅瞅他的秤准吗？连个秤盘都没有，一秤就少二两多，想败家呀?！"

孙子不敢着急，耐心劝导："甭那么省细了，孙不指望您的积蓄过日月呢。您的钱自个儿花，甭那么省细了。"

当爷的根本不听那一套，连个硬纸板、小布头都要事先称好了再卖……

李爷去世后，孙子花 3 万元换了家里的电器，又花 5 万元更换了家具，没出月余就把爷的存款打发了，满屋的物件留几件做纪念，剩下的全被废品师傅收走。

往外搬物这天，孙子抹着眼泪一再说："这是我爷爷一辈子的积攒。可我实在没用处，饶了孙的不孝吧……"

李爷住屋确实很大，如今又满了，是孙的家具和重孙的玩具之类。

罪　犯

朱大栓半句话也没留下就走了。谁也没料到他会走得这么麻利,没闹上半个动静。头天黑夜还在老伙计们下棋的人堆儿里"支嘴儿",第二天前半晌被人发现躺在床上不动时,人已凉透。更让人惊奇的是,老家伙走后,人们在箱里翻找新衣裳时,无意间发现了一大摞存单,儿子朱小秋一数,少说也有一百多万!这让全村人整体傻眼。

咋能呢?一辈子无声无息省吃俭用的主儿,做人做事从不张扬,那存单该不是天上掉下来的吧?!人们只晓得刚改革开放那几年,他倒卖过猪皮,听说是抱了金罐,后来老伴儿一归西,他就收了手,悠悠达达在街上磨鞋,吃也不起眼,穿也不起眼,家里院里全是外甥打灯笼——照舅(旧),彩电、冰箱一应家具与旁人家并无二样,平日东家出殡随份子,西家成亲拿礼钱,旁人30他30,旁人50他50,既不露富,也不哭穷,小眼筛子——不漏大渣。久而久之,人们也都认为他即使是有钱,也多不到哪去,反正暖身香嘴不成问题,根本没想到他竟然有大钱压箱。

前几年媒婆踏破门槛为他介绍老伴儿时,他铁嘴推过之后,也就没人再张罗了,还是东邻的小秋婶子最疼他,非要张罗一个不可。他说:"那多烦!一个人饱肚暖身多安生。"不让再提。小秋婶子就笑话他是铁公鸡,怕续上老伴儿分他折子钱,吓得朱大栓整整三宿没合眼。小秋婶子开导说:"给嘹外人不情愿,给自家孩子张罗个营生,总该是个正经。"朱大栓就说:"老子牙缝里挤下来的那点家当,叫他个败家子糟蹋嘹?呸,他压根儿就不是那跑买卖的材料!他随他媳妇儿在乡里浑事儿,日子过得也不赖,轮不着我对他孝敬!"也就不再多舌。

他家小秋从小就安生,长大后跑营生,近几年在乡里浑事儿,日子也还平稳。这会儿,朱大栓突然"驾崩",家里一切由小秋做主,留下的票子终于叫后人直起腰来。朱小秋就不是了以先的派头，不出半年工夫，家里的房子、家电全部翻新，后添的小汽车、摄像机、电动麻将桌一应俱全。再后来，小秋也不上班了，白天逛城里、下馆子，黑天打麻将、找女人，家家都赞叹他家有大钱，传说他爹给他留下了金罐罐，八辈子也花销不完。

这么花天酒地折腾了不到一年，小秋突然不见了，包括那辆惹人眼瓣的小汽车。他家院里比朱大栓在世那会儿还寂静，连小秋媳妇、小秋的孩子都无影无踪了。村上就开始有人打听这一家人的下落。有人小声问小秋婶子，小秋婶子哑着嗓门儿说："小秋早被公安抓进大狱了。他在城里下赌注，连他媳妇儿都输给了人家，媳妇儿带着孩子跑了。"

人们又来了一个整体傻眼。

朱小秋进了大狱，连媳妇儿都丢了！村上人们都这么传说着，朱家新名声很快又飞扬四乡……

柴 火

天已暮，秋月把山圈远近渐渐染来了灰白。就在月儿刚明尚未大明，晚饭正吃尚未吃尽的工夫里，街上的喧闹声把一家人都呼唤得撂下了碗筷。最先是大儿子探来的口信，说是后山林场修林子，树桃子、树枝子全要照顾乡亲们，谁家愿意要就谁家拉走。破布袋这就急了眼，连碗里那口菜粥都没顾上喝光，吆喝上妻小慌忙往后山林场里跑。

路上，人们都在疯狂往回拉拽，高高低低的山坡上、地沟里全是人。翻过前山，下到后山，破布袋一边解着腰间的毛绳，一边飞跑着冲进了林间。乱林中，人们都在发急，一片片骚动的黑影连同噪叫声，打破了山林里的寂静。

破布袋一辈子上山砍柴没经历过这样的场面，他呼唤妻小捆绑拉拽比逛大庙、赶大集还激动，全家人各自为战，不大工夫家里便堆满了柴火。

　　破布袋早已脱光了脊梁，花白的头上冒着热气，连拉带拽，一会儿就回家一遭。老母亲拄着拐杖赶到门口说："儿哎，身子骨不强就少拉个儿，叫娃们去就是了，这些烂柴火又不是多好个物件，没尽哩。我一辈子侍柴弄火，再多也不够烧。山在不愁柴，拉拽够烧就行了。"破布袋顾不上回话，大步流星又急忙向后山奔去。

　　大约是后半夜，山上树上静了下来。破布袋回到院中看着满院的柴火乐开了花，多年少见地笑着说："哈哈，一冬不用愁柴了……"身一仰，倒在了地上。

　　当四邻五舍闻讯赶来尚未把人送去医院时，破布袋早已挺身瞪眼没了气喘。

　　出殡这天，他家院里院外堆满了柴火，人们挤不进院里去，好多亲戚立在街门口服丧。破布袋安详地躺在灵床上，像院里那堆柴火一样在等烧。

睦　道

　　冯、顾两家多年为邻，一直睦好。冯家婚丧嫁娶，迎来送往无不扯上顾家，顾家修房盖屋，大事小情无不把好邻扯上。其实，两家户主禀性、爱好并不相投。冯家户主冯洛广依着家底厚实，为人处世从不拘小节，做事大大咧咧，待人粗放热情，没有为鸡毛蒜皮惹生过是非，且一直财临福进，生意兴隆，把自家日月打发得十分红火。顾家全然不同，户主顾得平胆小怕事，谦恭谨慎，为人处世不善张扬，且省吃俭用，细致周到，日子过得极其平稳。两家一粗一细，一富一平，日月也算凑合。

　　这年，冯洛广花大钱买回来一只京巴儿狗，引来四邻无不热眼向往。那狗毛茸身，狮子头，扇风耳，绣球脚，十分惹人爱怜。只是性情好动，整天叫唤，惹得善邻户主顾得平烦躁不安，时常着急上火，本就神经衰弱的主儿，更加弱衰了神经！

　　这叫人如何是好！

　　此类事件如若放在别人家，祸福难测，放在顾家处理，却是小事一桩。

　　冯洛广视狗如子，百般珍护，甭说对狗进行打骂，就连旁人怒上一眼、喝上一声，他也十分不满，且会当场发作，给人难堪。作为多年善邻，顾得平深知事脉，早有主张。只见日后的日月里，两家来往中出现如此场面:逗狗队伍中多了一位常客。闲工夫里,顾得平非但拿狗解闷儿,还会奴颜婢膝地随身带来大肉骨头之类的上好食品大大方方为狗尽孝。

那狗果然灵性,狼吞虎咽,牙口极好,从来都把面子给足了邻居,每每食过自家大餐,又把善邻的大鱼大肉一扫而光。不久,便膘肥体胖,十分发福了。

自然,接下来的后果不言自明:

狗——慢慢撑死。

邻——依旧睦好。

撵　狗

二宝爹在炕上几天几宿没睁眼,只进气,不出气,眼睁睁看出没几天灯油可熬的架势。

二宝一早风风火火赶往村长家时,门里大黄狗早已扑叫过来,害得二宝抄起地上一根秫秸棒,没头没脑向那老狗砸去。老狗夹尾巴跑开了,躲身远处狂叫不休。

村长正坐在堂屋门口抽烟,见二宝向老狗狂呼狂舞,笑呵呵说:"宝子呀,谁又招惹你啦,这么兴师动众。"

二宝正在火头上,又向那狗呼扇了几下子,把狗赶远后,他喘息未定地说:"我爹有一晌没一晌了,寿衣、鞋帽全都备齐。老人百年后,往哪埋呀?连块坟地都没有!"专程来找村长求情,想为他爹要块坟地。

村长说:"咱村紧挨城里,人多地少已是多年,我也难呀!"唉声叹气打哼哈,不往正题上拉扯。

二宝见狗又要过来,先拣急话说:"那也得把人埋下呀,总不能把骨灰摆上炕头吧!"

村长说:"老坟上挤挤呗,挤挤、挤挤,咋说也得给先人找块落脚处。"站起来连门也没出,像刚才撵狗一样把二宝撵走了。

二宝走后,村长家也没闲着。

今儿是村长疯狂撵狗。他往城里乡长家求人时,那门里也是一条大黄狗狂叫,村长脱下上衣,没头没脑一阵疯狂呼扇。那狗夹上尾巴跑开了,躲身远处狂叫不休。

乡长笑呵呵问:"啥事呀,这么心急?"

村长说:"我说老领导,这都多少年了,村上一代人一代人埋了平、平了埋,老坟地平、埋了多少人,连块竖碑的地眼都没有了,总得给俺村人找个葬身处呀!"

乡长说:"咱是城关乡,人多地少已是多年,我也难呀!"唉声叹气打哼哈,不往正题上拉扯。

村长说:"那也得埋人呀,总不能一家家把骨灰摆上炕头吧!"

乡长说:"老坟上挤挤呗,动员乡亲们老坟上挤挤、挤挤,咋说也得给先人找块落脚处。"三言两语把村长打发了。

出门时,那狗又向来人扑咬,村长又抡起来上衣向狗狂舞,撵狗架势比当初二宝还急。他是才从省城回来,查出来淋巴上生了绝症,也是有一晌没一晌可熬了,发急自个儿百年之后没处葬身。

回走的路上,村长一再垂头丧气地怨恨自己:"活该,谁让你做主把村上的闲地卖光了呢,活该!"

遗物儿(四题)

铜　瓢

　　新中国刚成立那年,善君爷爷才 16 岁。"四清"那年定阶级成分,他家成分定得挺高。当时人们说,善君爷爷跟着家人吃了 16 年好饭,那么一挂好肠子人家,应当全得受改造,善君爷爷便成了被改造对象。那年他才 31 岁。那些年里,村上没有电视机,也没有半导体收音机什么的, 善君爷爷傍晚出地回来头一件事是扫街,扫完街之后挑两桶水,拿铜瓢往街上泼,泼得街上既湿润,又清新;第二件事是到村部蹲在地上接受治保主任训话,深刻认识学做老实人,不得反攻倒算;第三件事是向村部交代近期新罪行,不然就在脖子里挂个牌子接受群众批斗。长年累月就这么一套来回重复,善君爷爷习惯成自然,脸上始终一个表情,既没怨愤,也没喜兴,从来就心如空天一样,没有过任何心潮起伏的时候。

　　大概是欧阳海挺身勇拦惊马的事迹出来之后,人们向英雄学了几年的一个秋后黄昏时分, 就在通往大队部的那条大街上,正当善君爷爷专心扫街的当口里,一辆马车惊悸人心地狂奔而来。当时,秋收出地回走的路人很多,加之放学后的娃们也都在路上玩耍,善君爷爷看在眼里,急在心上,二话没说就飞身向惊马扑了过去。或许是行动过猛,或许是有意准备,那泼水的铜瓢刮在了善君爷爷上衣衣兜上,并为拦住惊马起了帮手作用。生死紧要关头,善君爷爷拼命抓住辕里的马车缰绳,死不放手、豁命拉拽。惊马拖着他,一米、两米、十米、百米……在拉拽缰绳无果的紧急情况下,善君爷爷急中生智,抢起铜瓢向马头猛砸,一下、两下、三下、五下……惊马乱了方寸,仰首腾空……善君爷爷又果敢地伸腿绊住马腿……车翻了,惊马和人一同被压在了车帮下面……当人们赶来把人从车下救出来时,马和人都已气绝身亡!

殡埋了亡人,街人都在议论善君爷爷舍己救人是否能和英雄欧阳海相提并论评为烈士,村干们立即反驳说,简直是胡吣!欧阳海是解放军战士,救的是国家财产,为的是人民利益,善君爷爷是被改造对象,救的是二斤肉家那个站在车前不晓动窝的榆木疙瘩,那呆子长大了也出息不来个长把儿葫芦。没用!咋能和英雄相提并论呢?!善君爷爷的事便没人再问,死后的第二年就被街人忘得一干二净。曾经刮过老汉上衣兜的那个铜瓢倒是被街人议论了两年,之后也没再上街泼过清水,而是挂在自家水缸里舀水用着。

二十年前,村里使上了自来水,家中那铜瓢早没了用场,之后,家人、街人谁也没再见过、提过。

今年年下里,善君爹突然病得厉害,他把仨孩儿叫到炕前说:"你们虽说各自有了真本事,不把老子家业当回事儿,可老子还是把自留的家产分成了三份儿:一份儿是这房和地,一份儿是比这房地价钱也不少的存折和现金,一份儿是那个长了绿毛的铜瓢。你们看着分吧,要是兄弟和睦,就从大处往小处挑,要是兄弟不睦,就抓阄儿听命。"

善君是老大,他心如空天一样向爹说:"俺兄弟之间从来就和睦相好,我日子过得好,我先挑了。"说着,他拿了那铜瓢……

大 绳

立根儿爹会做冰雪。每年夏天一来,年轻人便推上捆绑着自制刨冰家当的架子车,走街串巷卖上了冰雪。

冰雪的制作在当时来说比较复杂,先是把河边冰窖里取来的大冰砸成小冰放进四周裹着棉被的木箱里,把木箱里的铁桶放进净水,再放上白糖盖严实,待净水成冰后,才开始制作冰雪。全部过程是这样做:从铁桶里取出来小冰块放在带齿轮的刨冰机里用力搅,边搅边往里放鲜鸡蛋和柠檬水,然后是想卖什么颜色,兑上什么颜料,几道工序完后,鲜鲜的冰雪便在炎炎烈日下闪出了晶莹耀眼的星光,格外鲜丽诱人,既好看,又好吃。当时冰棍儿二分钱一棵,而冰雪却卖五分钱一小碗。

头闹文化大革命那年冬天,许多干部因为贪污受贿进行了退赔和挨斗,被斗的人挨打挨骂很狼狈,有的还在街头挂着牌子示众,运动搞得格外认真。到了运动后期,有人在立根儿家门口指着立根儿爹脑门儿说,整完了干部,接着就得整治你们这些做小买卖的小商小贩;资本主义尾巴必定是要被割掉;你们是一根绳上的蚂蚱,蹦不了你,跑不了他! 立根儿爹就害怕起来,想到了解决问题的唯一办法——自杀。

那天是个大清早,盯了他三天三宿的立根儿娘去婆婆屋里为立根儿姐姐穿衣裳,也就是三五分钟的工夫,回来立根儿爹已经悬在了房梁上! 立根儿娘受到惊吓的当天就把肚里的孩子生下来了,是个大胖小子,取名叫了立根儿。

立根儿长大之后也像他爹一样,魁身斗头,慈眉善目,是个稳当厚道的好汉子,从不在街上招惹是非。立根儿成家后,日子过得很一般,前几年开小拖拉机跑运输,近几年换成大汽车之后,翻盖了新房,置全了家具,虽说手里有着活钱,日子还是过得平常稀松。

多年里,立根儿家正房山墙上一直挂着一个大书包,人们谁也不晓那书包里装着何物,谁也没去扒瞧过,谁也没有把问过,似乎街上也只有疑心的传说和淡然的猜测。

立根儿丈人很有钱,买卖上一直做得十分红火。当人们问及他女婿为嘛不跟他合伙做生意时,他生气地说:"谁拿大绳捆绑他手脚了?他打小就听他娘的话,钻进牛角尖里不出来,凡是生意一概不做!你说,放着刨冰机子不挣钱,存那破书包管个屁用!我闺女跟他把日月过到这般光景就算不错了!"

立根儿丈人摸到过实底,那书包里确实装着立根儿爹上吊的大绳。

存 折

是个秋里后半晌,艳阳天上四散着朵朵白云。俊义娘拄着拐棍儿慢悠悠来到曾子家,人还没在椅上坐稳,曾子娘早盘坐在炕沿上抹起了眼泪。

俊义娘说:"我也是放心不下才过来,既是这样……"说着说着也抹起泪来。

曾子娘擦过泪水说:"这不是没有的事吗!我孤儿寡母把他拉扯大,易不?那几年,要不是你家接济……"说着说着,早又泣不成声。

俊义娘开导说:"你家曾子光着脚往地里拾山芋那几年,可没少给俺家送柴火。那会儿,咱光忙着馋嘴了,也没见说过这么多闹心的事,手里连个折子都没有哩。"

曾子娘止了泪说:"谁说不是呢,那时候,谁晓折子是个啥物件!肚子委屈得整天咕咕叫,惦着馋嘴还馋不过来,谁还能想到银行存上个折子呢。"

俊义娘安慰说:"把地包到户里之后,你家曾子天天忙地,还顾着天天给我打水,多忙也没闲过。要不是那么勤快,哪能娶上这么好个媳妇,是娶了媳妇之后,咱才有了好日月。"

"也就是那二年才开始好过。那会儿也是紧巴,手里也就是有个三百五百,哪舍得花呀,省细着攒钱办厂子。你说说这大镇上,谁家媳妇比俺家曾子媳妇品行好?哪样儿不叫人可心?连他自个儿都说好。"

俊义娘说:"后来哩,后来厂子红火了,他还说媳妇好不?"

"他整天忙得连家门都顾不上回,哪还顾上管他媳妇。那厂子说个好,谁晓这么快就好起来,连媳妇也忘了!"

俊义娘说:"那会儿咱们手里都有钱了。"

"要说有,也没有上多少,都置了摆设。你看这满满当当的屋里,这楼,这机子们,不都是那几年添置的呀。先前镇上人们也都还没人说他不是。"

俊义娘说:"就是没多少,手里也有一万两万,我看你这几年也拿钱不当回事儿了。"

"可不是,我也是心疼他忙,任事儿上可着他的心思。看看他好不,出息不?坐上了小汽车,穿戴上了外国货,吸洋烟儿、喝洋酒……我那儿媳妇,多好哇,他真不该哩……"说着说着,曾子娘又抹起泪来。

"折子上怕也早有大数了吧?"俊义娘不想提曾子连累媳妇的事。

曾子娘说:"可别说折子了,要不是折子上存了大数,还没这一出儿接一出儿的烂心事儿哩!折子上倒是有了,人哩?人哩?"

俊义娘没敢再吱声,眼看着曾子娘泣不成声,咋还能提曾子进了大狱的事……

石　碑

也是几年不回一趟老家,回家后又住不上几天,多时也就不知晓了镇上的细端。

那时候,镇上还没发放宅基地这一说,秤杆娶了媳妇住东屋,他弟秤砣娶了媳妇住西屋,门对门,窗对窗,像人一样对着脸,住得倒是近了,吵起架来却也方便。

人们打早都晓得,秤杆媳妇像针尖,秤砣媳妇像麦芒,一个是不吃亏,一个是不饶人,针尖对麦芒,日月没法安生了。

秤砣媳妇武水花自打娶来住进小院里,就看秤杆媳妇杨鲜柳不顺眼,非要打一道南北院墙把两家分开过。墙没垒,秤杆媳妇先抻起脖来大喊大叫:"一满面盆大个院,垒上墙,咋走人呀?"

话没说完,秤砣媳妇早已叉腰递过脸来:"咋走不能走?又不是多大个人物,少轿没车的凑合着过,不行啊?"

"不行!"

"砖墙垒在俺这边,谁也管不着!"

"我就得管!"

"当大的就该不讲理了?老娘多大脸面没见过,怕你一个针尖尖!"

"不怕你试试!"

鼻子对鼻子,脸对脸,吵来了昏天黑地。砖和泥搅和了一院子,墙头却没有垒成。

当年秋里堆白菜,东屋的堆在院这头,西屋的堆在院那头,秤砣家闺女出门不小心踩在白菜上,秤杆媳妇大声吆喝:"长眼出气呀?脚下不晓个轻重!"

秤砣媳妇撩开门帘就回应:"谁长眼出气?她一个孩家走道不小心,不懂事,大人也不懂事了?说那不着调的浑账话!"

"谁浑账?你家崽子踩了白菜,谁浑账?"

"你家才狗崽!把那屎物装进狗窝里,谁去碰?啥好物件,谁稀罕!"

"啊——呸!"

"啊——呸!"

一场恶战打下来,鼻青脸肿才住手。街人拉架说:这是何苦来?对门是户的过日月,几时才个头呢?此话,直到 30 年后还让人记忆犹新。

今年又回老家,一早带着家人到镇东林地里遛圈子,路过林外一块小坟地,心想,这如今地皮还是那么金贵,连坟包都挤得一个个紧挨着,不经意间一扭头,看到了紧挨着的两块石碑,定睛细瞅,一块写着杨鲜柳之墓,一块写着武水花之墓,俩石碑一字排开紧挨着。

同

天近午时炮声还没断,胖娘一眼没小心碰见了丑货爹,她想躲闪老同学问话,低头走路却没躲开。

丑货爹迎上来笑呵呵说:"过年好,老同学。你家大胖回来啦?"

胖娘抬头怕露见泪脸,半扭半抬地回说道:"没有。他加班,他忙哩。"没敢实话实说。

丑货爹说:"娃没回,咋不进省城瞅瞅?"

"没……想上街买葱。"声音像个蚊子。

"大年初一,县城商店不开门,你家大胖那省城才有。"

胖娘没回嘴,心酸难忍地走开了。

五年前,也是在这大街上,胖娘碰见丑货爹,说:"老同学,俺家大胖买了房,定了亲,赶明儿住进省城,你也落脚去看看。"喜不自禁,笑逐颜开。

这会儿,她泪脸苍黄上街来,横竖怕提省城的事儿,也不提刚与大胖爹吵了架才出门来。她想叫大胖回家来过年,大胖媳妇不同意,她想进省城看孙子,儿媳妇来了电话说:"娘啊,甭来了。家里保姆住了屋,没处挤。孙子有人看哩。"不软不硬把门堵死。气得她向大胖爹发脾气。

　　大胖爹说："你该有气吗？要有气,上街扇自己脸去！"

　　胖娘气得泪流满面,跺脚摔碗跑上了街来。她到底是在与谁治气,心里翻江倒海言白不清,反正她是想到了,三十年前她对乡下婆婆说的话,如今儿媳妇对她也这么说："娘啊,甭来了。家里保姆住了屋,没处挤。孙子有人看哩。"不软不硬,把门也是堵得贼死。

狗　势

　　黑晌放学拾柴回来没了事干,嘎小们在镇东小陆家街门口热火朝天地斗狗。

　　此时,镇廓上空早已暮色苍茫,出地干活儿的大人们也已陆续开始往家返。只见小陆家的墨里虎与小眼家的雪里豹又嗷嗷撕咬起来,两只本地老笨儿一胖一瘦,一黑一白,疯狂撕咬出来的惨叫声,响彻半个镇上,扎人心府,刺人眼目,打斗出来的场面引来娃们一阵阵欢叫。

　　要说牛眼镇早有斗狗的风气,说不清哪天镇东的嘎小们心血来潮,带上自家的小黑找向镇西,说不清哪天镇西的嘎小们一哄而起,带上自家的大白找向镇东。双方先是站在远处叉腰抻臂地高声叫骂,一番舌战之后才会出现斗狗场景。大都是镇东的嘎小们向着镇东,镇西的嘎小们向着镇西,大人们从不围观,也从不多嘴,以确保双方胜败公正。但大都是谁家嘎小们在谁家地盘上,谁家老笨儿会把对方赶跑,这也是镇上多年不成文的惯例。

　　今儿个却出人意料。镇西的雪里豹一反常态,圆若雪熊的笨身却动如猛虎,行若飞鹞,凭借镇西嘎小们专程找来的必胜气势,在不利的地势上以强凌弱,上来就与坐守家门的墨里虎展开了撕咬。双方人马毫不示弱,互不相让,大有不胜对方誓不罢休的英雄气概。

小陆家墨里虎竖耳卷尾，灵活机动，虽是瘦弱单薄，但依仗地利英勇参战，拼命搏斗，眼看被小眼家的雪里豹咬得血流毛散，依然鏖战不休。尽管小陆早已喊破嗓门儿，镇东嘎小们又喊又叫，墨里虎还是越战越衰，节节败退，被雪里豹追咬得东逃西窜，狼狈不堪。

眼见胜败已定，雪里豹收兵前又远追几步把墨里虎赶向镇口时，局面却又发生了逆转，但见墨里虎反转其身，如猛虎下山一般反扑回来，威力无比地咬向追兵。这突如其来的阵势让所有助战队员大惑不解，雪里豹狼狈而逃，真正成了丧家之犬。

原来，小陆爹出地回来，老人随在了墨里虎后头。

老硬服软（五题）

说软话

老硬小时候家里穷得揭不开锅,吃了上顿没下顿的日子整天叫娘发愁,及到老硬懂事能干活儿时,娘还在炕头上叹息:"唉,咱家要是有两大瓮麦子'蹾'在门后头该多好!"说得老硬掉了眼泪。那时节,娘整天发愁发得睡不安生。

老硬从小听娘话,又勤善,又活便,后来娶妻生子,家里日子红火起来,他最先把两大瓮麦子"蹾"在了娘的屋门后头,总算是叫娘睡来了安生。

开头几年里,娘在舒坦日子里逢人都是笑模样,后来彩电、冰箱进家占了屋里地盘,娘就不愿意了,还是在炕头上叹息:"儿呀,把那两大瓮麦子挪到西厢房柴棚里吧,盖严了石头盖,小心别叫老鼠嗑着了就行。"也不瞅着麦瓮舒心了,恨不得早一天把那物件挪走。

老硬嘴里应了,实际腾不出来工夫拾掇。娘就整天嘟囔起来,发愁那麦子总也吃不干净,说是着急上火睡不安生,直到老硬挪走了麦瓮,娘才算又睡来了安生。

　　这两年,娘老得走不动了,老硬亲弟随老硬进城打工几年后,手里也有了大把票子,并且隔三差五地给娘捎回来,老硬娘心里犯起了迷糊,在炕头上叹息说自己又整天睡不安生了。

　　老硬就对亲弟说:"弟呀,咱娘的日子我管着,几时手里也没叫缺过……"

　　亲弟打断他的话说:"一年也回不来几遭看老人,你能代表弟对娘的孝敬吗?眼瞅着咱娘一天老过一天……"横竖不听亲哥的话。

　　老硬说:"弟呀,求你了,吃穿上老人家不委屈……"见亲弟瞪眼要争辩,又赶忙放软了口吻,"叫娘多活几年吧,省得娘整天睡不安生。"说着说着眼里还噙上了泪花。

　　老硬在街面上神气十足,却是头一遭为娘说起了软话。

碰鼻子

　　老硬从小没了爹,后来长大有了出息,完全沾的是娘和大姐的光。

　　今年实行新农村改造,大姐家要翻盖新房,老硬趾高气扬跑去大姐家,气派过人地仰坐在沙发上,把一大捆大票子往姐家茶几上一蹾,说:"姐,弟为姐家立功的机会到了。先用吧,不够了再言语!"完全一副救世主的样子,满是气量过人的派头。

　　大姐递上茶来,一边自己坐下来,一边笑呵呵说:"弟呀,把钱拿走吧。你姐夫这两年也没闲着,家里手头并不紧哩,等姐紧了再找你张嘴,这会儿不缺哩。"言语上不软不硬、不冷不热把老硬推进了阴凉里。

　　老硬生怕当姐的不好意思张嘴,赶忙说:"姐,弟是诚心实意,你弟妹也催弟过来送心意,弟心沟子里愿意孝敬姐家呢。"说得比唱得动听。

　　大姐说:"没有说谁心沟里藏着假意　姐家盖这几间砖房伤不

了元气,这会子不需要哩。"还是不软不硬往老硬热脑袋上浇凉水。

老硬说:"弟是实心实意。"

大姐说:"谁说你假心假意了?姐这会儿不需要——不需要。你晓得不?把钱拿走,姐需要的时候再去找你。"

老硬就梗上了脖子想向大姐发急。

大姐见状,厉目冲他说:"咋?有了钱,敢向大姐瞪眼啦?把钱拿走!我不稀罕哩。你拿钱来比划谁?你以为你有了钱就是爷啦?呸!甭说姐家这会子不缺,就是再缺钱,家里盖个土坯房,也用不着你来施舍。往后你少拿钱来压谁,想叫姐背你这个包袱、日后见你弯腰过日月呀?休想!你拿走。"横竖不给老硬台阶下。

老硬低头闭嘴不言声,屋里一片死寂。

姐见老硬要伤心,又接着说:"姐不是不心疼弟。这么多年你出钱出力养着咱娘,姐心里明镜一样知足着哩。甭惦记姐了,姐用钱时再找你。"还是不给老硬添面子。

老硬说:"姐,弟求你了。"

"甭求,求也没用。"

老硬低三下四说了一箩筐软话,高低没把这点面子拾回来,悻悻然出门时,不小心还在门框上碰了鼻子。

下 棋

自从进城赚了钱,老硬很少回村来下棋。以先,每逢夏里大热天,火阳把人烤得躲没处躲、藏没处藏时,老硬必会光着膀子,摇着蒲扇,端着半碗凉白开,挺着大肚皮坐在自家老槐树下与人下象棋。不大会儿,一准会有人动起手来。原来,碗子爹突然甩来马后炮,老硬猝不及防被将个一命呜呼,战争即刻爆发。

老硬总是在战争中慌忙抓棋的同时眉开眼笑:"退一步,退一步。"心急火燎地想缓棋。

碗子爹总是在战争中拿话噎他说："我退你也退。你不退,老子也不退。输不起甭下。"

老硬又不想输棋,又不肯让步,嘴里连连说着:"退一步,你就退一步。"二人就在那死挺着。

碗子爹说:"再退也是茅坑子里的味儿——臭棋(气)!"

老硬就急了:"不就一盘棋吗?看你那张狂!"头皮也爹起来,眼珠子也瞪起来,像是炸了窝的老母鸡。

冬日大冷天,火阳个老家伙也不晓得钻进后山躲藏到了哪,阴冷的寒风早把人们赶进了灯下暖屋里。老硬坐在自家炕头上叼着烟,品着茶水与锅子爹下象棋,又是前头那一幕,不大工夫两人就动起手来。

老硬又想缓棋。锅子爹说:"输起喽不?输不起甭下。"说着说着就没了好言语。

老硬又不想输棋,又不肯让步,嘴里连连说着"退一步,你退一步。"急得俩眼珠子恨不得挤出来当铃铛,二人就在那死挺着,最终不欢而散。

今年春里回暖天儿,艳阳懒洋洋闲照在老硬家屋门口里。只见碗子爹和锅子爹一帮老家伙围在屋门口锁着舌头观战。老硬脸朝门外,门槛上坐一人脸朝门里,二人围定地桌下棋。谁知,那人三下五除二就把老硬赢了个屁滚尿流,根本没有还手之机。这样个丢人场面,放在以先,老硬定会不顾一切也要挽回面子要求让步缓棋,否则,定会大发雷霆,甚至把桌子掀翻。此刻,老硬一反常态,抓抓头,挠挠腮,闷一口热茶又仔细看那棋盘,见再也没了回天之力,忽然仰天大笑起来,那个舒心,那个开怀,村上几辈人也不曾见到过,嘴里还一个劲儿说着:"好,好,赢得好。再来一盘,再来一盘。"收拾残棋重摆。

老硬在街上是有了名的直性子,在下棋上格外要个脸面,赢得起,输不起。今儿他从城里回村来在家里下棋,一改素常粗俗表现,连站在一边观战的碗子爹和锅子爹他们也都异样地望着老硬纳闷儿。咋会呢？多年里,他可是头一遭输了棋不急啊。

原来,那赢棋的是他老硬的亲儿子!

指　路

春里半晌,老硬回村来探望亲娘还没进家门,一帮老邻居就把他堵在了街心闲扯皮,听他趾高气扬宣讲龟儿子如何长了大出息,如何考上了外国名牌大学。

老硬掩饰不住内心的喜傲,说:"人家非要把咱贼羔子留在那边上班,我媳妇听说之后也跟着添乱,想飞过去陪他住几年也办个绿卡。"羡慕得秋山娘那帮老娘儿们一个个口水都流在了地面上,眼珠子一个劲儿瞟老硬那明晃晃的大手表。

秋山娘听着听着就着急起来,不停地说:"我说他大伯,你可不能有了财气自己一家子跑到国外享清福,赶明儿个可要帮你大侄子也考上大学,飞到国外去享福哩!"

人们哄然大笑,都说秋山娘是癞蛤蟆想吃天鹅肉——登高妄想。

老硬见天已近晌,扭身正要走开,见一旁钗奶手扶拐杖坐在自家门墩儿上晒暖暖,顺便近上前去向老人使客气:

"婶儿啊,可好?"

"可好。"钗奶没抬头说。

"婶儿高寿,身子骨还这么硬朗,总算过上了好日子哩。"

钗奶抬头笑着说:"过上啦,过上啦。你哩,大侄子?"

"我也好着哩! 想叫我娘也搬进城里住,她横竖就是不去,非要在这老村里遭罪受。"

钗奶说:"赶明儿你回来把咱村拾掇拾掇不就先进了?"

老硬说:"我没那工夫呢,我想全家去国外住哩。"

钗奶笑呵呵问:"是吗? 会说外国话啦?"

"还不会。"

钗奶又问:"买外国房啦?"不等老硬回话,钗奶又说,"换不了自个儿那黑头发黑眼珠儿哩,还是咱村人能高看你一眼!孩子走了家里还剩几口人呀?"

"两口。"

"媳妇走了呢?"

"还剩我一口。"

"妻离了,子散了,家也就破了。自个儿瞅着房顶数日月,你日子好苦哇,孩子!"

说得老硬浑身像被扎上了花刺,苦笑笑说要回家去,扭头就走。

钗奶抬起来拐杖指着相反方向说:"你家街门在那边!"

扔　猪

老硬娘死了。老硬哭得死去活来。他把大把票子往炕上一甩,对大执事说:"自管花,钱上咱不能在街面上叫人说出来小气。"

大执事说:"我会看着办哩。你家肉上多加10斤,烟上多加10条,白酒每斤多加10块钱,外加随便喝,不能再多,也不能再好。"

老硬想发急。

大执事拦住说:"你家有钱能大办,西邻三堂家呢?三堂爹在炕上黏了多半年了,有今儿没明儿的说不清哪一会儿。你把量价抬上去,各家攀比着往上抬,抬来抬去缺钱人家的丧事就甭办了。"

老硬听明了深浅,改口叫大执事全权张罗。三堂他们四邻五舍一干人一连几天都来帮忙料理,他家丧事办得既体面又红火。

过后,老硬心里过意不去,非要给大执事和三堂他们酬劳。三堂一听就急了,想也没想瞪眼说:"你咋能这么做呢?我大娘自小看着俺们长大,待俺们像亲骨肉一样疼爱多年,她老人家贴心的好品性,你拿多少钱能换回来?如今人没了,别说守个三天五天,就是守个十天半月,是俺们当街坊晚辈应有的情分不?你想拿钱淹谁呀?咋能在最后最后拿钱糟蹋我大娘那点品性呢?"说得老硬恨不能找个地缝钻进去,大把票子没敢掏出来。

今年秋里,三堂爹死了,老硬生意上忙不过来,派人给三堂送来整猪的两大扇好肉。三堂在接到猪肉的当天就把那肉扔到了街上,大声骂道:"糟践谁呢?我爹自小对你老硬咋样?他老人家没了,不说回来守看半天,为老人送个行,扔个死猪打发谁呀?情分呢?你以为所有人都像你一样整天为钱忙死忙活的?呸,甭拿钱财糟蹋人家!"硬是不买老硬的账。

日后,闹得老硬回村见到三堂就腰软。

老硬上课（六题）

纠　风

刚收过麦，山花娘见老硬回来探亲，忙不迭跑去他家红脸张嘴要借钱，说是她家山花能不能升学心里没底数，人家校领导甩难听话给她难看脸子叫她心堵了半宿。

老硬站在门口笑脸回问道："借多少呢？麦子不是打在手里了？"

山花娘站在院心撅嘴说："要不是俺山花说她考了好分儿，要不是在学校碰上堵心脸子，我也不多心。狗娃娘数念我人糊涂，说如今时兴走门子打点，光麦钱不够……"

老硬又问："那借多少呀？"

回说一万。

老硬笑笑摆摆手："借一万去学校打发要饭的呀？拿一万送谁？那叫贿赂！给了领导他算受贿，判他一年，你算行贿，判你半年，这不是给人家、给自家添乱吗？违法乱纪的事，咱可不能干哩。"口气居高临下，像大领导在大场合演讲一样气量过人，"那可不行，歪门邪道万不可走。咱是本分人家，既然孩子考得不赖，能上不能上你就认头呗，别给人家找麻烦。举债添堵，白瞎了麦子钱！"

山花娘脸更红了,心里的小鼓敲上了腮帮子,站在院心翻白眼,撅嘴咽唾沫,扭脖子不挪窝。

老硬说:"妹子呀,几时在哥这叫你空手回过?是哥的钱穿在肋骨上拽不下吗?送那仨核桃俩枣管啥用!你家不是买牛搞副业吗?拿,买多少,哥全出。要是举债违法乱纪,坚决不干,那还不如在家等通知呢。"

山花娘嘴撅得能拴头小驴子,蔫声嘟囔说:"你家二小上了重点,饱汉子不晓饿汉子饥……"

老硬一听就火了,拔高嗓门儿说:"咋?学校保二小上重点,你不服呀?我可没干违法乱纪的事。人家学校经常组织外出,我那大轿子车是通过慈善协会捐送的。我对校长说,'俺家二小该咋管咋管,一定要严,千万不能特殊对待。'校领导态度又和蔼,又客气,没像你说得那样使脸子。"

山花娘撅嘴想骂街。

老硬见山花娘识了真相,改了口气说:"妹子呀,哥还是说,买牛就借,送学校犯法就不借。不就是想保咱山花上重点吗?一句话,甭管了,包在哥身上,还有旁的事吗?"

山花娘感激不尽地连说没有,头捣蒜一样水蛇腰折成了虾腰,笑脸热眼地走开了。

老硬对邻居为这点小事着急觉得好笑。

碰　手

儿子开车拉老硬急赴火车站接人,巧遇十字路口上一辆满载桶装水的三轮车缓慢前行。儿子着急地按喇叭,开车窗大叫:"快点儿,要变红灯了!"三轮车似乎故意作对一样,慢行如龟,到绿灯即将转红才拐了过去。儿子又喊:"神经病啊!故意挡道!"一脚油门踩下去,飞快赶路,肚子早已气得鼓鼓了。

老硬见儿子气急败坏地对待路人,低声说:"不许粗口伤人。

人家在干活儿,那是给大家送水!"

儿子生气说:"故意挡道不走,神经有毛病!"

老硬闭目养神,无言以对。

与客人从饭店出来后,那辆满载桶装水的三轮车正好堵在自家汽车前头,好像又在故意挡道一样,车主不见,车却耀眼。老硬对儿子说:"你去把三轮车推开,我来开车。"说着,要过来儿子手里的汽车钥匙,敬请客人先去上车,自己准备去开车门。客人笑说要一起帮忙,老硬狡黠地递去眼色,执意让儿子一人去推。

儿子推车拙手笨脚,蹬腿伸臂不遗余力,直到憋得红头紫脸才将车推动。老硬坐在车上一边急按喇叭一边催促:"快点儿,快点儿!"见儿子推车慢行,气得一脚油门儿冲向前去,眼见车的后视镜就把儿的手指碰破了。

回家后,晚饭桌上多了一项内容。老硬媳妇捧着儿子伤手惊问:"这是咋弄的?伤着筋骨没有?"

儿子笑说道:"不要紧,只是破了层皮,包两天就好了。"

老硬媳妇嘟囔说:"吓我一跳。咋碰的呀,这么不小心!"说过,瞄了老硬一眼,言外之意是抱怨儿子跟他出了工伤,进而心平下来又笑着说,"看看巧不巧,老子和儿子都伤一回!"

儿子看了老硬一眼,笑问:"是吗?爹也伤过?"

老硬说:"伤过。"

儿问:"伤哪了?"

老硬答:"也伤的小手指头。"

儿又问:"咋伤的?"

老硬说:"当年蹬三轮时,让汽车后视镜碰的。"

儿子惊诧过后,低头吃饭,默然无语……

管老婆

闲暇工夫里,老硬两口子喜欢开车外出旅游。不巧,高速路上车追尾，路口堵了小半晌不见松动，媳妇转过脑筋说："走，往我老同学家转转，旅不成大游咱旅小游。"果断调转了车头。

老硬说："可不敢。你不是常说她家日子紧巴吗？开这样个车咋去？"

媳妇手握方向盘，游兴不减："这不是顺脚路嘛，又不是专门去，正好叫老同学瞅瞅咱家日月上的旺气。"

老硬说："那也不行。奔驰车停在村里太惹眼，别说村里人，城里人也能分出高低来，闹不好两头添堵。"

媳妇不改主意，一再说老同学多年不见面，亲还亲不过来，谁还会在心思上歪门邪道，自当试试，说不定还能劝人家和咱一起去旅游呢。

老硬不去，媳妇非要去，二人就去了……

回来路上，老硬开车一再发笑，兴奋情绪滋养得舌头不闲着："我说老婆子，搭下一千块钱安生了吧？不叫去，非去，这钱扔得心疼不？"

"不心疼。"

"那咋在老同学家把舌头丢进肚里了，想说的话呢？"老硬嘲弄的口吻十分轻松。

媳妇茫然回说道："我也闹不清，进到她家就不晓得说啥好。上学那阵子，叨叨半宿也说不完，咋如今没了话说呢？"

"不是劝人家旅游吗？咋不提了？"

"没法儿提，跟咱想事儿不是一样脑筋。"

"旅不成大游还旅小游不？她家离咱城里可是不远。"老硬还讽刺个没完。

媳妇还嘴说："那还用说，她是我老同学，有钱不认人啦？"

"这说明你还有良心敢认穷朋友。可是，我劝你不让开车去，你咋非要去碰鼻子哩？"

媳妇不言声了，转而辩驳："咋就得理不让人了？前年她说她家盖了楼，哪晓得那屋里……"

老硬笑了笑说："人家风风雨雨半年收回来几车庄稼,辛辛苦苦一年养出来几头猪、羊,跟你一路泼水一样把收成扔到旅游路上?日子哩?吃穿用项、婚丧来往、上学看病,花销多多你出呀?还妄想跑到村上劝人家去旅游,亏你想得出来!"

媳妇辩解不过,改口问:"要是咱出钱旅游,她肯去不?"

"你说呢?人家忙了庄稼忙副业,谁能像你这么心闲?再说,随你旅游,欠你人情几时还?说你多少遍就是不听。你想去哪风光去哪风光,想到哪张扬到哪张扬,就是别跑到穷人堆儿里臭显摆,饿肚的和你饱肚的没法儿比,晓了不?"

"晓了。"媳妇改嘴认错。

买　酒

老硬请局座在城里"活仙楼"喝酒。两杯酒下肚,领导开始撕扯他脸皮:"我说老硬啊,你是真糊涂还是装糊涂?八辈子不请酒,请一回,上水货儿,是不是太不够意思了?"

老硬佯作喝多了一样解释说:"咋能是假的呢?刚从省城专卖店取来,咋能是假的呢?"

大伙议论纷纷,都说老硬要抠门儿要在了屁股上。局座说:"等着屁股挨板子吧!"

老硬佯作惊慌说:"咱一没文化,二没靠山,挣钱全靠守个信用,谁肯毁坏诚信哩!"

局座说话斩钉截铁:"我看你在毁坏诚信,你这是假酒!"

老硬依然固守镇定,一本正经问:"说谁呢,咋敢乱说我有假酒?你可是老工商,打假打到哪了?摸摸舌头还在嘴里不?"

局座不容辩驳,挥手下旨:"赶快换来真货!晚一分钟,罚你三杯!"

老硬不愧是买卖人,立马转脑筋改嘴:"好好好,换真货,换真货!往哪取?"遂看局座不挪窝。

局座递眼身边司机带路去拿,工夫不大,上来真酒。局座边喝边教训:"往后少拿假货对付弟兄们,老朋友更不能明火执仗糊弄人。"

老硬说:"谁晓哪卖真货呢?您老藏得那么深远。"

有人就喊:"装洋蒜!谁人不晓二姨夫!"

老硬挠着脖子说:"晓了,晓了,往后不装了!"

过后,老硬经常买上了真货,他教导司机说:"往后学着点,晓得局座为啥不打卖假打买假吗?"

"晓得了,曲线挣钱。"

"晓得咋样不挨罚了吗?"

"晓得了。找局座,孩子他二姨夫买酒——曲线通路!"

老硬嘿嘿笑了。

教　课

老硬从小喜欢敲战鼓,见电视上呼吁抢救文化遗产,立刻想到村上会敲战鼓的都已年暮,再不抢救,保不定哪天连人带鼓一并埋进土里。正心急,侄子过年回来说:"我朋友答应为咱战鼓拍电影呢。"

老硬就高兴无比地忙活上了,花钱雇来数十号村民张罗上锣鼓钹镲、战车战衣,疯狂地敲打了一个多月,并自己录像,为日后拍电影备下了参考资料。

谁知好事多磨。从前年到去年,从去年到今年,那电影痞子一等等不来,二等等不来,眼看快过三年了,催问无数遍,还是不见来人。

国庆节放假,侄子又回来探亲,老硬对侄子说:"侄呀,你那朋友咋还不来哩?扇车!"见侄子瞪眼,笑用教训的口气问,"不晓得说啥啊?那就跟大伯转一遭,看看就明白了。"说毕,带侄子去了隔壁三堂家。

进了院,老硬也没向主人打招呼,径直带侄子来到厢房一侧破草棚里,指着一件木器问:"认得不?"

侄子摇头。

老硬又问:"粮食打下来,咋来拾掇干净?"

侄子回答:"联合收割机,又快又干净。"

老硬说:"那是如今,过去没有收割机,人们用这个物件儿完活。"遂指指身边满是尘土的木器,"这斗子装粮食,这摇把摇起来扇风,吹得粮食干干净净。"说着,跟手摇一把,吹得尘土四扬。

老硬回头问侄子:"见过不?"

侄子摇头说没见过。

老硬说:"这叫扇车。回去跟你城里朋友说,我大伯领我看了乡下人的扇车。"

回来的路上老硬很得意,问大侄子:"扇车有啥本事?"

侄子回答说:"风大,会吹。"

诊　疗

山花奶奶这阵子又说自个儿闹"眼花缭乱"。

老硬小时候曾听说山花奶奶闹过"眼花缭乱",那会子她还年轻,奶着孩子,正是遇上"低指标"、"瓜菜代"年月。山花奶奶跑到老硬家去借自行车,说是往城里看医生,治治自个儿的"眼花缭乱"。老硬娘说:"甭去看了,他婶子。你连着来俺家喝几回山羊奶就好了,那是饿的!"

果不其然,喝过几回山羊奶,后来年月里又不缺了吃的,山花奶奶就再也没学舌过"眼花缭乱"的事端。

如今,山花奶奶又说闹"眼花缭乱",她在街上碰见老硬开车回村来,截在路边大声说:"大侄子,回来啦?赶明儿个回城里的时候,拉你婶儿往医院瞅瞅医生去,婶儿浑身没劲儿,可着劲儿吃呢,还是浑身没劲儿。你瞅瞅这身老肉,坠得快走不动了,又闹'眼花缭乱'了。受罪,受罪哩!"

老硬下车来,握住山花奶奶的糙手说:"婶儿呀,甭去瞅了,一天少吃两口就行,饿饿就好了,那是撑的!"

果不其然,饿了些日子,山花奶奶不再闹"眼花缭乱"了。

老硬教导媳妇说:"记住,帮人要帮到点子上。穷日子伤身,富日子也伤身,撑了饿了一样难受,对不?"

媳妇点头说对。

老硬叹气（三题）

说邻居

老硬家东邻居小坤奶奶说："我牙疼。"小坤爹慌了，赶忙躬腰向亲娘赔不是，赶忙说赶明儿非得进城给亲娘镶一口好牙不可，说下来大天也不能再叫亲娘那老牙像风箱板子一样呱嗒着了。

小坤娘也慌着说："娘，我先给娘煮碗冰糖梨水压压火，去了火，疼就轻了。"

一家人一通忙活。

过后，小坤奶奶镶了一口齐整整好牙，笑得老脸上又多一层核桃皮。

过了些日子，小坤爷爷说："儿呀，我也牙疼。"小坤爹也赶忙向爹赔不是："爹，赶明儿进城我给我爹买一箱大鸭梨回来，嚼它半晌就不疼了，去去火。"之后笑着解释，"我爹满口芝麻牙，铁板都能咬成碎片，那是有火呢。"

小坤娘也赶忙说："爹，我先给爹烧壶青茶泡上，那也去火哩。"遂问小坤，"是叫爷爷生气来不？"小坤慌忙回说没有，一家人又都忙活上了。

他家从来都百依百顺敬着老人,可把老人当回事儿了。

这么忙了一阵子,小坤说:"爹,我也牙疼。"小坤爹说:"牙疼喝水去!谁让你东跑西跑不喝水了。"遂掰开小坤牙床子巴望一眼说,"没事儿,大小伙子哪那么娇贵,往后少给家里添乱,看不见爷爷奶奶要照管呀?你也滋乱!上街买一书包黄瓜回来,先叫爷爷奶奶吃过,剩下叫你吃,吃过就好了。"小坤高兴地去了,一家人都来忙活老人,不把小的当回事儿。

过后,小坤爷爷好了,小坤也不闹牙疼了,期末考试还拿回来一大摞奖状。

老硬纳闷儿说:"老婆子,你说,东邻小坤家,他爹他娘常年一个心思孝敬老人,有了闲工夫还指派小坤干这干那,他家不光日子上红火,那孩子眼瞅着争气有出息。咋西邻大宝子家整天围着孩子转,那孩子不光考回来个鸭子分儿,遇上事儿了也不着调呢?"

老硬媳妇说:"你没瞅见大宝子爹娘连自个儿老人都不管吗?他还管谁?忙孩子也不过是为满了自个儿那点心意,没见他家弟兄们吵不清架呀?大宝子哪天安生过?"

老硬叹道:"怪事儿,眼往上看过日子,越敬老人一家人越和睦,不光顺当,孩子也出息;眼往下看过日子,越把小的当回事儿,不光一家人别扭,还惯出来个懒蛋孩子。真是邪了,日头打西边出来了!"

喝　粥

老硬为厂里聘请了两个中层干部,一月都是五千三,过了没俩月,走了一个,而且是不辞而别!又过了没俩月,又走一个,还是不辞而别!气得老硬碰见老八问话说:"我说老伙计,你厂的中层痞子一月开多少工钱?"老八说:"三千五。"老硬很纳闷儿,心说,都是同样开厂子,都是同样使中层,咋他那中层痞子一月三千五干得稳稳当当,我这一月五千三却留不下人呢?真他奶奶怪事儿!

黑天回家吃饭当口里,老硬向老婆说:"我说老婆子,真不晓这如今年轻人咋想,老子吐血给他薪水,他却给老子不辞而别。奶奶的,不识好歹的小痞子,给鼻子上脸,向老子耍大牌!"

老婆端上来一盘红烧鲤鱼,往桌上一蹾说:"吃吧,吃!"生气模样比谁都难看,气呼呼转身走了。

老硬放下筷子喊:"你这娘儿们,咋回事儿呀?老子在厂里生气着急,回来还要吃你脸子不成?"

老婆从厨房出来说:"咋,你把中层都赶跑了,快把厂子干黄了,我还给你庆功不成?有你喝西北风那一天!"进而往近前走走,说,"你吃呀?大鱼我可做好了,吃呀!"说着,把手里酒瓶子往桌上一蹾,咬牙说,"喝,喝吧!喝黄了厂子算了事儿!"转屁股又走了。

老硬哪里受过如此窝囊气,蹦高跳脚地蹿起来,甩下筷子出了门。

老硬蹲在门口生闷气,儿子见状跑了过来,问:"爹,咋啦?"

老硬扭头不言声。

过了会儿,儿子手捧一碗剩粥跑过来,笑着向爹亲着说:"爹,别生气了,都是我娘不着调,在家歇着还叫我爹生气。有你儿子孝敬哩,甭急了,给,儿给爹热了热,喝吧。爹累一天了,喝口粥舒服。"

说得老硬心一热,眼泪差些掉下来。他双手接住热碗,捧在手上喝起来。

老婆趁机过来说:"你咋喝粥了?你也晓得蹾盘子摔碗不舒服呀?你张嘴闭嘴耍态度,谁不堵心?你看人家老八,说得比唱得好听,总是叫人心顺。你说,人家厂子中层为啥不走?你为啥屋里大鱼大酒不吃不喝,跑到门外喝剩粥?你为啥?"

老硬翻然醒悟,拍拍脑门儿说:"哎?好你脏娘儿们,教训起老头子来了。"醒过味儿来进了屋里。

老婆看一眼儿子,母子相视一笑。

看老师

老硬有了钱,不光气量大了,路子广了,而且交情也不失当年。他住进城里不忘本,买了可观营养品,招集同学去看望小学时的班主任老师。

进了家,师生旧情道不完,谈天论地到天晌午也没歇嘴。最后,老师非要留他们吃饭。

老硬说:"听说老师也住城里,我们只是来看望看望。"言说不吃饭。

老师说:"如今不是过去了,管顿饭还不是像喝口水一样便当?吃了再走吧。"说着,让家人下厨,自己和学生们又聊。

工夫不大,饭菜摆满一大桌,少说也有十来个炒菜。

师生热话没停,围上桌,依旧谈笑不减。

大家入座,碗筷要动了,老师离开饭桌回了厨房,同学们想:老师回屋拿酒去了。

不想,老师回到饭桌前,笑着说:"哦,人多,大蒜消毒。来来来,人手一瓣儿。"

酒,没有踪影,大蒜却一人一瓣儿!

同学们面面相觑,锁眉无语。

老师虽已退休多年,依然反应敏捷,若无其事地说:"来来来,吃,吃,都饿了吧?"

老硬想说"无酒不成席",被同学递了眼色,拉了衣角。

回到家,老硬问老婆:"我老师请大伙吃饭,咋没上酒呢?他还是那个老古板。"

老婆说:"老师就是老师,这如今你们哪天少酒喝了?老师又教你们咋着活来个健康呢,他也像你们那么活法,不早成植物人了?"

老硬叹道:"难啊。老师还在教我们,终生难忘的一件怪事儿——宴席上无酒!"

鸡鸭颂

　　村西丑货家养鸡,丑货家媳妇进城卖鸡蛋,村东二肖家也养鸡,二肖家媳妇也进城卖鸡蛋,两家都在城里菜市场摆蛋摊儿,摊位紧挨着。卖蛋闲工夫里,丑货家媳妇对二肖家媳妇笑着说:"你家的鸡蛋可是好,赶明儿得跟你家学配鸡饲料。"二肖家媳妇也笑着说:"你家的鸡蛋真新鲜,赶明儿得上你家学学保鲜手艺。"二人你一言,我一语,卖蛋闲工夫里有说有笑拉家长,忙时里更是相互关照,你上厕所我帮你瞅瞅摊儿,我上厕所你帮我过过秤,一来二往走得可是近乎。丑货家小子帮他娘送货,见了二肖媳妇唤大姨,二肖家闺女帮她娘瞅摊儿,见了丑货媳妇唤大娘。年轻人三天两头打头碰面,当娘的瞅见当娘的禁不住言笑,当孩儿的碰见当孩儿的眉来眼去。没几年,丑货家媳妇无意中提了一句:"既是你家闺女这么好,不如嫁给俺臭小算了。"天随人愿两家竟成了亲家。如今,两家合成了一个养鸡合作社,俩孩儿成亲后,成双成对赶往省城超市送鸡蛋,日子过得那叫红火,整个村里人瞅着眼馋,十里八乡美名大扬。

　　村南小气儿家养鸭,小气儿家媳妇进城卖鸭蛋,村北老拐家也养鸭,老拐家媳妇也进城卖鸭蛋,两家都在城里菜市场里摆蛋摊儿,摊位隔路不为邻。卖蛋中,小气儿家媳妇暗中向客户悄声说："她家鸭蛋小,比鸡蛋还小。"老拐家媳妇明着向客户声张说："她家的鸭蛋旧,比放了半年的还旧。"二人不动声色地明争暗斗,卖鸭蛋工夫里互相揭丑,忙时里你上厕所我明码加价,我上厕所你暗中缺秤,工夫一长,谁看谁也别扭,谁想谁也有气。小气儿家闺女帮她娘瞅摊儿,瞅见老拐媳妇瞪一眼,老拐家小子帮他娘送货,瞅见小气儿媳妇怒一目。年轻人三天两头碰头打脸,当娘的瞅见当娘的禁不住脸阴,当孩儿的碰见当孩儿的早已有气。终于有一天,两家为鸭蛋的价格斗了嘴,浑小子把个丑闺女打了个鼻青脸肿外加血流满面。如今,两家的鸭舍也拆了,双双买卖也黄了,为告倒对方,俩孩儿上诉赶往省城法院打官司,日子过得那叫闹心,让整个村里人瞅够了热闹,满街上,谁见了谁当笑话去说。

这天歇后晌,一帮老人又在村头谷场边上念叨闲事儿,村中文秀爷笑说道:"猫狗不合,那是狗见了猫叫,狗以为猫要打架,猫见了狗跑,是猫以为狗要追咬,那是天性;鸡鸭斗嘴就不同了,鸡鸭斗嘴是鸭觅鸡食,鸡食鸭料,你争我夺互不相让,是为同食,那叫人为。"

黑孩爹大不解,蔫声问:"啥叫天性,啥叫人为?"

文秀爷说:"天性还用多说吗?人为能取能舍,你不晓全在自个儿掌握?"

众人笑而无语。

比　命

　　大根家住前街,二更家住后街,两家房对房,院对院,站在房上一步就踩上了对家的庄伙,居高临下一眼就能瞅见对家院里的小日月。

　　两家既不同族同姓,也不沾亲带故,之所以交往深厚,相互关心,完全是因了大根小学与二更是同班同学,大根姐姐与二更哥哥是同班同学。两家都是三男二女,都在困难时期有过困难日子。

　　近几年日子好过了,大根家老人教子有方,几个后生对老人格外孝敬,逢是老人吃穿用项,一应全都照料得周到。老爷子夏里坐在树荫里下棋,冬里蹲在阳坡里与老爷子们拉闲篇儿,人们就都说大根爹的命比二更爹的命好得不是一星半点儿。

　　二更家可是不同,弟兄几个常年打架,为分家打破了脑袋,几次找来大根爹帮助调停。老爷子整天跟着他家过那裂心的日月。

　　大根爹回到家来就哀叹:"可怜呢,老伙计操劳一辈子,却生养了一帮小畜生。作孽呀!分家单上明明写着在各家轮流吃饭,哪也没写着非得干活不可呀,几个浑账物件,对老子狠如蛇蝎,不干活儿就不叫吃喝。真他妈气死老子,畜生,一帮子浑蛋畜生!"

　　二更爹果然过得可怜,吃也吃不好,穿也穿不新。

　　大根爹却不同,穿戴是穿戴,吃喝是吃喝,不说是顿顿酒肉,至少三天两头要改善改善生活,你说是酒肉,你说是吃喝,孩子们都能可劲儿管够。

76岁这年,大根家为老人过寿准备了多日,老爷子儿孙满堂,幸福无疆,祝酒高兴多贪了几杯,不想,出生之日竟成了寿终之时,酒足饭饱之后,一句整话也没留下就安安生生下了黄泉,哭得一家人多日里伤心不出门。

转眼又是几年过去。今年清明节,大根姐姐从婆家回来上坟,无意间问及二更家情况如何?

大根说:"那弟兄几个还是整天浑吵恶打,谁也不肯相让,只是又多了一条,自家的后生也不孝敬爹娘了。"

问及二更爹的身子骨如何时,大根大声道:"那老爷子结实着呢,天天从咱门口过,还在出地干活儿。80岁的老人,身子骨还是那么硬朗。"

大根大姐问:"那老汉为啥还那么健壮?"大根说:"沾了儿孙不孝的光呗,整年介出地,咱爹却没落下好身子骨!"

大根大姐被弟回说了个无话可言。

不孝儿孙（三题）

新妮儿

新妮儿在东丈村出名不完全是她模样长得俊俏，更主要是她从小学习成绩就拔尖，及至她考上大学，又出国深造时，全村人进城说话都有了底气。

头几年媒人给孩儿提亲，爹娘说，俺妮儿还没毕业哩，叫她好心着学，毕业找了工作再说。

可新妮儿出国回来后，媒人嘴里那个舌头又勤快到了别处，指着她爹娘后脊梁说，看看这个好不？二十七八岁大闺女了，还在那挑来挑去不知天高地厚，叫人往哪再去张罗个好人家呀？就算在省城工作呗，光着棍子倒清静，日子呢？连个男人都没有！

此话说过，村上舌头们便不闲着了，传说新妮儿心气儿高，全没了先前村姑模样，光是在省城搞对象就数不清了个数，挑来挑去却把自己剩在家里当摆设！沸沸扬扬。

新妮儿娘听到风声，找回来闺女责问是非，新妮儿不以为然随口道："娘，啥年代了，这算错不？"当娘的气得晕头转向，愤怒责问："啥年代也有门风。人要脸，树要皮……"不等言罢，新妮儿顶嘴道:"哪对哪啊！娘,搞对象咋还扯到脸皮上了?"

新妮儿娘就伤起心来,耐心教导闺女搞对象不能不顾村里舌头,想虚张声势来个规矩,却又无从下手。

新妮儿笑笑说:"娘,要骂您就骂,男婚女嫁,平等自由,和谁相好是孩儿的事,往后有人孝敬您老就是了。他情我愿妨碍谁了?"问得亲娘瞠目结舌。

新妮儿娘咬牙咬舌头,恨自己当年对孩儿过于宠爱。

新妮儿依然平和地说:"娘,甭瞪眼。孩儿是犯了哪家王法惹您老生气?哪条村规上写着不叫多搞对象了?结了婚还离呢,孩儿非百里挑一不可!"

新妮儿娘双手抖动着:"你非要把祖上这点脸皮撕扯尽了才算安生?"

"娘,不是撕扯脸皮,是终身大事要好好挑挑,独生子女以稀为贵!"

新妮儿娘张口结舌没了话说。

谁晓,新妮儿后来嫁了个二婚,并对爹娘说:"进门就有人叫妈,省了自个儿遭罪生养。"

听说那男人比她成熟不少。

小劲儿

小劲儿上小学时就不如大伟成绩好,有事没事光会咧着嘴憨笑,及至高中毕业高考时也不见长进,最后还是比大伟少考了一百多分。

大伟上大学那天,小劲儿笑逐颜开要给大伟送行,小劲儿爹追着屁股大骂:"考你娘大烧饼回来还笑!"

小劲儿还在笑着往门外走。爹赶着说:"甭指望上大学了,往后还在土里刨食儿吧!"随后叹息道,"唉,几时老子也能出息成大伟那样个好后生该多好!"

小劲儿笑着对爹说:"那样的后生多着哩。要出息,哪条路上也能走人。"就弃学随爹修理上了地球。

小劲儿在村里修理地球十分用心,既学种地,又学打草,既搞养殖,又忙种植,很是辛苦,没过几年,竟然苦来了一片红火,到大伟大学毕业分到城里上班时,二人都在村上有了名望。

大伟和小劲儿都在城里住,都和城里有头有脸的人物有了来往。大伟从小就沉稳,在街上见了大人有礼貌,见了伙伴也安生,就是不善言笑,一心专在学问上,谁都夸大伟是最有出息的好材料。参加工作后,大伟很快调去局级机关,铁饭碗端得又牢靠,又体面,而小劲儿光会憨笑,光会跑买卖,在哪办事儿也谦恭随和,在哪行走也舍得出本钱。因此,小劲儿不如大伟会当官,大伟不如小劲儿能挣钱,用大伟爹的话说,俺大伟的体面不如小劲儿实惠。

大伟娶媳妇这天,小劲儿两口子赶过去为老同学帮忙,光是宝马车就开去了三辆,惊得半个城里人立在路边呆眼。

大伟爹过后往小劲儿家回谢,诚心对小劲儿爹说:"俺大伟真是不如你家小劲儿有本事,小劲儿给你家带来的体面多实惠!"

小劲儿爹忙说:"有本事他不给老子考上一个大学?有本事他不往政府当差?"

小劲儿听着老人们的对话,站在院里又在憨笑。

大伟爹走后,小劲儿爹对小劲儿生气说:"笑,就知道笑!人家花那些钱供儿子上大学,好不容易在城里找到工作上了班,你说你是真傻还是装傻?你不晓人家买不起汽车呀,给人家开去那么多好车?人家娶媳妇,你是帮人呢,还是帮气呢?真是不知好歹,你就不能不叫老子生气?"

小劲儿还是咧嘴笑。但是,他没敢说"要出息,哪条路上也能走人"那句话。

黑墩儿

黑墩儿家搬来省城的年头,比他上小学年龄还长。他爹承包建筑为自家挣来一座临街大楼之后,家里吃穿用项上就再也没了以先村里的模样,他娘的大眼大嘴大脸大肚子倒是没变,而惜钱惜物热金恋银的习性却在这里有了发扬。

冬初一个冷天后晌,黑墩儿娘手提塑料袋到楼下钉鞋。她花枝招展站在鞋摊儿前,生生把鞋摊儿老爷子比来一派衰草枯杨。

"钉双鞋掌多少钱?"

"六毛。"

"还能便宜不?"

"不能了。"

"再便宜一点儿,一口价儿。"黑墩儿娘粗大嗓门儿带了暗气,不如她手上的大金戒指和脖里的大金项链闪闪发光。

老爷子听着新鲜,翻翻眼皮,扶扶花镜,小眯眼里闪过狡黠,垂下眼皮不言声,接着钉鞋。

"再便宜一点儿。"黑墩儿娘主动进攻,意志不移。

"俩鞋掌四毛,手工费两毛,全国最低。"老爷子不抬头,不停手,不识鲜花视臭手。

黑墩儿娘扑哧一笑,捂鼻子说:"谁肯做赔本买卖哩。再少点儿,再少点儿。"

"不能少了,手都冻裂了。"

"再少少,再少少。"黑墩儿娘死缠烂打,老爷子旧意不变,僵局往后拖延,老阳儿缩头藏脑往楼后头钻。

眼看天已快黑,老爷子想收活计,不耐烦说:"四毛。走人!"

"四毛也多,再便宜一点儿。"黑墩儿娘耐力十足,冷暖不顾。

"钉得起吗?钉不起赶紧走。"

"钉得起,便宜就钉。"

"赔本不干。"老爷子想收手拾掇。

"你说还能咋便宜？"

老爷子愣了，小眯眼一转，说："左脚鞋掌换到右脚上，右脚鞋掌换到左脚上，手工费两毛。"

"还能再便宜不？"

"不能了，六个鞋钉就值一毛多。"

"行。"

二人一拍即合，言定两毛。黑墩儿娘小半晌口舌没有白费。

鞋刚钉好，黑墩儿出来找娘吃饭，见娘正在翻找钱包，连拉带拽对娘说："我这有。"扔下五毛钱，拉上娘就走，气得黑墩儿娘照黑墩儿脑袋上扇了一巴掌。

硬眼泪

钉子娘眼硬,自打嫁来系井村,就没见她有过愁容泪面的时候。到她家家大业大日子像熟透了的山柿子一样红火时,就更不见她有愁容泪面了。

村上谁家逢上白事儿,大闺女小媳妇们围着出殡的瞅稀罕,眼软的一个个红着眼圈子跟着抹泪,钉子娘却没有半个泪星星。人们亲眼见到,她爹她娘入土那天她也没掉泪,说是掉不下来,还说:"人死了,咋说也活不过来,活着孝敬,死了发送,孝顺不孝顺不在掉不掉眼泪那一会儿。"说得女人们乱咂舌头,快嘴的就说她不光是眼硬,分明是心狠。

今儿个绝户棍儿死了,直挺挺摆在堂屋的板床上。

灵堂是村委会摆设的,尸下铺了干草,尸上盖了蒙头,供桌上孤零零一只破土碗,碗上燃着三根半死不活的麻绳香,唯有缭绕在屋里的青烟缔造来一星肃穆的气氛。

院里三三两两有人在走动,连个守灵的也没有。

半晌时分,就见钉子娘急火火赶进院来,不见她放供品,也不见她跪灵牌,就见她双腿盘地,抻臂合掌地大声白咧着号哭起来,旁若无人。村上人们都不曾见过这般场面,那号声如雷、滂沱如浪的哭叫声,灌满屋院、震荡四邻、响彻全街⋯⋯众人正在纳闷儿,哭声即止。就见钉子娘把泪一抹,问:"头天黑晌还见他往三臭家串门,咋这快就断气了?"

没等人回话,转又哇哇大哭。

刚要有人上前劝说,她又止哭猛问:"他死前说嘛来不?"

"……"没人回答。

有人刚要说劝,她又转身大脚小盘呼天抢地大哭起来。

三臭不敢上前去劝,问一边的锁文:"绝户棍儿跟钉子家沾哪个亲?"

答说不晓。

"是老亲?"

"不晓。"

"你也不晓?"三臭问一边的二歪。

二歪摇头说不晓。

"你晓不?"三臭大声问小芝。没等小芝回嘴,钉子娘转身冲着三臭说:"多嘴乱舌你闲得慌啦!哇呀呀,他个老绝户坑了我,一没立字据,二没见证人,他可坑了我呀……"

众人更是不解。三臭紧着劝说道:"婶儿,甭哭了,又不沾亲,又不带故,他走他,你过你……"

"你个毛崽子晓个屁疼,他借了老娘三千块钱跑买卖没还,你晓不?他蹬腿儿一走,老娘我找谁去要哇?哇呀呀……"悲痛万分。

三臭瞪眼,众人口呆。

砍　树

　　爷提斧握锯疾步在前,孙肩套腰绳欢蹦乱跳随后,爷孙俩喜出望外要到城东的滹沱河套深处砍树。一上河堤,老远就瞅见了树林西边开阔地里那两棵惹眼的大丑柳。

　　孙最先跑上河堤,说:"爷,快看,那不是那俩大丑柳吗?"说着,拼命往前跑。爷说:"慢着,听爷说说。"紧着追上几步向孙重复,"就是它俩了。咱买下来就是咱家的了,想咋发落就咋发落。咱买下就砍了它,不叫它再影响好庄稼生长,不叫它活。""对,不叫它活!"孙也随着爷说。

　　到了树林里,树的主人说:"爷,挑吧,全是一水儿好材料,自管拣好的挑。县上早就发了准伐证,天天有人来买,再来晚了派好用场的就没有了。"

　　"我买那两棵。"爷说着,指林外开阔地上那两棵身歪枝斜的丑柳树。

　　"那两棵不卖。"树的主人说,"你看那两棵成了啥样子,粗不能当梁,细不能作檩,短不能当椽子,当柴不能烧火。那两棵脏树半点用场也没有,成年赖在那儿,人们都晓得它没用场,谁也不理睬它。你看,四周的树全砍光了,独独剩下它俩,往后留它们长在地里叫人们乘凉吧。"说着,又指给爷看那整齐顺溜儿的大树。

"我就买那两棵,价儿上咱好说还不行?"

"行,行,巴不得有人要哩。但咱得丑话在先,买下了不能反悔。"

"看你说的,咱是那号人?"

交钱验货,事当下说好了,买的卖的都笑了。

买下了树,爷孙俩紧着往树下赶,到了树下,比见到了仇敌还狠,举斧就砍。不大工夫,两棵树全砍倒了。

孙说:"咋弄走?这么多烂树枝子。"

爷说:"不弄了,砍下它,不叫它再活就行。咱说了,买它就是为了砍它,要了它的命。"

"是真的?昨儿个我还以为爷说笑话哩。"

"爷说话算数,你称心喽不?"

"称心了。"

"还说不上学不?"

"不说了。"

爷孙俩说着,喜兴地往回走。河堤下,开阔地里那两棵大丑柳不见了,四周围全是绿油油的庄稼。

头天,爷孙俩来河堤上钓鱼,双双坐在大堤的石头上,伴着如血的残阳,一棵棵如铺了层金的大树映入古朴的画面中,置身于最美的景色里,爷孙俩与河水同笑。爷说:"今儿要一天,明儿再耍一天,就去上学,不能再疯了。"

孙说:"咋非得上学?"

"上学认字儿哩。"

"咋非得认字儿?"

"长大了学成个好材料,国家好派上用场。"

"派上用场不就早没了。"孙说着指给爷看,"爷,你看那边那两棵丑柳长得多好,四周成材料的早都被砍没了,唯独它俩长得好好的。"

"是不?"爷一怔,扭头盯了半晌。

就为这,爷特意带孙来把树买下砍了。树林西边那片开阔地这会儿更开阔,一棵树也没有了。

老八逸事(五题)

赢 棋

老八长得虽粗,做事却细致守信,乐意打交道的人多,买卖也自然红火。

红火买卖环境标准相对也高,老八自掏腰包绿化了厂里厂外。

这天,老八又去副县长家下棋,无意间提到了树上架着电话线,一通叨唠之后,还在为那被砍伐成锯齿獠牙的树木打抱不平。

副县长说:"好,意见提得不错,明年开春园林局采纳你的意见。"

老八笑笑说:"没老同学在位,多好的意见也得溺进茅坑里!"

副县长说:"胡吣,正规渠道大门敞开着,没人堵你乌鸦嘴。"

老八说:"去屎。我有多少意见都是去茅坑提。"

二人接着下棋。

好友下棋有规矩,只谈家事,不问朝政——副县长对老八吃喝上来者不拒,钱财上一概免谈;老八对副县长私事有求必应,公事一概闭嘴。

没过几天，老八接到副县长电话，说要为他做件好事。老八举着电话回话说："去尿。愿找谁找谁，活计上忙不过来，没那闲工夫伺候别处。"电话挂了。

副县长三番五次打电话要老八考虑，老八一拖再拖，硬把好心当了驴肝肺。

这天又下棋，副县长还在说："给鼻子上脸啊，咋就不能多做一点？"指骂他脑袋里装了菜粥。

老八下棋不看棋，仰脸笑笑说："我脑袋就是装了菜粥，从小就一根肠子一根筋。要不，老天爷叫你当县长，叫咱当百姓呢！"

副县长还在尽心劝："少废话，干不干？"

"不干。几十年交情，谁不晓自己裆里那点家底，不是那材料。"老八旧意不改，只认买卖，不问别处。

副县长说："多门多路，至少方便业务联系，借机学学人长，补补己短，规矩规矩自身德行。"

老八立马反驳说："有用不？干再好能当科长、处长不？交再多税能叫旱涝保丰收不？我规啥矩，德啥行？你吃喝玩乐叫腐败，我吃喝玩乐叫攻关。不犯法又不违纪，谁也把我开除不到哪去！"他倒数落起县长来了，"数数周边，还有比我更规矩的吗？一不少缴税，二不欠人款，咋不规矩了？"

"行，行。你当别人不晓你屁股上的屎吗？"副县长停了下棋，问，"你那单位照搬国外，施行末名淘汰，完不成任务，举起来电话就炒，是不是这样做的？把人辞退到社会上，叫我收拾烂摊子……"

老八也停下手里的棋，抬头瞪眼说："我的厂子，想咋管咋管。我和工人有合同，完不成任务必须走人。我又不是公家人物，解决困难领导在先，帮助落后分内责任。我是民企个体户，只讲质量效益，不犯法就……"

"有完没完？"副县长说，"除了钱，还有别的吗？"

"没了。"老八举起手里的棋子，"吃官饭可以不讲钱，做企业不可以不讲。除了钱,还是钱,赚了是爷,赔了是孙,这是铁律。哪能不讲效益呢?"

二人对话尿不进一个壶里,下棋下成了闷嘴葫芦。

"将!"老八下棋从不手软,当断则断,这也是他下赢老同学的一条经验。

"将!"老八清清楚楚又赢了。

副县长忽然想到了老八的企业规模……

席间笑话

老八进城住楼房,同栋对门是局座,二人私交甚笃,时常同赴热席。席间,局座诚心劝老八说:"我说邻居,抓抓孩儿的学业,小心宝贝儿耽误喽!"老八笑笑说:"那是,那是。小狗不上墙,气死狗老子!长把儿葫芦结不来圆把儿瓢,瞎那贼心不如叫他打瓶酱油、买瓶醋实惠!"依旧对儿子要求稀松,什么养鱼、游泳、抓麻雀、放风筝,哪野哪跑,哪乱哪钻,父子不见正行。

局座则不然,小女琴棋书画、歌舞网电样样在先,闺秀学无止境,一心苦读,并出门车接车送,进门爹妈伺候,完全沉浸在了学海之中。有时,老八也在席间笑嘴嘟囔,举杯开导局座说:"我说领导,孩儿们天生就是耍物儿,该玩儿玩儿,该耍耍,别把飞鸟关在笼里,豆芽菜和大肉墩子一样不禁折腾呢。"局座笑脸反驳说:"如今竞争多激烈?不拼,连个香屁都闻不上了!"言外之意是看老八粗傻得可怜。

果不其然,高中毕业后,老八儿子考上了大专,局座女儿考上了大本。几年后,老八儿子四处打工,局座女儿考了硕士。又两年过去,老八儿子回村张罗建立药材基地,种药材、做买卖,购车回城又买了新楼;局座女儿更是出息,先到美国,后去伦敦,一不小心,被人家留下当上了部门经理。

说话间,两孩儿都到了张罗亲事的关键时候。

酒场上，不晓是谁喝了一嗓："你两家多般配呀，一个有钱，一个当官。看你老八儿子多帅气，一表人才呢！"局座笑笑说："好哇，好哇。有钱可是好事，就怕咱攀不上大款的高枝儿呢。"内里十分生气，心说："笑话，他儿连个本科文凭都没有，就算是有本事瞎跑呗，整天求爷爷告奶奶，哪个部门不央求？听说还要往村里修通柏油路，那算多大个出息？土老帽儿！跟他爹一样，有了钱也是苦力，我女儿才不嫁他家呢！"

老八也笑笑说："好哇，好哇。能攀上局座家大千金，可是咱庄户人八辈子福分。老子愿意哩！"可他内里不屑一顾，心说："笑话，他闺女抹口红、染指甲，做饭洗衣要人伺候，就算是回来进到省城跨国公司当经理呗，跟以先汉奸、假洋鬼子有啥区别？入那外国籍，关咱中国百姓炫个屁用！还不是跟她爹一样，一辈子直不起腰来做人，当了官也是奴才。我儿子才不娶他家闺女呢！"

局座举杯边笑边说："好哇，好哇。如今就得做成个事哩……"心说，"别看有了钱，谁难谁知道！"

老八也举杯边说边笑："好哇，好哇。做人就得活出个模样……"心说，"别看当个官，谁苦谁明白！"

席间，宾客依旧热闹着……

求　画

有了钱，老八想提升文化品位，便午宴邀请知名人士欢聚一堂。兴头上，副县长见老同学递眼色，心领神会地说："王大画家，尽兴作幅画呗。老八舍得出钱，大伙儿愿饱眼福，您老收银子、扬名声，一举多得呢！"气氛顿时热烈起来。

王画家高兴说："好！作一幅……叫个'狂鹰脱兔'吧。"说着，铺纸润墨、运气提神，立马聚足创作气韵，胸有成竹地要大展宏图。

正要下笔，老八忽然说："画家大人，我喜欢您那'牧童游天高'。一瞅见那小家伙儿坐牛屁股上吹笛扬鞭,就想起小时候放牛那广阔河景。还是那张好。"又向副县长递眼色。

副县长说:"那还不好说嘛,轻车熟路。画哪个都一样呢,反倒省事。"说着,兴奋地向画家挥手。

王画家像泄了气的皮球,摇头说:"都在兴头上,那……"

"无妨,无妨。咋说也是出自高手。轻车熟路。"老八求画心切,早对大画家佩服得五体投地,恨不得企盼已久的心中杰作立马在手,眼神近乎是在哀求。

眼见大家一同助兴,画家只好顺手挥就了那幅"轻车熟路图"。

交完钱,递完货,满员皆大欢喜。老八眼神儿搭在画儿上舍不得挪开,连连说好,但他仔细观赏,越看越觉得心里别扭,心说:"咋和挂历上那张神态不同呢?似乎神韵缺了什么。"心苦口苦,嘴却难言。

画家看出了内情,相视一笑,亦无再说。

饭后,老八邀请大伙儿到附近蔬菜大棚观光赏景。众人一致响应、一同前往。

进棚后,王画家瞅见一发青的香瓜十分惹眼,随口说了句:"这瓜蔓叶相连,一派大气,标本出画来……"没等话罢,老八说:"那还不好说嘛。"随手把棵整瓜拔了下来。

治安员马上走过来,严肃问:"怎么拔瓜?"

老八微笑说:"性急,拔了。"

"罚款。"

"多少?"

"两千。"

"好。"老八向身边随从递眼色,接过随从递来的钱,如数递过去说,"我认罚。"之后向画家挥手说,"走。"若无其事走人。

画家手提一棵青瓜秧子往回走,琢磨咋着画出此瓜的个性来。

挑员工

老八厂里要增员,他坐在客厅椅子上开始细挑员工:

"哪来个傻子,不会穿衣裳也想进我厂吗,出去!"像是喝了白酒,眼珠里的火气冒出来能烧人,很不耐烦地挥手。

来人莫名其妙地站在原处没挪窝。

老八毫不客气地问:"看过电影《龙马精神》吗?"见来人摇头,接着自问自答,"那电影里有个傻子, 也像你这样长衣穿在里头,短衣箍在外头,一圈儿一圈儿套了四圈儿,人们叫那傻子四圈儿。听说过四圈儿吗?你被淘汰了。"说过,心里还在别扭,生气地对属下说,"叫你们费劲巴力挑选这多天,拿俩傻子打发领导,还不赶紧换人!"也不看来人面色,硬是把个俊俏闺女撵走了。

刚发完脾气,刚缓和心境,又进来一个。老八一见女孩穿个趿拉板儿进来,更是火气不打一处来,惊喊:"啊?家里穷不起了,不穿鞋就来应聘,快出去!"遂向一同挑人的属下乌脸儿说,"没看过电视剧《济公传》吗?过去要饭的才趿拉个鞋。俗话说,脚上没有鞋,家里穷半截。还真有光脚来示威的,不怕我穿鞋的啊,岂有此理!"

应聘场面不欢而散!

翌日上班来,老八刚在办公室里坐稳,一帮年轻女孩挤了进来, 为首的劈头盖脸问:"哪个是这厂里头头儿,昨天是你挑人吧?"指着老八鼻子毫不客气。

老八莫名其妙地站起来维护尊严,扭头想找贴身属下。

女孩又喊:"傻子,闭你胡诌白咧的臭嘴!"

"说谁呢?"老八十分恼火,眼珠子瞪大生想挤出眼眶来。

女孩笑笑说:"以为你是花香招蜂呢,傻子!"引来身后一片笑声。不待老八回嘴,那女孩连珠炮一样话茬子更紧,"瞅瞅你这一脑袋白发,哪个不比你年轻?俺们穿四圈儿、趿拉板儿,往后能亲眼看见淘汰的是谁,你懂吗?想叫俺们进你这傻子工厂——吥!"
说过,人已走光。

老八气得一蹿从椅子上站起来。

立街口

秋里的下后晌,老八独站街口木然发呆,伴着缓缓日落,他的心也一点点凉了下来。

那时,生产队还在,全队等队长派活儿的男男女女都在这十字街口说笑打闹。当时,人们并没想挣钱干多大事业,更没想要搬进城里或什么大城市去住,更多想的是今天队长派啥活儿,回家拿啥工具,盼着今天摊上轻闲活儿就好了,可以轻松缓歇半天,而队长也和大伙儿一样,派完活儿就出地走开。

老八又到十字街口不是来观光景。如今这里与当年队长派活儿时相差无几,还是那条路,那个街,所不同的是,坯房换成了砖房,土路铺上了柏油。因是偶尔路过,一个熟人没碰上,老八感到难以名状的沉闷,当年队长派活儿的热闹景象好像是在昨天一样,转眼今天不见了!

如今,原先等派活儿的人们大都走了,走得不知去向,甚至有的已上了黄泉路。

当年,老八头一个外出打工时,他家院里来了不少街坊邻居。黑嫂说:"老八呀,咱这街上壮劳力唯数你年小,唯数你胆儿大。可是,出门一人闯荡,事事可要……"说着说着落下泪来,"嫂说你甭看有个壮身,小得可怜呢!熬不下去就早回来,咱地里庄稼活儿一辈子等着哩。一道街,几时回来都亲你不够……"说得老八心里一阵阵发热,眼泪吧嗒吧嗒掉下来。

如今三十多年过去了,当年的黑嫂已年过古稀。老八年年回村带着鸡蛋、点心串门。走串到黑嫂家,走串到谁家进门都是热情地客套一番,给乡亲们留下要送的物件儿,坐一会儿,聊一会儿,之后不舍地走开。老八当年出门的前一夜,曾一人立在这十字街口对天发誓:"挣不上大钱绝不回来!挣了大钱非把这破街换个模样不可!"这是他多年在心底装得最深的一句话。如今,挣到大钱了,锦衣夜行在十字街口上,胸有成竹是了人物,心里却空落落的有说不出来的味道。以往热闹的人群不见了,欢笑的场面不见了,更让人心凉的是那暖上暖、热上热的贴心话也不见了,偶尔过来一个陌生人,目光连打量也不打量就木然离去,远远的影子让老八无限感慨、思绪万千……他站在十字街口一再反问自己:"人呢?以往那些不念钱啥的,只念干活儿的人呢?那些真真切切都到哪去了?冷清的街上咋连个亲热的人影都不见了!"他站在原地,一动没动。

天渐渐暗了下来。街上朦胧来灰灰的雾霭。老天仍在变黑变凉。老八想:下年还来吗?相识的人一年比一年少,年轻人出门打工走了,街头上更小的孩儿们根本不认识,老人们都已枯衰,新媳妇多半无话,许多家都随新农村改造住进了新城区,还有必要再回来吗?还有必要再把街上建来新模样吗?他在十字街口上又站了会儿,缓步向村外走去……

老八在路上想:"改年还来!"

短篇小说

命锁三秋

　　头一秋，六合在此之前就做了盘算，大哥已经定亲，二哥正在张罗，自己年满了十八岁，爹愁娘愁白发已经愁满了头，愁到哪天算一站呢？六合想，走，当兵去！不能再在家里窝着，窝来的全是愁。当他向小队长老石叔提及美好愿望时，老石叔一翻眼皮一转身，蹲在牲口棚旁小队部门口凶凶地抽起了旱烟，半晌没吭一声。他不想和六合多嘴的原因明摆着，全小队只此一个明白人，人精账细谁能比他记账记得清楚？会计上实在没人能替这狗货！

　　六合说，叔，开恩吧。俺还有一妹俩弟俩哥哥，俺家这点家底儿我和谁争？争谁都是猪狗不如。叫我爹盖五处宅，娶回来五个儿媳？杀他算了！

　　小队长老石叔仍在抽烟，身不起，脸不动，依然瞅着牲口嚼饲料，那牲口也像瞪眼在心里说他不近人情。

　　六合见默认就是许可，兴奋地跑向大队部报名去了。

　　一报，哪都顺，家是贫农成分，人是初中毕业，中等偏上的个头儿，八乡诱人的相貌；精明小伙人见人爱，只有他家街对门的岁英妹子最能配得上。

　　岁英躲在自家门洞里暗处说了句去呗，没人拴你。低头抠弄过衣角，又抬头捏弄辫梢儿，低眉扭身跑走了。六合就抓耳挠腮地挺直了胸脯,随大队人马进城体检去了。

体检队伍并不庞大,东关街大队十三个小队,六队地处东门外拴马庄一带,总共四十户人家,二百多口人,够资格体检的顶多不过仨俩。六合体检上了,合格了,青年队伍里眉飞色舞,大队喇叭里天天名扬四方:

六队的刘六合,六队的刘六合,马上到大队部来,马上到大队部来!

甫问,又是领兵的过来相面。

岁英爹乱抠烟锅子跟上了紧张,岁英娘也心不在焉地刷锅洗碗。贼眼明摆着,二人眉眼上你来我去,谁都能瞅出来后头的好事连连,二老想到了给闺女提亲是时候了。

亲没提,小队长老石叔的心却先提起来,他坐卧不宁地跟着喇叭上的喊声向老婆子吼叫,你咋说那轻巧,六合子一走,谁会记账?你叫谁来顶摊儿?

老婆子说,那也不能误孩儿一世呀,他家那光景你又不是心里糊涂,往后孩儿的日子咋奔?往哪再找出路。

那我这队长呢,小队呢?半个会算账的猴人儿都没有,真叫六队散摊子呀?狗货!我得说说……

小队长老石叔找到六合家,先向六合爹,后向六合娘,最后向六合大哥掰开揉碎地讲他在平津战役伤了腿、朝鲜战场冻了脚、转业扔下铁饭碗回来为全队社员掏心窝子……讲来讲去讲到了六合人还年轻,日后有的是机会,小队实在脱不开手,二百口子人不能糊涂成一锅粥地过……眼含热泪,八般手段,愿意叫六合留一年。

六合爹说,我哪管过他呢?我胡子没你多,嘴角子也扛不过你拾掇,去不去由他、由你定呗。爹娘不管还不行吗?在哪也不过一口饭。听你!

六合当兵没去成!

六合太心软,禁不住老石叔热泪盈眶反复劝说,狗货一肚子热气撒了个精光!

这年的秋后格外阴冷,之后在初冬的小麦地里浇过冬水,六合脑袋上冒着急汗,双脚却在冰碴儿里踩着,心疼得岁英连跑几遭不歇脚,直到叫来了六合娘,老少妇人好说歹说才算劝他把雨鞋穿上。

回到家,脚已冻硬,红肿得几天没能出门。

大哥说,不出门倒好。杰子当兵去了云南,当的全是工程兵,开山凿洞,脑袋掖进裤腰里,说不定哪天回来个残废人,不去倒好。安慰弟为他忙房子、忙娶亲。

第二年腊月里,大嫂娶了回来,家里又多一张嘴。劳力都是好劳力,下地也都能挣回大工分,可毕竟人多、嘴多,爹娘为二哥盖房的操劳更多揣了一愁。

六合心里明镜一样清楚。

夏里黑夜天,六队牲口棚旁边的小队部里,记工分的人群挤得像羊圈,小队长老石叔又捏着烟头儿向六合交代,六合子,七队队长孙脖子找来了,他队的老会计病倒了多日,怕是要压棺材板子。不行你先顶几天。贼日个!越稀缺越挖找。去,把账盘清盘清,两头先顾着。见六合慢眼发呆,补充说,咋,要滑儿呀?扒了皮,叔也晓你多大本事。别说这俩队的账,再多仨俩你也不在话下,老实过去!

六合以笑作答,乖乖去了。

东城门附近没人会多心,全东关街挑不出第二个六合来,那黑眉,那大眼,那精干无双的狗货样子,从小就好得出奇,要不是交不起学费,早上高中考大学走了;谁说也是人和账一样精致,不然,八乡不见的俊闺女岁英也不会看上他。

六合兼顾七队的账,事务繁多起来。好在岁英离得近,打头碰脸隔三差五瞅见他,二人你笑我一眼扭过头,我眉你一目转过身,忙也心里愿意。

六合心里踏实,没当兵走,岁英对他也没心远。

转眼又是一年秋。

这其间,有城里招临时工的,有外乡聘小学教员的,有本大队工业组挑选修理电机的,有外队借人记账的,全叫小队长老石叔打发了,回话全是同一句,你要拽他走,你来给俺队记账。你不来记账,我叫二百口子人上你家喂嘴去!

来人盼兴来,扫兴归,一个个吧嗒吧嗒嘴角,拍拍屁股走了,恨不得把六合劈成几半儿分走一块。

六合,很是吃香。

六合,名声在外。

六合又在是年征兵中十拿九稳地报了名。

六合还是在莹莹的月光下,偷跑去街对门小门洞的暗处向岁英笑说他参加了体检,并说政审也已合格。

六合爹说,难呢,几十号人挑不下仨俩货,多亏贼日个没毛病。

六合娘说,那是咱孩儿心实,人家瞅上的是咱孩儿哪也没有花活。

那就能穿上军装走了呗。

那就找人把事儿说说呗。

俩老人念叨着又能甩走一愁!

岁英娘也欢嘴说,领兵的说是北京啥参来着?各关口把得可严实了!

岁英爹也高兴说,贼日个,真争气!

老两口一问一答也喜上眉梢向街面上张扬,也想在走兵前把亲事趁早定下。

六合爹对媒人说,他二哥也是头年儿里成亲。定吧。贼日个,咱愿意哩。哥儿五个,老大、老二都有了,他老三是下雨不打伞——轮(淋)上了。喜得胡楂儿子散满了半腮。

这年秋,收成也格外叫人心喜,连场上的玉米、豆子、谷穗、山药都笑咧了嘴。征兵通知书还没下发,六合早已欢心飞向了兵营,小队长老石叔黑天却还蹲在小队部门口抽烟,伴着那沉闷嚼料的骡马牛驴,一抽抽到天发亮。他发愁,没人来当会计,浑货们一个比一个笨样!想拍屁股骂娘,没处下嘴。

进到家,老婆子赶着向老石叔说,老头子,说下大天来你也不能卡,一命连一命,咱不能毁下孩子一生一世!

咋算毁,不当兵就不活都狗了,他当兵和我当兵是一码事吗?那时候谁愿意,脑袋掖进裤腰里,他如今去是享福!

谁不想享福,谁不想享福,你不能!老婆子手里的擦桌布擦得桌皮也像在叫唤。

门窗、房顶、桌椅板凳好像都在天天磨叨老石叔,要他坚决放弃阻止六合当兵的胡想,放孩儿一马是积德行善为国为家,自个儿的难处得求大队干部派会计来为小队解决。

老石叔含泪无语。

这时候,七小队队长也来添乱,他带领队委会一行五人来到六小队队部,进门先给老石叔放下一把烟叶,齐围住老队长百般求情,满屋的舌头压向一人,说是已和领兵的交涉过了,要六合留下来记账,恐吓年底算不清账,分不了红,三百多口子人的河堤就崩了,连骡马牛羊也一起碰墙上吊。要不,都给六合磕头去。

小队长老石叔横竖没能支撑住场面。

眼睁睁入伍通知书就要向大队部下发,眼睁睁总参领兵的爱不释手死眼瞅着,眼睁睁六合当兵硬是受阻,破房脏院门帘窗户都像是在替六合叫苦,又是没走!

六合尖底坛子一样连和岁英爹娘的笑脸告别都做了,喜从天降似的连和岁英在照相馆的合影留念都洗出来了,破墙头上的枯草摇头摆尾,院里的鸡鸭猫狗欢蹦乱跳,硬是没走!六合硬是被七队五条大汉跪哭得泪流满面,当兵走又成了美梦一场!十九岁啊,最好的年华没走成,硬是没能走成!

六小队队长松心了,七小队社员喜屁了,街上问谁谁都不信,六合和岁英在小门洞里抱头痛哭,哭过,满心咋也埋不进日子里……

当年,东关街大队走兵走得是六月儿。六月儿第二年提了干,明确了之后的人生路程……

第三秋的应征入伍里,六合就不顾了一切。二十岁,最后一年适龄。妹已大,家中又多了二嫂,大嫂带了孩子,大弟二弟还在念书,他再不走,房还是和爹娘挤在一屋,人还是收入可怜,多干也不见希望,少干也不见尽头,靠生产队那贼日个日工三毛的分红钱盖房成家,分明是天方夜谭加痴心妄想。六合急了,国家号召保家卫国,我也正是适龄青年,咋就非要杀我门外呢?我非走兵不可!

体检前,领兵的说是广州特种部队,体检进行的是绝户网筛选。一茬接一茬验过后,六合心中没底了,各项要求太高,反复审查太细,多人对此不抱希望。

当年夏末曾发了大水,滹沱河大水跑平了河槽,全城动员,有力的出力,有钱的出钱,人山人海赴河堤驱洪,财、物供应源源不断,一场大灾转危为安。

秋后,上级开始安排查账,查账中更是一扣紧一扣,县民政局要救灾物资统计,县纪委会要捐款落实详情,公社要大队用款明细,大队要查遍各小队账单……六合首当其冲,抽调担任本大队三人核查要员。查账昼夜兼程,马不停蹄,一直到体检已过,账目还没完全查结。

六合爹也上心了,撅屁股拍步找到大队干部说,要不当兵走,你们给孩儿盖房。

大队干部也不含糊,当即回答,他要当兵走,你来大队查账!

六合爹说我不管了。

大队干部说不管正好。

岁英爹这才上了心,找到六合家里说,孩子不当兵,咱这亲事在哪办？

六合也急了眼，找领兵的问情况。领兵的只是笑，三缄其口。事理明摆着，特种兵挑选必须保密，能走不能走两说，但保密一说不变。

六合心急如焚，瘦了肉，陷深了眼窝，眼看征兵接近尾声，他的兵梦下落依然不明。六合整宿整宿睡不安生，生怕这次碰上闪失毁了一生前途，他难忍难熬无处表述，心惊肝战地不敢往下多想……

转眼间，征兵结束了，六合真就没有走成，说是没能被挑上，具体原因深不可测。

那些天，老天爷乌雷闪电地也不开眼，黑天烂雨死下个不停。大队整账昼夜无休，人困马乏的日子难熬到了极限。街人跟着死了心，谁都认为六合当兵没走成，是特种部队挑兵太严。

紧接着，两家子为成亲无住房闹得不可开交。岁英爹最后也死了心，立逼岁英退亲，六合娘也阻挡不住岁英娘硬退回的彩礼，岁英不再见六合，骂他贼心躲藏好日子、另有歪心，六合难见岁英是因为查账太忙，浑身是嘴没工夫去说。整个婚事天不作美，善邻善舍都来动嘴也没了咒念。至此，六合黑暗的前途陷入了更深的泥潭……

这天，记账累了，六合进到大队部另一屋里换心闲聊，无意中，副大队长老杨头说，如今当兵的也走了，说也无妨。你瞅瞅，这是啥？指给六合亲自过目桌上的入伍通知书。

六合一看，当即晕倒在地……

从此，六合嘴巴被污脸糊住了，整天哭哭笑笑乱转在街头，见人咧嘴傻笑，进家就扇自己脸，人，疯了……

六合疯了后，东关街上的鸡鸭猫狗都躲他，但社员都很同情，大骂大队不是东西，不该压下入伍通知书换成别人；人们待他更是亲上加亲，从来没人把他当疯人看待，他家也并没疯来多大乱子，妹一出嫁，俩弟赶上了放开考学的好时候，家里不再为他张罗房子说媳妇，爹愁娘愁反倒少了。

又是一年秋后，又是一年秋后……四十年过后的中秋傍晚，六合在街上碰见了回家探亲的六月儿。儿时的伙伴已是少将军衔退职下来，二人立在街头笑颜聊天。

六月儿问，后来呢？

后来三十多岁病有了好转，日子开放了，乡亲们都照顾，花少钱娶了如今的媳妇。

哪里人？

甘肃。那厢穷，来咱这知足。

孩儿呢？

俩。都成家了。一个大学毕业留在成都，一个大学毕业留在咱县。日子好，我壮实。

病呢？

没犯过。当时也说不清咋回事，就是整宿整宿睡不着觉，生闷气。记得是把所有账本抡到了房上，所有被褥抡到了街里。我爹把我锁在小东屋里不叫出门，我娘送过吃的守我流泪。没泪了，流干了。小队如今也没了。当年老石叔给我爹磕头扇自己脸，我娘跟他齐跪着求我爹不急……六合停了停说，好在当时该出地时有人热心叫出地，有下河的拉着说笑叫下河，乡亲们都不亏我，病就慢慢好了。如今做小买卖有进项。六十岁身子骨还硬，还能跑腾几年。孩儿们不让干，我是怕歇出病来。日子好了，日子好了。

秋的傍晚，徐徐降来了蒙蒙暮色……

六月儿说，要不，这将军是你的。

六合说，哪有那才分，我只会记个账，后来账也记不清了。挺好，如今挺好。

六月儿是在回到家才大哭了一场，为六合、为岁英？他想不清楚……

黑四儿踹树

黑四儿家街门口栽了几棵本地槐,那树当地人称笨槐,春天槐花扬香,秋天槐籽养眼,树身结来的板材结实耐用,盖房打家具是正经物件,黑四儿爹说墙外空着也是空着,养上树,往后也好派个用场,就从村北大河套挖回来几棵小苗栽上了。那树有两棵长得枝繁叶茂,有头有脸,不几年就像俊女人一样美在了街头,唯独靠街门口这棵先前也最看好的树苗,长出的嫩叶比蛤蟆耳朵还小,成天叫人闹心堵眼,谁从他家门口路过都说像是死了半截,黑四儿爹横竖不认账。街对门的二进爹说,树下挖过石灰坑,脏地壤子叫你白瞎那份蛋心!黑四儿爹粗着脖梗子说,栽不活我跳井!那树就说死不死,说活不活地常年在他家街门口碍着眼,很是脏人眼瓢。

黑四儿黑瘦笨样的比那脏树也强不到哪去,下学考回来鸭子分,他爹抡起来鞋底就拍,三拍两拍把他拍到笨槐树下抹泪儿,黑骨架伴着小枯树,像非洲当地人伴着野生木头一样,比那半死不活的呆物儿还叫人心堵。

堵心货受了委屈不安生,咣,咣地咬牙踹树,踹得那树更加半死不活。

树像高粱秋秸一样枯不如死,黑四儿也像无头苍蝇一样在街上行走,他初中没毕业就跟后街的大把式干瓦匠活儿,后来学了技术搞承包,慢慢当上了二工头,他家那笨槐树长出了新枝儿,他咬牙咣,咣踹树的次数也少了。

这天黑晌,黑四儿家近门婶子英月来找黑四儿说事儿,进门客气说你叔叫我来问问,对门官司判下喽不?

黑四儿媳妇亲着唤婶儿坐下,泄气说,没指望了。三年五载也没指望,二进家媳妇当家子哥哥在那啥当差,没指望。

英月坐下来也亲着说,那啥判案限时候,有没有指望不能他家说了算。

不算咋不判呢,他家上头有人!黑四儿媳妇嘴里嚼着一大块白馍不下咽,腮帮子鼓得比她俩奶还大。

黑四儿不插嘴,闷头喝粥。前几年,他和二进合伙进城施工,塌架赔钱把二进那份先垫上了,总共七万多块,其中还找别人借了三万。回来后,二进乌嘴儿不认账,咬牙说黑四儿是主家,理该倒霉不关别人屁事。黑四儿赔得撅不上裤子,光屁股回来被他爹抡鞋底拍得满街乱跑,跑回来没处撒气,照那笨槐又是咣,咣踹几脚,树皮踹裂了几块,那树像是龇牙咧嘴要骂街,招来树上惊飞的麻雀唧唧了不少闲话,像在唧说他媳妇打麻将,不跟黑四儿并膀去二进家要账。

二进家和黑四儿家住错对门,要账说嘴十分方便,往常两家好得恨不得同锅里抢勺,官司咬上后,一年年却没了话说。二进对黑四儿告他很生气,虽然没歪脖子干架,却闭嘴舍脸地耍肉头,见黑四儿催账就说,不是告了吗,叫法院来!黑四儿媳妇碰见二进也挖苦说,你耍肉头赖死账,低头抬头就不怕脸皮子磨伤?二进乌脸不还嘴,走远了回头一句,男不跟女斗!官司横竖不见天日。那几年,黑四儿确实没少咣,咣踹树。

英月盯着黑四儿的饭碗说,幸亏这几年有了活儿干,要不还不得把人愁死。就算手里不缺,那也不能容他家年年把账赖着,反正那啥早晚得判。转而说正事,你叔叫你抽空把俺家那块空地盖上,东头西头都盖了,就咱中间空闲着。挤个小工夫呗,婶儿晓你们贼忙。

黑四儿抬头笑笑,又闷头喝粥,对叔家想帮他挣工钱心存感激,也不提工钱多少,也不念款式样式,点头就算答应了。

黑四儿答应有答应的说处,他家人口多,小时候吃叔家的接济无数,他要敢说个不字,他爹抢鞋底能把他拍到村北大河套里。实际这二年,黑四儿确实早出晚归,小小二里庄,总共不过三百户人家,几乎家家吃饱撑的盖新房,城里已经和村子连成片了,翻盖小二楼的劲头还在有增无减。那钱也说不清哪来那么多,新小楼成排成排的起,黑四儿家的破房仍然厚脸皮瘫在原处,连屋里的桌椅板凳都像在叫穷,生气黑四儿以盖房忙为借口,自家的日子却猪狗不如。即便如此,黑四儿还是在忙中偷闲把英月家的小楼盖上了。

楼也盖妥了,活儿也验过了,英月不见给工钱,说是气得后背串的腿疼。黑四儿两口子伴着破桌破椅就不敢吭声了,怀揣热果子在家等,一等等不来,二等等不来,眼见街门口笨槐上的小麻雀聚堆儿唧唧的比骂街还难听,黑四儿怀里的热果子还在镜里照着。他壮胆来英月家说事儿。

英月阴脸说,婶儿待你薄不?

四儿说不薄。

不薄咋你这么待婶儿呢?你叔不在家,你贼胆疯长啊?

黑四儿莫名其妙问咋了?

英月说,你说咋了,你瞅瞅,你过来!扔下手里的针线拉拽黑四儿来到了新楼跟前,面对新楼指问有没有毛病,吆喝黑四儿再紧再忙不该在叔家偷手,结实不结实先放一边,新楼盖得太离谱。

黑四儿说,侄儿可是吐了血力,八级地震也连累不上咱这房。

英月说,你拿个捅火棍支起来眼皮好好瞅瞅,这楼没毛病啊?

黑四儿又抓后脑勺,笑脸对着英月,婶儿,甭卖关子了,哪有毛病呢?这些年我一连盖了多少栋,顶数咱家最上心。

英月说,你倒是上心了,你叔哩,我孙哩,全家人闹心!孙子对象娘家说,要是叫闺女住进这楼里,亲事非散不可!

黑四儿反问为啥呢,为啥?

英月指着楼顶说,你说为啥?瞅瞅你干的好事,楼顶这头比那头高二尺还多,你眼斜呀,装看不出来!

黑四儿嘻呀说,这我晓。盖前我就提过了,我叔说叫我看着办,没说不行。

叫你看着办,房顶上斜摞几块砖头不就妥了,咋整个楼顶斜着架哩?你脑袋叫驴踢了,还是叫门夹了,谁家盖房一高一低?

黑四儿辩解说,您老非往歪处想,侄儿也没话说。不细瞅,根本看不出来。谁没事儿站在院里斜眼瞅楼顶呢。

你放屁!你愿意住这棺材楼你住,你得给婶儿拆楼顶重盖!

黑四儿以为英月说玩笑,苦笑笑解释说,村长一再向我交代,各家必须一样高,东边大货家的新房高,西边红来家的旧房低,咱家中间这楼顶子要盖齐,咋着也得一高一低。

你胡呧,哪个驴踢了的教你这么盖楼?你傻呀,村长家咋不盖个棺材楼哩?他叫你盖个坟楼子,你也不掂量地皮在哪呀?英月动了情,指鼻子说脸不给工钱。

黑四儿垂头丧气回到家,横在门口又踹那树,那树要是有嘴必会骂街,驴日个,怨我呀,你踹我!没瞅见你爹也不抡鞋底了?你爹都说英月做事太绝。

黑四儿媳妇见黑四儿空手回来生气,鼓动说,得找大队摆摆嘴,扣工钱还不行啊,咋能一分钱也不给哩?这么多工钱垫着,后头没法儿再接活儿了。指派黑四儿去大队部找村干部评理。

大队部一堆人正在围桌云山雾罩海聊,调解委员老磨磨见黑四儿火气十足来告状,嘻嘻哈哈笑着说,四儿呀,出门几年长本事了,盖楼盖个棺材顶,还污说受了村长旨意,村长叫你盖棺材楼吗,发不着的神经你也发!

黑四儿说,村长叫……

村长叫盖楼必须一样高，你在顶上斜摆几块砖不就齐了，谁叫你楼顶斜着架哩？

黑四儿理屈嘴笨找不到话说，村干部们笑他是鸭子下蛋——外行鸡，他回家向媳妇学舌，媳妇黑天又来英月家磨嘴皮子。

英月还在忙着给孙子纳鞋垫，眼皮子抬也不抬数念侄媳妇成天打麻将，旁敲侧击问四儿挣钱够不够她要？

黑四儿媳妇忙说，早不打了，正经事还忙不过来，没那闲心垒砖头。劝婶儿当长辈的要有个长辈模样，不能赖了工钱装糊涂。

英月一听就火了，立马摔下鞋垫厉声问，咋对婶儿说话呢，啥叫赖了工钱装糊涂？你叔不叫黑四儿拆了重盖，算他烧了高香。我这一家还发愁呢，人家孙媳妇不住棺材楼，你叫叔家这一关咋过？

黑四儿媳妇站着不坐，表情上带着两口子类同的笨样，态度上想要蛮横，和婶儿家的新桌新椅形成对峙。

英月说，有气街上撒去！我这头还没找你们算账，你别背着萝卜来找碾床儿，回吧，工钱等你叔回来了再说。两句话想把黑四儿媳妇打发走。

黑四儿媳妇蔫说做完活计不给工钱，这叫不讲理。

英月说，那算人干的活儿不？干活儿不随主，那叫二百五。我不跟你磨嘴皮子。叫黑四儿来，我不听你瞎搅和。

黑四儿媳妇说，咋搅和了？干完活儿不给工钱，就不怕当街人笑话。

打麻将咋不怕当街人笑话？我怕给了谁工钱输光丢净。你叫黑四儿来说。

黑四儿媳妇就不走，还在说俺干活儿为了挣钱，不为治气。一屁股夯在了床沿上。

英月扭头拾起来鞋垫使针线，低头忙活不吭声，也像二进家那样耍肉头，气得黑四儿媳妇瞅着桌椅板凳心堵，起身拔屁股走了。

英月家横竖不出工钱，黑四儿家高低没了咒念，好话摞了八大筐,半句话也没管用,气得黑四儿三天两头跑到街门外踹树。

工钱的事正着急,黑四儿爹又添乱住进了医院。黑四儿两口子发愁借钱为爹治病,全家人猴儿跳圈一样拍屁股找钱。黑四儿媳妇坐在饭桌前数念黑四儿,叫你盖一层,要一层钱,就是不听,受了气也不敢放个响屁,成天叫我擦屁股,你就不能不窝囊废干等着?

黑四儿说,多少家子要不来,又不是我不要。眼瞅着工程停摆,我比你不急呀,你在家里再闹哄,我去他家上吊了!

三句话不合牙,两口子动上了手脚。黑四儿哪是媳妇的对手,三下五除二就被拾掇了个鼻青脸肿。黑小子出门没踹树,转身拐进了二进家来。

二进家媳妇正在刷锅,转脸见黑四儿已经跪在了眼前,惊得不知如何是好。黑四儿碰头匐地说,大嫂子,求你了,再不给钱要出人命了。我爹住院交不上钱,死路一条!

二进媳妇说,四儿老弟,你眼长进裤裆啦?男人家的事,我几时掺和过?快起来,男人的事,你找他爹去说。

黑四儿扭头四外找人,起身就脱上衣,想让人看他媳妇打来身上的青肿。二进媳妇说,黑四儿,你要干啥!拔腿就往门外跑,迎头撞上了二进。二进见状二话不说,闪身就向黑四儿扑来,转眼黑四儿又挨了一顿拾掇。

黑四儿逃往街门口时,不忘向二进家街门踹上一脚,见二进追出来,直接又往大队部跑。

跑进大队部,黑四儿委屈万分大骂二进是滚刀肉,蛮不讲理下狠手。村调解委员老磨磨又阴阳怪气地问,四儿,又来拿村干部解闷儿了,咋你家那么多好事儿招惹世界哩?你惹了东家惹西家,惹了老辈儿,惹平辈儿,就不怕乡亲们戳你后脊梁骨?

黑四儿说,大队也学二进呀?欠工钱到底管不管,不管我去找县上!

老磨磨说,你以为县上叫你盖棺材楼啊?你以为当二进的面,对人家二进媳妇脱衣裳,还能接着上炕啊?你去省城,去北京,去试试,看公安局咋着把你扭回来!

村里对他吓唬过后,又怕闹出来上访事件又派治保主任找他说事儿,要他自己屎块自己擦,不能疯狗一样到处乱咬。黑四儿又被数落了一通,垂头丧气回到家门口,咣,咣又是一阵子踹树。

那树真是倒霉了,树身被踹得皮开肉绽,像是委屈向家里的桌椅板凳哭诉要它们小心,劝黑四儿不能再在家里发火,发火也不是媳妇对手。桌子好像在对椅子说,两口子要干架,他媳妇一巴掌能把他搋到南墙根儿上。椅子好像对桌子说,他要敢不低头,他媳妇两脚能把他赶到小草棚里睡觉。黑四儿只好低头向媳妇说,告,连叔家一起告,反正也是没法活了。半截砖砸不疼他,拿整砖,叫法院整!说得他媳妇也茅塞顿开,大骂二进家不讲理,也要去二进家要肉头。黑四儿说,咋要?他家那院里可养着狗。黑四儿媳妇说,看我!也跑进二进家来,大骂二进向黑四儿下狠手,撕拽自己的头发坐地撒泼,啊呀呀,打不死我,就在你家活活碰死!啊呀呀……号啕大哭,半个村子都在听响,吓得那狗躲在远处没敢叫唤。

黑四儿媳妇大哭大闹,二进家一家人在院里像看疯子耍猴儿一样无关心肠,鸡瞪眼像说鸡有理,鹅张嘴又像说鹅有理,硬刀捅进深水里,铁拳砸在棉堆上,肉头只能吃到肉头果子。黑四儿媳妇一无所获回到家,两口子商量了半宿不睡觉,决心再往法院跑。

第二天,闯过法院接待室,闯过办公室,二人直接闯进了院长屋里。院长正在埋头审视案卷,见进来两个素装打扮的百姓,心平气和地问情况,问告哪里的二进?

黑四儿一五一十学舌。

院长说,送来封信就算告状啦?回村儿里找个明白人,问明了状子咋写再来告状。

原来,他家状告二进的案子,法院根本就没有受理。

黑四儿两口子就又如丧考妣地往家走,没进家门,家里传来哭声……原来,黑四儿爹死了,这或多或少与这阵子家里的烦心事有关。老人是心里生气……黑四儿顾不上讨债了,悲痛万分料理丧葬……

冬初了,寒风比前几天更硬。黑四儿出殡回来后,站在街门口笨槐树下默自发呆。枯黄的树叶落了满地,他抬头望了一眼树上的枯枝,似乎没想来年还会发芽的事,咣,咣咬牙又照那树踹了几脚……

那树不会言语,会言语一定会说,驴日个,是我欠你吗?

仨眼子逸事

大眼子

出东城门往东关街走不远路有间小土房,房前是个杂草丛生的小方院儿,院儿的主人就是眼子。因了东关街有俩眼子,他长得人高马大、魁身斗头,谁见了都说像个乌脸关公,加之他已五十岁开外,眼字前面加个大字名副其实,名号也就在东门附近叫响了。

大眼子曾有过女人,黑了天,那女人饥荒荒往他被窝里钻,他躲到一边拍响胸脯大叫,往哪钻!你去东门里打听打听,老子是那号人吗?硬把女人推出被窝不近荤欢,没出半年,饥荒女人被野汉拐跑了。眼子擦着嘴角向人说,娘儿们天生就是随人货,跟谁不是跟呢,没了反倒省心!从此,他无妻无儿,无依无靠,长年背个粪箕子在街梢上、乡道上到处乱转悠,碰见像俊花娘那样的同龄女人还会瞥去一笑。

俊花娘笑着故意逗他,指鼻子看脸笑着说,眼子,好端端一个壮劳力,咋就不去队里干活儿呢?

眼子抬起下巴傲气说,老子说不去就不去,不受那份儿洋罪。还得按钟点上工、听他队长瞎吆喝,还得伺候你们一帮老娘儿们地里傻干活儿。老子清闲自在呢!不提他和队长干架的事,也不提他在路上方便拣拾丢弃物儿的事,挤着眼子转身临远,说得俊花娘鹅着脖子两眼发呆。转而,俊花娘回过味儿来向一同看笑的小菊娘说,可也是,八斤粪一个工分,前晌拾一筐,后晌拾一筐,一天少说也挣十多个工分, 比个出地累一天的壮劳力还强呢。你说……

小菊娘笑话俊花娘消息不灵,笑着教导说,眼子精着呢,他才不会委屈自个儿哩。你没瞅见他那五大三粗一身膘吗?谁家有肉票买起肉喽?人家眼子隔三差五拾回个死小猪一煮,拿大盐往缸里一腌,天天不愁吃肉呢。

俊花娘又一个鹅着脖子两眼发呆。

那年月,路边地沟里、院外墙根儿处,常见死猫死狗冷在一边,又干又硬的僵尸谁家也不敢往回拾,唯大眼子独扛敢吃大旗。他吃得膘肥体壮,连说话也无比牛气,实际还真有不花钱的后手呢!

多年来,眼子低头走路不但拾粪、拾吃的,还会拾到许多意想不到的好物儿,像钱包、钢笔、粮票、打火机之类的物件儿经常到手,只是钢笔之类的拾到后,随手就给了路上的小学生。那小学生一定是女孩儿,且会怯怯地看到亲亲的目光和温和的笑脸,听到认真粗重的嘱咐声,好好学啊。吓得小学生头也不回地跑掉了。有一回,他把拾到的钱包追还给丢包的小伙子,那家伙非要抻出来五毛钱给他,他说,我想要钱,还你钱包做甚?真是糊涂蛋!生生把人骂走了。

这证明,眼子做事很有主见。

那几年,街上走的多了,时常碰见疯子、傻子之类的无家可归人物。

夏热有一天,街头上突然又有女疯子骇人惊目地来回游转。那女人瓜子脸、小眯眼,又胖又脏的看上去有四十岁开外,嘴里还一路唱着大广洋,小广洋……一团乱发结成了绣球,谁见了都会不由自主地躲闪。大眼子却不然,他甚至连粪都不到远处去拾了,像瞅见猎物的虎狼一样,一会儿转回来偷瞅瞅,一会儿又转回来明看看,看得老天爷尽着也不往黑天里走。

疯女人白天在街上唱,好容易唱到天黑了,眼子终于将一碗大肉偷偷递到她手里。她狼吞虎咽地吃下去,笑眯眯还找眼子要。眼子说,跟老子走,管够!疯女人二话不说,乖乖跟在眼子屁股后头,双手抓住眼子后裤腰,碎步合眼跟着眼子走得十分妖美。

第二天一大早,俊花娘又在街上碰见问,我说眼子,黑夜可是……

可是了!不等问话说完,眼子回得十分得意,近似不假思索地说,老子尝得鲜嫩呢,可比你强,睡女……坏眼窃笑。

那疯子……

睡下就不疯了,你们女人,裆里一样不?

俊花娘被问来个大红脸,眼子就占了大便宜一样咧嘴大笑,连眼泪都笑出来,不再有得意的气节,而是寻到了趣味的欢悦与骄傲。

俊花娘回过神来反击说,眼子,留下点儿造化,积德生崽……

眼子说,尿,老子还能指望那一天?那是人家的女人。尿毛!坏眼窃笑着走开了,走出去老远还在回头窃笑。

时候不长,队上有人找眼子说事儿,眼子一听就急,厉声回说道,我要不管闲事,你家孩子上学路上早被疯人砸扁了,少在老子跟前唱高调。我就是豢养疯子当媳妇,咋啦?有本事你把老子抓走,还省了起火忙饭呢!

眼子在东门里说话比谁都硬气,他是光棍子一个,谁都怕他着急时候瞪眼伸手"耍光棍儿"。

多年里,街上几乎没人尊重眼子,他的言行举止也确实难以找到可敬之处。男孩们遇上他,总是老远齐声叫喊,红眼圈儿,烂眼边儿,眼珠儿四围涂着色儿(当地口音把"色儿"念"山儿"),眼角挤着红桃尖儿。眼子只是回头笑,从不介意,欢悦时,眼边子会更红,上火时,眼角比鲜桃上的红尖儿还鲜嫩。他把找他说事儿的那人骂个狗血喷头,从此,再也没人敢轻易找他麻烦。疯女人跟他睡了一年多,直到秋后被家人找到,一家人抱头痛哭之后,生气地要打架时,眼子才醒过味儿来。他把眼一瞪,手一伸,也拉出要打的架势说,我看谁敢?她在老子这白吃白住,老子为你家白养了一年多,是个阿猫、阿狗也该还我口粮了,你他妈不识好歹。进而生气吆喝,谁要碰过她一手指,不算人养!要不是我养她,早跟死猫死狗一样倒在道沟里了,找死、找打呀!来人并不相信他的话,自管带上疯人慌逃了。

第二天头晌上街来,眼子眼瓢红肿得像烂桃,大眼大得像熟桃上的红尖儿那样丰满鲜亮。俊花娘又碰见说,值当不?一个疯子。

眼子不吱声,走过去老远回头说,再多舌,老子把你按到炕上,叫你也疯一回!俊花娘赶忙改口喊一句,咱队黑夜开大会,听说喽不?眼子说,去尿,老子才不去呢,去了还得再干一架。他还在生气几年前和队长干架那件事。那回确实是眼子占理,社员们明着没帮他,暗地里都说他骨里有种。那几年,一到生产队领导们去地里评估庄稼,个个想向上级讨好,明明小麦亩产最高六百斤,却层层拔高非要把产量报到八百斤往上。大眼子就坚决反对,黑夜到生产队部记工分的当口里,有理有据地跟队长抢白,人家上级才不管你亩产多少斤呢,你报多少收成,人家收多少公粮。你打不下那么多,凭嘛打肿脸来充胖子?你光想落个好名声,社员们呢?牲口们呢?你还想像上年一样,连种子都交了公粮,先叫人们到别的小队借种子,后叫人们去地里拉粘子呀?你休想!队长气粗了脖子,气紫了脸腮,冲向近前说,谁叫你去拉粘子了?谁叫你去了?你,就是你!眼子毫不示弱,你交公粮交得队里瓢干碗净,连牲口饲料都不留下,饿得牲口东倒西歪起不来,叫人们往地里拉粘子还少哇?你这是阶级斗争搞破坏!队长气急了眼,扑上去就打,眼子也不含糊,还手的同时还一再说着,谁要怕打谁算孬种!我看你再舔领导屁股！我看你再超交公粮不管俺们死活！之后,捂着流血的鼻子瞪眼向队长要"光棍儿",大声说,你要敢断我口粮,我扒了你家祖坟！从此,再也不去队里干活儿了,专门在街上转悠拾粪。

眼子连说带喊走远了,走得离东门里、离生产队越来越远……

改革开放包干到户后,眼子没有承包地,他到城北河套深处林里为大队看树,依然是独善其身住那里的小土房,一人在那里起火、做饭过日子。他一连在那边看树看了多年,修下来的树枝子烧不净,总是扎一大捆像渔夫拉纤一样,大汗淋漓地拉回队里来,也不言白归谁使用,也不向队长告白一声。那时候,生产队早已名存实亡,人们各奔东西各忙各,他把树枝子拉去生产队部,完全是处于"财物归公"的多年习惯,内心深处把公物找到归宿就算万事大吉,总觉得公物归了公才算安生,至于树枝子在院里越堆越多,以至于后来小山一样没法再堆了,他依然不过问"公物"的去处,还在不断往回拉。队长碰见他和他说事儿,他生气说,总不能把好端端物件儿扔了吧？我不管你咋分、咋使,这公物就得归到公家来,你当队长不管好队里的物件儿,算什么鸟货！队长生气说,小队解散了,家家烧上了煤气罐,没人再要你这烂柴火。什么宝贝物件儿,别再瞎拉了,没人要！眼子说,没人要,我一把火点了它,火烧连营,你信不？我一把火点了它！直到队长软下来求他缓个时候,想法找了有关厂子卖掉,事端才算安顿下来。

冬初天,眼子天天拉树枝子往回走,成了街上一道风景。有一天,街上忽然没了拉柴的气烟,寂寂的路面上有人想到了打问眼子的下落。当人们三天后发现他尸身僵硬得像死猪一样板直在河滩地上时,公安局结论说,他是和偷树的至少打斗了半宿之后才断的气。身上挨了十多刀,光是在地上就爬行了几十米远,那偷树的连个树毛都没偷走。公安局顺着受伤人的线索查找,很快抓到了凶手。

生产队长说,那贼胆敢进屋找眼子要水喝,张狂说看树的都是摆设,没人管砍树的烂闲事儿。眼子一听就火了,开始还劝那贼改邪归正,不想那贼竟抽出了杀猪刀乱捅一气,眼子毫不含糊,迎上去死打,一直打到天头明……说着说着掉下泪来。

眼子死了。俊花娘、小菊娘她们听着听着也都泪流满面。俊花爹流着泪问生产队长,你咋也哭来?这回没人跟你干架了。

队长说,你放屁!你有和我干架的胆量不?你当他是打我呢?浑货虫子!

殡埋大眼子时,满街人都去了小土房搭帮手。人们在他家小院儿里议论说,别看他岁数大,要不是看走了眼,先前错把偷树贼当成了过路的,那贼根本干不过他。他是在毫无防备的情况下,挨了三刀之后才开始还手。就这样,还打断了那贼三根肋骨呢。

那偷树的杀人犯被枪毙在了河套深处,跪等枪毙的沙坑离大眼子死挺之处并不太远。

二眼子

从大眼子家往东走半袋烟工夫就是二眼子家。二眼子比大眼子个儿小,脑袋却比大眼子大一圈儿,秃脑壳上还顶着一撮稀毛,一头印花疤癞上下连贯着,看人时,双眼貌似向左,实际却是向右,眼白多出来的那块余肉,说不定还能炒来半盘子肉菜呢!

二眼子是东门附近有名的"粉条加工厂",一年四季鼻上挂着稀鼻泥,那鼻泥超乎寻常地又韧又黏,时刻在鼻洞里很不安分,一会儿变长探头出来碰碰"楚河汉界",一会儿变短缩进鼻洞又从嘴里爆飞出来粘上地面。"粉条"出入鼻、嘴灵活自如,是常人难以学会的真功。人们虽然对二眼子的实际表现有褒有贬,但对其名号呼唤得却万分贴切:眼斜算是一眼子,漏斗鼻算是一眼子,说话办事又"二"得让人想躲,他算是"二"到了家业!

二眼子小学没毕业就开始下地干活,冬里棉袄左右一合,腰上捆一根大麻绳,随意吊着的绳头还会来回拨甩,夏里裤衩上不系腰带,两手把腰布左右一叠,右手掌贴住肚皮向下一卷,穿戴上便带足了窝囊劲头,走路还张扬着自己比谁都强了许多的架势。

文化大革命前期,二眼子三十岁出头,街上挨批挨斗的地富反坏成群结队地让人们瞅稀罕,他爹托熟人趁热打铁给他张罗了个二十岁出头的小媳妇。那小媳妇细高挑儿,水杏脸,黑眉柳腰,要多俊俏有多俊俏,街上十年八载也没碰见过这样一个下凡的"七仙女",心疼得半个城里的小伙子跳脚骂街,老天爷真不长眼,浑货痞子也能贼上艳福!二眼子却盛气凌人地不以为然,看也不看指住身后女人说,你叫她说,叫她说!她嫁给我,算是她家八辈子烧了高香,问问她家啥成分?你问问!趾高气扬地以为他是当今世上最强的好汉了,鼻泥缔造来的湿地又扩大了一块地盘。

身后女人低头不言语,恨不得把头扎进怀底不出来。

二眼子大气磅礴地挥手说,她富农,我贫农。我还得跟她家扛黑锅呢!娶她算是倒了八辈子血霉,差些个没叫俺一家子跟着扫大街去。走!一声吆喝,一转身挥手,屁股后头跟着的水杏女人低头走得又乖又温顺。

之后的日子里,街上传出了无数奇闻,人人大骂娶了媳妇的当天黑夜,二眼子不顾窗外听房的男男女女走马灯一样一拨拨轮换,按住水杏女人就大干起来,只听到屋里女人哇哇乱叫。眼子爹、娘在隔壁正房里也不说出来管管,自是听着骇人的叫声在夜空里向静静的街心上传扬,似乎高天灌满了惨叫。二眼子总算有了发泄之地,他一定要把十几岁开始想女人,到三十岁出头这些年渴望不到的损失补回来,只恨一夜光景时间太短。听房的回来说,那女人整整哎呀了一黑夜,他家炕上咕咚咕咚一宿没闲着,整整响到了天头明。

一连多天里,水杏女人双眼红肿着,脸上青一块紫一块地展满了被人咬过的牙痕。水杏女人没脸再出门,二眼子正中下怀,他随心所欲地黑夜干,白天干,像院里扎蛋的公鸡一样,随便见母鸡走得笨样,追上去就压住对屁股,不管不顾地办完事走开。不到半年工夫,水杏女人走路就变了模样,双膝向外弯弯着,双脚向外撇撇着,走步走不到了一条直线上,见人也不把脑袋扎进怀底了,而是木然无语地呆视对方,像看遥远的木桩一样面无表情。

生下俩孩子之后的一个仲夏大晌午里,二眼子娘高高兴兴手持冰棍儿进屋来,她光想了给孙子送好吃的,忘了进屋前闹个动静。一进屋,二眼子正在炕上按着水杏女人干大事,老婆子扭头就跑,二眼子回头笑了笑,光着身子大汗淋漓,饿虎扑食一般继续大干不休。那女人合眼仰身粗喘着气,躺在炕头一声不扬,脸上说不清是糊了层鼻泥还是泪水,模模糊糊脏不堪言。

事毕,二眼子穿上大裤衩,把裤腰左右一叠,手掌贴住肚皮向下一卷,扭头出屋。剩下女人无动声色地慢慢爬起来,提上裤,也不擦脸,也不吭气,一任乱发糊着眼帘,转身给一旁瞪眼发呆的孩子喂奶。

黑晌闲歇里,秋山娘问傻宝子娘,这闺女自打嫁来咱街就没见过回娘家,谁晓她娘家还有人不?

傻宝子娘回头也说,谁晓这是咋样户人家,把个闺女打发出来就不管了,让闺女天天这样遭罪受,也不说个心疼来看看。

那水杏女人时常在街上怀抱一个,手牵一个,隔三差五亮出来一个鼻青脸肿的挂相,也不见对外人述说痛痒。

秋山娘心疼地问,咋他下手那狠?

水杏女人不言声,眼圈既不红,泪水也不见,像是鼻青脸肿挂在别人身上一样无动于衷。不几年,水杏女人就挂了相,脏乱的头发,呆呆的眼珠,水水的杏眼又黄又暗,蜡一般脸上常年挂着脏泥脏土,不见拆洗的衣衫有时又肥又大脏乱不堪,有时又瘦小得不成体统,身边孩子围了一窝,大哭小叫的一个比一个像眼子,呆头木脑的一个个浑身上下脏不入目, 谁见了也不愿意往她跟前凑合。

一连几年过去了,水杏女人出门脸上依然青一块紫一块地挂着"麻花",从来不见笑容地偶尔在街上呆立一会儿,连脏旧的街门和门框都不愿意叫她靠上。有几天,街上不见了带孩儿的水杏女人,一问二眼子,说是病了。二眼子向人回说得十分气愤,进而放声大骂,臭娘养的脏娘儿们,一辈子叫我跟她家扛黑锅,没把她病死!

秋山娘生气说,二眼子,积点儿德吧,往哪找这么个好媳妇。她给你生养了一大窝,你为啥老打她?

该打!她富农,我贫农,打不解恨!

我问你,为啥出手那么重,为啥打她那么狠,这也叫理由?

这就是理由!二眼子回得理直气壮不解恨,咬牙还在大声说,打她还少、还轻,咬她才解恨!扭头拧脖子走开,脚下留下一摊稀鼻泥。

一直到大小子上了小学,二眼子爹、娘老得快走不动了,二眼子抓住水杏女人还在不分黑夜白天说干就干、说打就打,而且从不避人,仍然像那院里扎蛋的公鸡一样,随便看见母鸡走得笨样,也追上去就压住对屁股,不管不顾地办完事就走。

日子到了改革开放的头年,也是个热天的歇后晌,水杏女人正在门口和别人说话,二眼子从外边闲回来,把旁边女人拿臭嘴掀走后,揪住水杏女人衣衫就往门里拽,女人被拽得跟跟跄跄险些摔倒。二眼子把女人拽进屋里,按到炕上就脱。女人喊,来了!身上来了!不能了!二眼子的鼻泥早已流到了女人的瘦黄脸上,咬牙不管三七二十一,扒下裤子就动手。女人拼命挣扎着,反抗着,终于精疲力竭哭着扭过了脸去……二眼子畜生一样在炕上无情地发泄着、咬牙动身……屋里的炕箱、木柜、破桌、脏凳都像是冒着怒气……

当天黑夜前半夜,街上寂静得连个狗叫都没有,后半夜,四邻突然听到了二眼子家的惨叫声,开始是二眼子爹、娘的撕心呼叫,后来就是邻居们抬着二眼子往城南县医院飞跑,深深的夜空中,似乎天外传来了狼叫。

忙乱中,谁也没注意到水杏女人在哪,当人们在医院安顿下来,回头来找那女人时,不见了女人的踪影。

三天后,东门内外四处传得沸沸扬扬,相互笑逐颜开地传说着,没了!二眼子那祸人的命根子没了,叫他媳妇一剪子扔进了尿盆里!

接着,传来一片笑声。

后来呢,后来呢?傻宝子在一边歪头追问。

后来他爹他娘挽起裤腿来跳进尿盆里去捞了!

傻宝子也听不出来大伙在戏他,接着问,后来呢,后来呢?

后来你脑袋上个勺!

傻宝子备受伤害地怒目走开了。

后来,那女人再也没人见到过,大队治保主任带领社员们也找,二眼子一家老小里里外外也找,公安局开汽车、坐火车也找,鸡们狗们相互传口信儿也帮着到处打听,就是哪也找不见。有的说跳了城北滹沱河,有的说跳了城南运粮河,有的仔细推理说,不可能跳河,咱这河里多年淹死无数人,哪个三天之后也得漂出来亮相,咱不打捞,下游总会有人打捞,顶多是下游那边送尸来,不可能跳河。有的说,可也是,那……说不定改嫁跟人跑了!有人就起哄,跟老和尚跑了,拐进和尚庙了!有人就骂,这如今哪有和尚庙,谁敢出家当和尚!有人后悔抱怨,咋就谁也没把上一眼瞅见个踪影呢?你说这事儿,稀罕不?谁也没贼上一眼,活活叫人在眼皮底下丢了,丢了个阔世界不见踪影!

秋山娘说,活该!叫他二眼子活牲口带孩子受几年罪吧,老天爷就是老天爷,有眼!谁叫他不把媳妇当人看了。活该!

之后,二眼子家的日子就难过了,比人们传说的还惨。他开始还依靠老人带孩子,老人们病倒后,他连剩菜凉饭都没管过,对孩儿们更是猪狗待遇,没多长时间,老人们都走了。打发了老人,孩儿们也上街乞讨的乞讨,当贼的当贼,大队喇叭里还断不了吆喝二眼子快去派出所领人。他就老态龙钟地不见了"我贫农"的英雄气概,坐在门口的树墩上,不想不看地呆望远处,好像他在巴望那水杏女人会突然回来似的,盼望的姿势悠然可现。近些年,外出打工的也多,街上时常冷清得可怜,连个过路的陌生人都不见。二眼子貌似向左,实际向右的双眼仁直直地盯着脖子后头,这说明,他双眼确实在盯看城东门方向。如今他老了,更多的是痛青了肠子一样后悔不已,老泪无端就流下来,鼻洞里的鼻泥稀了许多,不再探头似的猛进猛出,只是一味顺着唇沿上的胡楂子流过"楚河汉界",浸来地上一片水湿,而头上那几根稀毛更加荒芜,可是,微风中瑟瑟飘摇的那几根细毛能招来水杏女人的出现吗?人们谁也说不清楚。而在后来的日子里,二眼子和那帮老爷子们碰面时,最愿意听到的就是希望有人说这样的话,没准儿跑到南方、又转到北方打工去了呢,给谁家当个保姆什么的,说不定日子孬了她会想家哩。这时,二眼子双眼会立刻生出斜睨的光芒,从未见过的笑容弹指一现,又有了在街上走路的气力。

二眼子到六十多岁也没续上弦,没人为他提亲,更不会有女人想去跟他过日月,一看到他的现状,一打听他的为人,谁也不会来自找烦恼。

秋里有一天,他出门叫狗咬了脚后跟,路上站下来十分恼火,斜着眼想动手动脚。那狗主子瞪眼指住他说,我看你敢动动手脚?这是我家花大钱刚给孙子买来的德国黑贝,你要踢一下,看我怎么收拾你!二眼子住手没敢张狂,开口正想大骂,那狗仗着人势瞪眼也想大叫,主人说,我家大狗可不是你媳妇,想打就打,想骂就骂,我看你打打?你试试!二眼子边走边回头,始终没敢动手。

二眼子被狗咬了不到半年就死了,街上传说是狂犬病致死,没人相信他家孩儿们的胡诌,人们倒是听说他死前反复向孩儿们磨叨,可要记住喽,想法儿给你娘买身好衣裳,等她回来了给她穿上;埋我的时候给她留下块空地……

二眼子是咬牙恨着自己死去的,他仰天长叹像在等谁回来……

三眼子

黑孩费劲巴咧地在自家后院挖大坑,把他爹的菜园子全毁了,他俩弟蹲在坑边看热闹,他后娘不冷不热说不管,他爹赶过来跳脚大骂时,他已把大坑挖下半人深。他爹的眼珠子在鼻尖儿上的汗珠里跳舞,嘴和手一并向坑下的浑小子发挥张狂,你上来,你上来,上来我非砸扁你!

黑孩撅屁股挖坑不止,汗珠子"噼里啪啦"砸大坑,他爹围着土坑转圈停下来,好像迷糊脑袋装不下立马滚上来的吼叫一样,黑孩自管理直气壮地撅嘴反驳,滚上来你挖池子呀,没见郝叔家猪皮堆不下、我挖池子要赚钱嘛,好菜有的是供你吃哩!

黑孩爹大骂倒霉蛋不叫老子安生活着!

黑孩梗脖斜眼地又不吭声了。多年来,街上谁都瞧不起他,非挖苦既嘲笑,倒霉事件能数八天,唯有街对门邻居郝叔能伸手帮忙。市场放开后,黑孩不再下地,跟郝叔学杀猪,学会了杀猪又学收拾猪皮,把刮好的猪皮运到土产公司倒卖,终于揣了一手技术,这技术让黑孩津津乐道,猪皮生意比爹还亲。

在猪皮行市里,黑孩很是在行,他会若无其事地站在皮贩子当中,不经意把小眼珠一转,贼一样磨蹭脚步近上去,把右手往对方衣角下一伸,两人手指便藏在衣角下对摸起来。外行人想象不到对摸信号,内行人就是懂规矩,也猜不出量价大小。不一会儿,大眼珠对小眼珠明亮起来,接着眯出一道缝,二人咧嘴点头一松手,心满意足地走开了。不用问,事已成交,鸢无声私下数过钱、验过货,趾高气扬下馆子……也有摸来摸去甩手的,先瞪眼对眉,后扬臂转身,三摸两摸不投机,吹灯散伙各奔前程;还有像是摸到蝎子一样忽然炸锅的,二人一对手,黑孩把手猛抽回来,小眼珠利箭般直逼对方,去去去,砸杠啦!咬牙切齿把对方唬走,大骂对方给价太低。

黑孩靠手艺赚钱,挖水泥池子批量存货,贪大求全要成大气候。

这之前,猪皮生意归县土产公司专做,容不得个体户插手。黑孩走串于土产公司和杀猪户之间,把收来的少量猪皮分批刮净,把刮好的猪皮铺上盐摞起来,直到摞满了池子,雇车拉去地区皮货市场批量专卖,然后再绕道坐汽车、坐火车带回来现款。

黑孩带现款不跟大货车直接回来,怕车上知情人劫他票子,汽车上、火车上,从来钱不离身。

水泥池子周转起来很见效,黑孩跑去天津塘沽趸回来大盐堆家里,雇人把猪皮上刮下来的碎肉、散油熬成大油另卖,终于挣来大钱买上了菜吃,他爹也不骂儿子脑袋迷糊了。

同街的三货娘说,黑孩还想赚更大的呢。此话说过就有人续上了下文,听说喽不,黑孩在火车上碰见假币贩子,生生叫人家给他开了一条挣钱通道。

通道喽不?

通道了,讨价还价花五千趸了十万。下火车没出站台,警察把他扣住了。

扣住干啥?

打开背包瞅瞅。

打开喽不?

打开了,里头全是洋鬼子看戏——傻眼!

街上哄然一片笑声。

那回,黑孩算是把人丢尽,眼皮也垂了,眼仁儿也红了,转弯抹角妄想栽赃假币贩子有意陷害良民,跑遍车厢找不见替身,只好向全世界认罪伏法。仨月后,黑孩穿着裤衩回到家,连原先的兴旺门路也已成了黄花菜——全凉!他在看守所里先放下真币,后放下假钞,狠巴巴被人罚了个片甲不留,吃苦受难蹲劳改整蹲了仨月,出派出所大门时,连门槛儿都不放过他,狠狠绊了他一脚!

仨月后,黑孩回家的路上恨不得把脑袋扎进裤腰里,走到家门口,还是倒霉碰上了三货娘。三货娘装糊涂问,黑孩呀,去哪啦,好些日子不见哩?

黑孩抓抓后脑勺,脚步不停说,那啥,闹病了……住外地。

是不,闹跑肚啦?尽着也跑不回来了,大伙儿想你哩。

黑孩三步并作两步往家钻。

进到家,后娘没管做饭,亲爹生气说,水泥池子长草了,猪皮生意还在河沟里泡着。

黑孩霜打了茄子一样,低头看脚上的黑泥。

街上又有人开始热情招待黑孩,说黑孩亲娘去世早,屁股后头沾满屎块,绿豆……

你才绿豆眼呢,王八看绿豆,我绿豆,你啥?黑孩毫不示弱。

来人木脸笑笑临远了,回头瞅见天上一片阴云。

黑孩藏不住脸,躲不开身,逼自己要从屎堆里拣出豆来,每当有人当面说他,斜眼当即回敬,你再说,再说!再说……郝子说,我是对三货说的,蝇子爬到脸上只折腾鼻子,根本挠不着眼瓢。三货说,我是对郝子说的,那是从正面看,从侧面斜眼你瞅瞅,大眼子、二眼子都像……理该唤个三眼子。黑孩一听,上去就打,边打边骂,你祖宗才眼小呢,看我……

三货撒腿就跑,边跑边吆喝,你娘生你眼仁儿没生囫囵怨谁呢,天下有个三眼子……

人们转而又把黑孩和大眼子、二眼子掺和起来,笑说他也是眼子门类,净办那些个烧不煳、熘不烂的眼子事件,被罚个光光溜溜回家来,理所当然冠冕三眼子了。

黑孩在街面上越发抬不起头来,耷拉脑袋蹲在池边上呆看疯长的杂草。

这天,黑孩又在呆看脚下的碎砖头,忽见池边杂草中有一截锈铁丝,他想,若是倒卖废品呢?于是,毫不犹豫从铁道南的工厂里收购废铁卖到滹沱河北边的郝庄大市场上,一遭遭不辞辛苦地跑起来,汗流浃背又做起了收废品生意,没出半年,那废铁废钢又成了亲爹,小眼儿又眯来眼花缭乱了。

街对门邻居郝叔说,黑孩,别光哑巴戴花——心儿里美,捎带上倒卖亲爹也行。

黑孩茅塞顿开,眯眼儿对郝叔说,叔,你就是我亲爹!

从此,黑孩起早贪黑又倒卖上了钢材。不久,买卖像雪球一样越滚越大,他骂物流公司赚他骑驴钱,亲自雇车运货,从天津运往石家庄,大车海进海出,很快又赚得盆满钵满。

这么又折腾了一年多,黑孩缓上了阳来,街上开始有人为他张罗媳妇,家里开始有人来往走动,刚刚直腰,刚刚起步,刚刚脸上驱散愁容,所有大货车突然兵变,一夜间不翼而飞了!黑孩惊报公安局,一查,原来拉货大车全是假牌照!转即告状打官司,花钱搭工夫又折腾了半年,贼们倒是抓到了,货物却没执行回来,眼睁睁生路又黄了——两年积蓄,一夜泡影!

黑孩山枯石烂,像活活脱了一层皮的瘦狗,恨不得把脸掖到屁股上!

街上议论更多起来,三货娘与郝子娘上闲话,见黑孩走过来,故意大声说,他家那水泥池子没了用项,还不如平了种菜呢。

黑孩扭脸不还嘴,一脚踢开了近身的小狗子。

三货娘又说,闲着也是闲着……

黑孩拾起一块砖头砸到路边小草上,大骂,小草过不了冬!

人们就又挖苦黑孩眼睫毛往眼皮里翻,说不定哪天又要干打眼的生意,都说高小没毕业的猪嘴里,咋也吐不出象牙来。

这时,黑孩爹气得招惹上了脑血栓,二弟又添乱患上了败血症,他要飞快跑医院,又要厚脸筑债台,而自己的老婆也还不晓在哪个丈母娘家养着,闭门思过找不准了过日子的去向……

郝婶儿堵在门口说,黑孩呀,可不能整天愁在家里,掐豆芽长出来的是嫩菜。

黑孩还是不出门。

郝婶儿劝着说,这汽车和那假票儿不一样哩,盘算周到了不会打眼……

郝叔瞪眼大喊,说啥呢?闭嘴能憋死你呀!

郝婶儿慌忙蔫了口气解释,是想问问大号里苦不苦,问走了门道。

问走了门道跳水泥池去,淹死你!郝叔恨不得一句话把郝婶儿偏到南墙根儿上。

郝婶儿走后,郝叔耐心为黑孩指点江山,叫他盘算走土产老路倒卖羊绒。黑孩转着眼珠打盘算,打了好多天才咬牙说,租下队里的牛棚做收购,豁出去了,还做倒卖生意。

这回黑孩长了记性,先挣钱把爹的病稳住,又挣钱把二弟的病治好,接着挣钱盖了楼,他和大弟相继娶了媳妇,家里又开始红火……

后几年里,郝婶儿再去他家串门,进门就多了说笑,言说黑孩媳妇为他生了大帮生二帮,应该好好犒劳犒劳。

黑孩说,婶儿,犒劳了。刚给她爹她娘在新区买了新房,又给她弟在县城找上工作……此说又勾出他要把东门里多数人家带起来,于是,又增加机器设备,又多一项羊绒衫制造,跑去甘肃当地建羊绒基地,生意一扩再扩……县里各家银行纷纷上门放贷款,大客户提前打款才能订单,买卖上捷报频传,打个电话钱就来,黑孩又趾高气扬起来。大弟提醒说,做买卖可不是捏糖人儿,想咋摆弄咋摆弄。言外之意是告诫后哥不能再沾劳改的边。

黑孩笑眯着小眼儿说,你哥不是大眼子,见了偷树的当亲戚,更不是二眼子,娶个媳妇当仇人养,你哥主意正着呢,人家唤我三眼子,我认!

自此,黑孩甘当三眼子,待人亲和,出牌在理,果敢、谨慎……修街、建校、捐款、行善……贷款猛增过了亿,羊绒出口到国外,乘势成立了驰名中外的奥特利斯羊绒集团,雇工过百、收入无限……

这么快速又发展了几年,突然有一天黑孩如丧考妣,霜打了茄子一样又蔫儿了。

街上立马又有传闻，说是羊绒市场今非昔比，西洋那边遭了难，连累黑孩仨月喘不上气来，买卖又赔了，一败涂地！接踵而来的是贷款还不上，追脸的转回来又追屁股。之后，为他贷款的银行行长被撤的被撤，调走的调走，他的公司一破产，法院传票满天飞，事儿又黄了，黄来半个城里地动山摇！

郝婶儿对黑孩说，黑孩呀，快平了水泥池子种菜吧，赶明儿得备上个能吃的。

黑孩拾起来个半截砖，又砸池边上的小草，捡起来碎草说，婶儿呀，甭操那心，池边上有草，我想留它砸着耍哩！伴作不以为然。

郝婶儿生气地回家与郝叔学舌，狠狠向抢食的老母猪凿了几勺，指着老母猪敲鼻子砸脸，你在东门里是小家雀，跑到国外就成画眉了？西洋那边全是二眼子，二眼子六亲不认！

郝叔说，一个猪脑袋，还要长来多大本事，畜生只认钱还不行吗？别念马后炮，那是人坑咱，又不是咱坑人，谁人和畜生一般见识，闭嘴！

可郝叔也是想不通，生气地堵在黑孩家门口，也说他少了一眼，并当面指鼻子说脸。

黑孩委屈说，叔，大伙儿都这么臭我，您老也跟着起哄啊，不就是生意上打眼了吗？又不是脑袋糊涂。说我三眼子，我认！

郝叔说，那你还是少了一眼。

黑孩有些不解，抬起来下巴好像是在问街门口，少了哪一眼？

街门口好像毫不客气，也像郝叔一样说脸指鼻子敞怀嘲笑，少了算计洋鬼子的后眼呗，少了后眼！

黑孩跳脚指住门子大骂，贼们最不是物件，认钱不讲交情。我哪晓他城门失火，干我这边鱼池子事呢？我才不服呢，等俺大帮、二帮大学毕业比我强哩。

黑孩还想东山再起……

心根三题

补 门

兴子家和端家住在东门里同一个胡同里，兴子家住南街这头，端家住北街这头，两家往南街、北街行走都挺方便。端长得黑小，人们都唤她"黑盆儿"。

一到黑天，兴子躲过娘的猫眼，飞也似穿过胡同跑去北街上，与端他们一帮同龄孩们尽兴疯耍，一直要到明光光月盘又小又白了，大人们喊叫无数遍，额上冒了水汽，衣衫湿了水透才回家转。多数时候，兴子娘还没喊兴子回家，端娘早已先出来喊端回家了。有时候，端娘早早给孩儿们带来红枣、花生之类好吃的，让孩儿们手捧馋物儿往回走，一个个有着说不尽的欢悦，兴子也在其中。

或许因了端是女孩，端娘喊端回家时，喊得又轻又慢，远远传来，似听非听见一样温柔如水，端——回家来——不用看，听着就是柔情的弱女子，让人有一种亲了又亲的感觉。其实，端娘并不柔弱，细高嫩白，黑眉大眼，往哪一站都有一种美气招人爱见。男人们瞅见她又粗又黑的大辫子随细腰摆动，心底早已跃了火苗，迎面遇上，没有一个不回头再照的。

　　黑夜捉迷藏,兴子藏进小海爷爷的棺材里不出来,害得小海他们着急找他小半宿。兴子出来后,小海他们对他一通围攻,赶巧端娘出来喊端回家,她见兴子受委屈,把小海他们吆喝跑,蹲下身来一边为兴子擦泪一边说,好孩子,咱不和他们治气。我送你回家。说过,手牵兴子送他到胡同南头。

　　端娘是从南乡嫁来的城里,听说她娘家那村子早先被日本人杀绝过多户人家,村上她家也是独户。端娘的娘家没了亲人,她是从舅舅家那边嫁来的。端爹叫破柜,窝窝囊囊在全世界都能排上名号,不光塌塌鼻子凹兜脸叫人堵心,就连同一排门牙都大小不一,说话鼻腔里像堵了棉团子,吭吭吭吭,三脚踹不出个响屁来。端娘嫁给他,完全是为了嫁来城里。时候不长,端娘就像人们猜测的那样,嫁过来就摊上了干不完的擦屁股差事。

　　破柜在棉花地里打农药,歇工时候坐在树阴凉里向人们吹呼,我就不信它能毒死人。说着,手指蹭一下农药瓶口,伸舌头舔过之后向四周笑模样示强,这有嘛呢?摇头晃脑嬉笑着继续示出一个强汉模样,伸手又蹭一下瓶口,又伸舌头舔。第三下,手指尚未伸向瓶口,他口吐白沫倒在一边弓腰头拱地皮了,像冬天里的冷狗一样抖身筛糠翻白眼,回来端娘就得围上他忙活三五天。那天也是凑巧,兴子娘去端家借细眼筛子,进到院里还没喊人,就瞅见破柜在他家门扇上不分章法地双脚乱弹,喊来人们把他救下来,问他为嘛要上吊?他说,我想试试。气得兴子娘差些个也跟着去上吊,恨铁不成钢说,你这不识好歹的破货,猪圈里的老母猪都不会冲你叫唤!放着安生日子不过,有拿上吊试找死的吗?照他脑门子上狠丒了一手指。自那,端娘就不再有生养,传说是农药害他绝了后头。

　　端家街门紧挨着老增家,一条胡同里端家离北街稍远,老增家离北街最近,端要回家,老增家街门口是必经之路。

　　那天,天很黑,端娘喊过了端回家没几声就不喊了。端说回家心里怕,叫兴子一同往回走。兴子向来对小黑妹很照顾,听说叫他送回家,二话没说就随端往胡同里走,刚入胡同没走几步,就听见老增家门洞里咕咕咚咚有人在来回拉拽。听得出,那是端娘在急促喘气,门框和门闩又亲又咬咣当响。她被一大黑影搂抱着来回扭身,长辫子似动非动地被胳膊压缠在后背上,脸和脸对挨在一起,嘴里还在别、别地喘出小声来。端就怯怯地冲黑影喊了一声,是我娘不?乱声顿时停下了,门口闪出了一块灰白。兴子被吓得目瞪口呆,见端娘头乱衣乱过来拉端往回走,眼里像含了泪花一样一闪一闪地比往日发明。兴子惊慌不安地往回跑,路上想叫哥哥快来接他。

　　从此之后,端在黑天再也没出来过。那是夏天的事。当年秋后,地里庄稼正往回收,人们家家都很忙。兴子爹在大忙中叫了几个壮汉一起去了端家。回来他对兴子娘说,那半布袋黄豆果真从破柜家厨房大瓮里搜出来了,这不是没影儿的事吗,咋成了真事儿?端娘还哭哭啼啼说冤枉。那赃物明摆着,咋能算冤枉呢?有俺们仨活人作证!兴子娘说,你是治保主任,可不敢随便侮人,谁不晓街上最恨手短,你得查牢靠了再作说法。兴子爹说,有啥不牢靠?那黄豆早都还到老增家了,还能有假?老增要是不言语,事儿还能压下来往轻里说,老增非要有个说法不可!兴子娘说,野狼没安好心,狗嘴馋着嫩肉哩!兴子爹说,破柜就一破货,不整他,长不下记性!第二天前半晌,破柜脖里挂了牌子,低头站在北街胡同口上向人们示罪。满街人像看耍猴一样围着破柜看热闹,好多孩儿们在街上大喊端的外号,黑盔儿,黑盔儿!端握着拳头想干架,被兴子拉开了。

　　破柜在街上站了两天就不站了。兴子娘就说兴子爹,你也太心狠了,说说也就罢了。谁也没逮住,谁也没瞅见,咋就认准就是人家呢?那要是老增给人栽赃呢?你能说清谁是谁非?兴子爹说,脏娘儿们,少插嘴。人证物证,怎么赖账?兴子娘说,谁是人证?谁是人证?老增算人证吗?他咋能猜那么准?野狼贼眼一年年盯着端娘胸窝,你没瞅见过呀?你就不能有个街坊情分,叫破柜张嘴说说情况！兴子爹急了，叫你说，你偷了，你肯承认吗？闭你臭嘴！

为此，兴子爹和兴子娘没有少吵。

过了三五天工夫，端娘往兴子家一趟趟找，兴子爹说，找嘛呢？又没罚你家钱物。过了也就算了，没人再整你家！

又过了两三天，人们就听见了端娘在自家房上骂街的声音，骂声传得贼远，半个东城里都能听出来她在骂谁，没有指名道姓，声调格外瘆人。一连多天黑响里，端娘在房顶上一阵阵大骂，嗓门儿大得比喇叭里的广播还响亮，连兴子家这边都能听真，吓得兴子心惊肉跳，黑夜不敢再出门。

过了没几天，兴子爹又找了一帮壮汉跑去了端家，这回兴子和哥哥一起跑去看热闹。端娘光着上身被五花大绑捆在门板上，嘴上勒了一条脏绳，嘴角上还在不停地往外挤吐白沫。端娘瞪眼甩头拼命挣扎，几个大汉都很紧张。兴子远远站在门外看见门里一个胖娘儿们正在给端娘扎针，那针足有半尺来长，像细香那么粗，扎进端娘身上无数，扎进肚上的好像穿到了门板上一样，也不见流血。大冷的天，端娘上身雪白的嫩肉比刚剥开的葱段儿还耀眼，连个布衣也没遮盖。

端娘疯了，逢人就骂，见人就打，模样比西街的老疯子还瘆人。

端娘疯了之后，街上不见有人再唤她端娘，而是喊她傻米凤。她叫蔡敏凤，没疯之前，人们从来不直呼她姓名。嫁来城里的头两年里，女人们唤她凤嫂，男人们见了只会嘿嘿笑。生了端之后，女人们呼唤她端娘，男人们更是不好意思直眼看她。端娘疯了日子不长，街上坏小们远远呼喊她，敏凤！敏凤！咬不清字眼儿，把敏字咬成了米字，傻米凤的名号就在东门里传响了，而端的名字也没人叫了，孩子们都大声呼喊她"黑盔儿"。

兴子不随坏小们乱喊，他最怕上学路上碰见疯子。

兴子上学必过傻米凤家门口去北街，自北街往西拐出几百米远才到学校门口。兴子隔三差五碰见傻米凤在家门口或胡同口站着,那骇人的目光会盯得人像浑身扎了小刺一样发紧。她不光怒目骂人,还会冷不丁拾起砖头向你砸去,或突然伸手一指,你——! 咬牙跺脚,拉出冲锋架势,身边路人谁见谁躲。可是,谁躲,傻米凤必追无疑,追上就打,如果不躲,说不清哪一会儿她会突然给你一爪,抓得你脸破衣破。所以,每逢兴子上学遇见傻米凤,老远就开始躲闪。胡同里遇见就另当别论了,既不敢慌忙跑开,也不敢抬头目视,战战兢兢硬着头皮小心慢行,生怕踢个砖头扰了疯人,如果惹上疯子注意起来,跑不掉的后果不堪设想。正当兴子心跳加快大气不出地走着时,疯人会高喊一声,嘻,皇协军! 吓得兴子七魂出壳。兴子终于挪身移向临远,头也不回地慌张跑开了。那样的心惊,不但遇见时魂飞魄散,想起来都诚惶诚恐。

傻米凤冲兴子大叫皇协军,并非无中生有。兴子爷爷早年给城里的皇协军当过几天厨子。为此,兴子爹当兵三年没能提干,回来在街上当了治保主任。兴子对爷爷的污点还是从傻米凤嘴里听来的。他回家一问娘,娘说,你爹当年确实吃过爷的亏呢。兴子对傻米凤的呼喊更加惊惧,诚惶诚恐低头走,傻米凤咬牙切齿嘿嘿乐,一句皇协军袭来,令他想起来就毛骨悚然。

时间就这么你疯我怕地过着。

傻米凤再也不见了诱人的慈面, 常年一身黑衣游荡在街头,秃短的乱发上扎满了草团,或扔砖头砸墙砸门,或指骂路人连追带喊,人们对她非烦即怕。多数人遇见她,尽量绕行,也有极少数像小海爹那样胆壮的,豪情万丈冲上去,揪住头发按住就打,一直打得她跪在地上直不起腰来还不住手,黑盔儿见状,疯了一样扑过去,啊——啊——地乱踢乱咬,毫无畏惧,生生把小海爹赶跑了。小海爹跑走后,黑盔儿委屈地站在原地还不走开,含泪的怒火不知向哪发泄。兴子看到这一幕,心如刀绞一样不知所措。他也想像黑盔儿那样扑上去帮黑盔儿一把, 又怕傻米凤起身转回来打他;他想上去指骂小海爹下手太狠,等不及过去递话或帮黑盔儿出手,人家早已擦着嘴角远走了。让兴子最为佩服的是,黑盔儿悲愤再久,就是不哭,打散场面,站在原地好长时间不走开。

傻米凤越发疯没了模样,小海爹打她,她见了小海爹拔腿就跑,小海娘不招惹她,她见了小海娘能追打她跑半个城里。兴子哥哥当兵走后,兴子没考上高中,他下地干活没与傻米凤家在一个生产队,但他对傻米凤家的日子却有心惦着,每一次路过她家门口都产生触动。

那次是听说傻米凤家街门洞着火之后的时候不长,他又心神不宁地路过傻米凤家门口,无意中穿过破败的门洞,看到傻米凤坐在地上敲棍子,黑盔儿蹲在一边正在给娘擦洗手脸。兴子忽然想,黑盔儿啥时候也不上学了,咋我没注意到呢?他忽然理解到黑盔儿常年不见笑容的背后肩负了那么多难处。那破烂的门洞时刻不堪入目地破烂着,常年无人修补。也许是长大了的缘故,兴子设身处地为黑盔儿想,她能让谁修补呢?破柜又是那样窝囊!兴子忽然悟到黑盔儿成了最苦的孩子。

兴子一次次路过傻米凤家破门口,一次次心里不光对傻米凤充满恐惧,更对黑盔儿的可怜无助感到无奈,犹如虎狼身边还有一只小羊一样,不知是打虎,还是去救羊。路人、街人都用看热闹的目光看待傻米凤一家,笑话黑盔儿又黑又小,而兴子眼里无论如何也看不出来黑盔儿渺小在何处。他觉得黑盔儿最了不起,不光承受着街人的笑话和鄙视,还肩负着一家日子上的全部。虽然家徒四壁,破败不堪,虽然她身单力薄,微不足道,但她家的日子每天都要往下过,吃住衣行总还是要有的,而透过黑盔儿家的破门洞,让兴子看到了黑盔儿的艰难处境,更让兴子感到了黑盔儿不屈不挠的内中坚强。破柜的窝囊招人恨,老增家的若无其事和铁心麻木更让兴子气愤不已。本来破柜家就是单门独户,加上他的窝窝囊囊,他家日子上的难处可想而知!

破柜多年没给傻米凤往医院看过病,也没管过她的穿戴梳洗,大冬天里,傻米凤只穿一件黑破的烂布衫,光脚穿着露着脚趾的方口单布鞋,黑脚冻得像蘑菇一样红肿着,走路一拐一拐,随骂声丢下一路肮脏。没人听清她在骂谁,没人听清她骂的内容,半个城里的大人们哄孩子时都会说,再哭,再哭傻米凤就来了!孩子立马撇嘴流泪不敢哭出声来,而半个东门里,恐怕没人想过黑盔儿是怎样活着的,那一道道看热闹的目光和一个个熟视无睹的侧身走过,又会有谁想到黑盔儿的处境,有谁给予黑盔儿帮助呢?兴子发自心底为黑盔儿难受……

兴子对傻米凤的遭难愈是痛心,他对黑盔儿的遭遇愈是心痛,曾多次在被窝里偷偷落泪。他在路上怕碰见傻米凤,可隔段时间看不见傻米凤又会担心她有闪失。他总也忘不了爹带着一帮人往傻米凤家绑人那一幕,那凶凶的模样和端娘美丽端庄的举止极不相称。他联想着爹带人闯进傻米凤家搜查出那半布袋黄豆之后的情景,联想着过后爹亲自给破柜脖里挂上黑字白牌子那场面,内心有说不出来的难受。

兴子娘一再说老增没安好心,一再说破柜受了冤枉,兴子心里愈加认为是爹和老增害了傻米凤一家。

兴子对傻米凤的怜悯和对黑盔儿的同情与日俱增,或许是他自小喜欢端娘的缘故,心灵深处对端娘的美好印象总也挥之不去,总在盼想有一天傻米凤会好起来,走回来那个温善的女人,继续回到街上给孩儿们递好吃的,让那长长的睫毛和那浓浓的黑眉与水汪汪的眼睛给人以心魂上的爱怜……

端娘疯了的后几年里,黑盔儿身上依然穿着那件常年没见过的蓝布衫,从不见笑容的脸庞更加黑瘦,兴子看在眼里,痛在心上,他去傻米凤家越来越勤,为的是给黑盔儿搭个帮手。可是,黑盔儿从不买账,总以这样那样的理由把他撵走。

兴子到了提亲的年龄,街上一拨接一拨媒婆子往他家跑,一个个又垂头丧气走出门来,看得出,给兴子提亲再多也白搭。

兴子牵挂的是傻米凤家,那里像有磁石一样吸得他里走外转,他宁愿在那待一会儿又出来,也做不到就是不去。人们猜想着,这一定与黑盔儿明摆着嫁不出去有关。但是,兴子的心事向谁也没言语过,他的心事恐怕只有黑盔儿心里最明白。黑盔儿一次次劈头盖脸地撵着兴子说,你走,你走,我用不着谁来可怜!兴子就是不走,愿意留下来帮黑盔儿干活儿。可是,兴子就是不想走,黑盔儿就是不给面子,时候一长,兴子家的老人不干了,害怕儿子闹出来事端。兴子爹大骂兴子,她一个疯人家,有吃有穿、有金有银呀,招惹你鬼迷心窍!吃里爬外的浑账物件儿,再给老子丢人败兴,小心我棒了你双腿!兴子低头不言声,多数时候无动于衷。再骂急了,兴子会怒指爹说,是你害了人家!说过,躲到一边干活儿去了。

兴子往傻米凤家跑得越勤,黑盔儿往外撵他的口气越干脆,执拗不过时,黑盔儿还叫她爹往出撵,弄得兴子十分难堪。

有一天晌午,也不晓是被人推了,还是自己不小心,傻米凤在众目睽睽之下掉进了当街生产队的大猪圈里。她在黑臭的泥汤里跋涉不开,挣扎出来的狼狈模样触目惊心。当时,人们都在围看热闹,傻米凤在猪圈里水身泥面地与猪对视嬉笑,转来转去呼吁大猪开口说话,那猪像是对她说,走,看不见地上全是狗们!赶巧兴子路过那里,他见状纵身跳了下去,抱起傻米凤就往外举,硬是把傻米凤推在了猪圈沿上。兴子爬上来后,怒气冲天地冲看热闹的人群一声大骂,操他奶奶!也不晓是在骂谁,好似傻米凤是他亲娘一样,抱起来就往胡同那边走去。兴子以往的惊恐和胆寒也不晓跑到了哪,他愤怒地抱着满身黑臭的疯人,说不清哪来的胆气,像个顶天立地的男子汉大步行走在大街上,令无数目光仰视,而此时的傻米凤并没出现狰狞面目,一反常态地任由兴子抱着,一声没吭。

进到家,兴子抱着傻米凤呼喊破柜和黑盔儿赶快打来清水,指使黑盔儿把一边的草帘子拾过来,轻轻把傻米凤放在了上面,然后,像打理自己亲人一样为疯人一点一点冲洗。此时,兴子根本不顾疯人的脏臭和自己一身的水湿,聚精会神地把疯人冲洗了一遍又一遍,最后又抱进屋里,嘱咐黑盔儿快着给娘换身干净衣裳。

黑盔儿接过手里的亲娘,深情地望着兴子,再也抑制不住已久的委屈,十多年来,从未掉过的泪水夺眶而出,泪水湿满了衣襟、浸透了衫袖,她终于亲亲地唤了一声,哥……

傻米凤在慢慢变老,兴子和黑盔儿在渐渐成熟,傻米凤的骂声和乱扔乱打现象越来越少了,她嘴里嘟囔着,或靠墙根儿晒暖暖,或避在阴凉里滚一身泥土笑看一边的孩儿们玩耍,街上,逗她打她的人也少多了。

兴子在二十大几岁才成的亲,成亲仪式非常简单,成亲第二天他就搬到了黑盔儿家去住。他去后的头一件事是把傻米凤家破烂的街门洞修补好了,修成了像旁边老增家那样的门洞,比老增家的还高出一截,比老增家的式样更新更美观。

成亲一年以后,黑盔儿生了一个大胖小子,街人都说破柜家又续上了香火。破柜和敏凤去世后,丧事料理全是兴子一手张罗,像其他人家一样,他给黑盔儿在街上带来了十足的体面。日子久了,人们把傻米凤忘记了,也不再提及兴子委屈自己娶了黑盔儿那样瘦小的黑女人,都说兴子修补街门挺有手艺……

砸　手

黑晌,一家人守在院里地桌上正在吃饭,也不晓咋着,改堂的孙子不小心把手扎破了,鲜血顺着手指浸了出来。

改堂的儿媳见状慌忙抓起来孩子伤手,嘴里急说着,快别动!疾快拿嘴把手上的血滴舔去,又急忙进屋找出来创可贴,抱住孩子胳膊,心疼地往手上包。

就这么一个小小过程,就这么一个转眼工夫,改堂心里好是难受,脸上肌肉微微抽动,随即端碗的右手不小心一滑,一碗滚烫的菜粥砸在了自己左手上,疼得他当即坐倒在地上,面相痛苦地不能动窝了。

改堂儿子愣也没愣，转身慌忙扶住了爹，改堂媳妇惊慌失措地跑去厨房赶忙舀一瓢咸菜汤让改堂涮了一下，又拿来毛巾忙擦他手上、身上的饭渣。只见改堂虚靠在儿的肩头一脸苦相，牙关紧咬，额上立刻浸出了豆大的汗瓣来，连同涌出的泪水一起顺脸颊流了下来。

眼见一家之主泪水和汗水流向下巴，又滴向衣衫，一家人全在纳闷儿，好大一条汉子，烫手再重也不至于在儿孙面前落泪呀，似乎伤痛模样展示出来的疼痛不是在手上，倒像内心被什么狠扎了一样，叫人瞅到的是极度难受。

孩子捂手不哭了。

改堂媳妇见改堂如此痛苦，慌忙让儿子扶爹进屋歇歇。改堂顺从地慢慢站起来，被儿子架着缓步进了屋里。

秋的傍晚还没黑天，远方的天星并没显现，麻麻暮色笼罩来街上、院里一片静寂。

改堂的儿媳不晓自己犯了啥错，莫名其妙地喂孩子吃饭。她小心不安地瞅了婆婆，没从婆婆脸上寻见答案。静静暮色里，儿媳思前想后弄不清公公如此难受的因由，瞅瞅男人，已扶公公进了屋，想问问婆婆原委，婆婆还在慌忙擦洗桌上的饭渣。

在儿媳心目中，公公向来刚强宽宏，几年也没见过如此动情。嫁来婆家当天，儿媳看出了公公是个左撇子，无论干活儿和吃饭，都是左手在先，且左手比右手还灵巧。她曾多次心里嘀咕，都说左撇子脑子好使，难怪公公左手拿筷子吃饭搛得又快又准呢。但公公是不小心烫了左手，伤得重了些，手背很快肿了起来。

当时，饭桌上并没出现任何反常，改堂烫手前，并没提及任何不悦的事情。孙子手破完全是意外，伤痛并不大，包扎也麻利，不会由此引来爷爷过激的反应。可改堂就是在无动声色中表现出了极度的伤痛，根本无法自制。至于根由，说不清，好像在痛恨他自己，并让人觉得发自于内心深处。

见公公走开，儿媳憋不住想问婆婆原委。婆婆说，我也闹不清。刚才还好好儿的。你给孩子包伤也许是个由头,莫非你为孩子包手那动作引起他想到了什么事上?

　　改堂坐在炕沿上手捂泪脸,儿子坐在一边陪着没走。屋里没开灯,四周黑静得让人想事想得深远。改堂烫手的内心导火索对谁也没法讲出来,要说是因为儿媳给孙子包手时嘴含手指引起了他的心痛,那也纯属偶然。

　　那时候,改堂已经懂事。夏里,女人们带着孩子时常在城东壕坑边上的大柳树下使针线活儿,俊山娘也在其中。

　　俊山娘看上去四十多岁,额上有个小疤,眉宇间有一颗比黑豆还大的黑痣。因为常年操劳,极少见与人们说笑,好像她天生就是那种干活儿的女人,不是围着锅台转,就是操持手里的家务活,那身早已发白了的青布衫,像是清朝年间婆婆们穿剩下的旧物儿,常年没见换穿过,身上又脏又旧,让人看到很不惹眼。

　　改堂家住在城外南边,俊山家住在城外东边,改堂从城南往城东北河滩那边玩儿水、割草或拾柴火,必过俊山家门口。

　　改堂自打记事,只要背着收获路过俊山家街门口,俊山大哥哥一准儿会跑出来为他帮忙,或替他背一程,或在身后为他抬着收获让他轻松一会儿。

　　这天,改堂又是背着一大捆柴火从俊山家门口过,俊山大哥哥又是从后边帮他抬了肩上的物件跟他走,这时,一人忽然从城东南墙角那边走出来,俊山大哥哥立刻放开手,佯作无事一样,转身就往回走。

　　后来改堂发现,俊山大哥哥只在城东这边路上接送,绝不往城南那边路上多迈一步,这让他感激的同时,内心总有一种说不出来的纳闷儿。

　　多年里,改堂内心还有一个疑问,只要他从城东壕坑边上大柳树下路过,俊山娘一准儿会放下手里的针线热眼看他,瞬时间场景里,只有改堂能够对视到那个爱怜的眼神。俊山娘恨不得一眼看过,几十年也挪不开的眼神一闪而过,转瞬间又出现了害怕旁边女人看出什么的神色,恋恋不舍地有意把脸扭开,好像做了什么错事一样,又低头听着改堂慢慢临远的脚步,不看,也不干活儿了,而改堂却在内心闪过一丝从未有过的幸福,以为身后总有视线送着自己,与俊山他们玩耍时,增加了许多兴奋和力量。

改堂很愿意往城东壕坑边上玩耍。当孩儿们跑得满头是汗还在相互追赶时,不晓啥时候,俊山不小心把改堂的上衣兜扯破了,改堂靠在大柳树下呜呜泣哭起来。

俊山娘很是眼尖,瞅见改堂不悦,二话不说,放下手里的针线就去追赶俊山,追上就是一痛拾掇,好像只有打得自家孩子让改堂高兴起来她才住手。

改堂不哭了,俊山娘气急不已地坐回到原地上,好像还咽不下那口气,接着,手里的针线活儿就干不下去了,手也不听使唤,还在微微颤抖。

过了一会儿,俊山娘拾上手里的针线,也不看改堂,也不去上前安慰谁,内心平静下来之后,抬抬下巴,微笑着示意旁边的小菊娘给改堂把衣兜缝好。她偷偷扫一眼正在贴身给改堂缝衣兜的小菊娘,恨不得赶到近前亲自去缝才好,害怕旁边女人看出破绽,慌忙低头吮吸被针扎破的手指,像受伤的母鹿舔舐自己的伤口。

改堂一年年从俊山家门前路过,无论是玩水、割草,还是拾柴火,就像事先有人给俊山娘传过了口信,她总能在远处瞅见改堂回来。每当回来路过俊山家门口时,改堂都会看到那女人似乎在留意等谁,只有他平安无恙走过去,她才有一种释然的目光扭头走开。

这年秋里刚到,改堂放学后去河边割草,去时天还好好的,回来已是乌雷闪电。当改堂扛着几十斤青草躲到大柳树下时,大雨已经瓢泼下来。也就在他站下的同时,俊山娘不知从哪儿快步赶来。

俊山娘见改堂落汤鸡一样冷得发抖,顺势撩起自己水湿的大襟挡在了改堂头上,那白白的大奶清晰映入改堂眼帘,吓得改堂低头缩脑,浑身僵在了原地。

俊山娘被大水泼浇着,头发贴在脸上,满身是水,她惊警地四处张望,见四下里无人,一手撩着衣襟为改堂挡雨,一手抚摸着改堂的肩头惊奇地小声问,咋肩上压出血了?疼不?遂抱怨说,你爹临雨天还叫你出来割草,也不说个心疼孩子!她小心翼翼择掉改堂肩上的草段儿,抱怨的同时又拿手轻轻划了划改堂水湿的头发,哀叹一口气,好像站在改堂身边有一种无上的满足,而此刻的改堂,犹如母鸡翅下的初雏,温暖和幸福直袭心头。

也就是片刻工夫,俊山娘不知为啥问了一句,你娘亲你不?

改堂说亲。

打过不?

没打过。

姐姐们哩?

也亲。

你爹打过你不?

打过,打不狠。

俊山娘长叹一口气,撩起衣角为改堂擦擦脸,又仔细打量他的全身。

忽然,俊山娘抓住改堂的右手抬起来,着急问,咋割破了?你使左手割草呢,咋不使右手?抓起来改堂割破的手指,一下子含在了嘴里。吓得改堂慌忙缩手,恨自己左手惹了祸。

唾沫湿湿就不发(肿胀)了。俊山娘说着,把那只撩襟的手放下,改堂就暖在了俊山娘的热怀里。女人双手麻利地从布衫衬里撕下一块布,又顺手拧了拧,紧张地往改堂手上包。

改堂从女人怀下钻出来,看到俊山娘满脸是水,眼圈鲜红,说不清是泪水还是雨水,往下流得很快很多。

俊山娘划一把脸上的水,慈爱地望着改堂的面庞,恨不得把他紧紧搂在怀心热热地亲上一口,让孩儿的身心像脚下湍急的流水汇入壕坑那样,融进自己的心坎里。

改堂在俊山娘身旁感觉到了女人加快的心跳和暖暖的气息。

犹像片刻,俊山娘又紧张地把裹好的布条解下来,心神不宁地说,回去叫你娘绑吧。小心别沾上脏物件。慌乱中,她又想起了什么,扭头从侧衣兜里掏出一块拳大的熟山芋,在奶上蹭蹭水,递给改堂说,吃吧,还没凉。似乎此刻,改堂才头一回看见了那女人从未有过的一丝笑容。

俊山娘低头看着改堂大口吃着,脸上洋溢着幸福的同时,又在张望四下里是否有人。

俊山娘就这么幸福地看了改堂一会儿。

此时此刻,改堂竟十分清晰地看清了女人眉宇间那颗比黑豆还大的黑痣,和从内心涌向脸上的难以言表的幸福。

突然间,俊山娘转身撇开改堂,慌慌张张往自家门口跑。

改堂拧身望去,俊山爹已经揪住了俊山娘的衣衫,死命往回拉拽,那雨中的疯狂和乌雷闪电交织在一起,展现出一幕狼狈场面,让人看得十分难受。

俊山娘弯腰趔趄着向前走了好几步,才跟上了撕拽的脚步,她弯腰双手举过头,紧抓住男人的大手,像是要拼命挣脱开来。

改堂恍惚听到远处天上传来骂骂咧咧的小声呵斥,你是看人家日子好过,还是往后要找个靠山! 大雨遮住了视线,改堂没听清,也没看清后来……

改堂回去对娘说,俊山爹打俊山娘。

改堂娘听后一怔,边给改堂包手边问,你咋晓?

改堂说,刚才亲眼瞅见了。

改堂娘说,她找你来?

改堂见娘的脸色阴得难看,谎说没有。

那是个穷疯子。该打她,打出来个记性才好! 改堂娘郑重其事嘱咐道,你看他家穷得连件整身衣裳都穿不上,往后你可不能跟那一家穷疯子来往,记住喽不?

改堂嘴里说着记住了,心里对娘的不近情理有些不满。

俊山娘病倒是在改堂有了孩子之后。

改堂手扯孩子在街门口站着,俊山爹手牵小驴车从城南边的县医院出来往城东南角走,车上坐着一脸蜡黄的俊山娘。

俊山爹一脸木然不言语,俊山娘看到改堂带着孩子,双眸顿时一亮,一下子挥去满脸的病态,有气无力地望着手扯孩子的改堂,想说什么,又不敢言语。她从裹头的大巾里,向改堂露出一丝苦笑,苦笑里又似乎带满了难以言表的苦衷……小驴车很快临远了。

不久,俊山娘死了,听说在炕上呻吟了多天之后才断的气。

俊山家日子一直很苦,病人住院住不起,每次都是俊山爹用小驴车拉去,回来抓上些草药。每每路过改堂家街门口,俊山娘总要绝望地往门里望上几眼,好像只有巴望上改堂才会歇心,偶尔瞅见一回,慈爱的目光盯住对方不错眼珠,生怕离舍之后再也见不到所盼一样,那眼神,几十年如一,依然像改堂小时候遇见的那样,发自内心的想看又不敢多看,想说又不能去说的神情,总会让改堂感到心魂不安。瞬时间,只有改堂能够对视到那个爱怜的眼神,那个恨不得一眼看过,几十年也挪不开的眼神闪过之后,瞬息间又出现了害怕旁人看出什么的神态,紧张地张望过四周,恋恋不舍地把脸和绝望一起丢开,让改堂的心灵无限震撼。

出殡这天,改堂也去帮忙了。

改堂一进俊山家院里,好像那里的空气顿时凝固下来,鸦雀无声过后,就觉得满院里出现了异样气氛,似乎人们忘了丧事料理,都在观望他的举止。

改堂就觉得周边有说不出来的不自在。

改堂自然是对俊山娘感情至深,觉得老人对自己疼爱了大半生,连口热粥也没叫老人喝过,连句亲近话也没向老人递过,心里十分悲痛。

改堂的悲痛是街坊邻居式的悲痛，心酸含泪，无声无泣，他和其他街坊邻居一样，不穿丧，不戴孝，心情低沉地埋头干活儿，干完活儿，也和其他不沾亲故的帮忙的一样，抄起来大碗，装一碗肉菜，不言不语蹲在墙角阳坡处，就着大馒头热热地吃，吃过，擦擦嘴，接着干活儿。

头两天，改堂也和外人一样，愿来就来，愿走就走。改堂爹说，往俊山家多守两天，该帮的忙都帮上。

改堂娘也说，甭怕耽误这两天工夫，家里的事有俺们盯着哩。

改堂爹一再催改堂多去，改堂娘也不再说那老婆子是穷疯子了，也叫改堂多去，这让改堂很受安慰。

第三天出殡，改堂见俊山大哥哥举着幡，二哥哥和三哥哥被旁边的侄子们架着给娘叩头迎殡出门，改堂再也抑不住内心的悲痛，一起跟着泪如雨下。他见人们不看俊山一家人，都看他，难为情地转身抹去泪水，佯作任事儿没有一样躲去一边，抑着泪水不让旁人看出来自己伤心，若无其事地往远处再撤撤，不再往跟前挤看，等出殡队伍临远了，他才回到院里接着和街坊们一起帮着拾掇善后。

自那之后，改堂觉得爹娘对他突然有了异样的态度，说话做事放开多了，直到爹娘去世后，俊山大哥哥才向改堂道出了两家老人相好的实情。

儿媳手捧一碗热饭进屋来了。

儿子拉着了电灯。

饭碗还没递到改堂手上，改堂泪流满面地突然说，你们父辈之间相好，约定一辈子不让说给后代。可我呢？她家日子再穷、再苦，那也是我亲娘啊！村上所有人都知道端底，唯独叫我一人蒙在鼓里。我一辈子守在身边就没去认，一辈子就没去认的亲娘呀，呵哈哈……说过，山呼海啸般地失声痛哭……

儿子和儿媳听得莫名其妙。

狗强强的心事

狗强强内心有个外姓婶子,从没正式叫过。之所以是外姓婶子,是因为街上只有她一家是外来户。

外姓婶子男人在城里上班,她是随自己男人调来时落户在东关街生产队的,一同随她来的还有一个六岁的女孩儿,叫妮娜。

当时,街上在背后对外姓婶子指指点点的人还很少,人们亲亲地呼唤婶子,是因为她男人在县上有工作,家里日子比别人家好过,再就是她长得格外惹人眼目,男人们垂涎的目光和女人们醋意的嘟哝总也不断。

文化大革命兴起的当年夏天,学生们抄了外姓婶子的家,她男人被抓起来揪斗之后,街上捕风捉影传出来外姓婶子的身份就不那么干净了。那时候狗强强才八岁,经常带妮娜在街上疯耍,黑天捉迷藏、白天捅蜂窝、耍尿泥儿,没有他们毛孩子忙活不到的去处。

外姓婶子给狗强强震撼最强烈的印象,是文化大革命当年那个酷热难当的夏天,他在大街上亲眼看见外姓婶子汗流浃背地走在游行队伍最边上,身上披着大毛毯,头上缯满了白布条,脖子里挂了两只麻绳拴着的黑条绒布鞋搭在胸前,手里敲着铜锣,一快一慢地被红卫兵推搡着,边走还边说我是牛鬼蛇神、我是"封资修"之类的悔过语言。

游行队伍很长很长,最前面是戴高帽的走资派,后边跟着拿小旗的学生,中间夹着外姓婶子她们这些中年女人,再后边还跟着拿小旗的学生。游行队伍外侧跟随外姓婶子这边看热闹的人最多。

狗强强心如刀绞,满头是汗也跟在游行队伍外侧拥挤的人流里,通红的小脸上挂着十分难过的哭相,紧盯着外姓婶子边跑边擦汗,似有出手抢人之意。

狗强强偶尔也能看清外姓婶子的面目,却听不见外姓婶子在说什么,如果红卫兵不推打她,她嘴角就不动。狗强强偶尔看到的外姓婶子的面目上丝毫没有表情,样子还不如他自己痛苦,他心里好像又好受了一些。

平日里,外姓婶子待狗强强极好,她脾性温顺,对街坊四邻说话也都笑言细语,一年四季脸上从没有过阴天雨天,那双水汪汪大眼睛无限姣美,连狗强强这八岁毛孩子都想到那是个他见过的世上最美的女人。

外姓婶子对狗强强极好的待遇,主要表现在无论何时何地,只要愿意,狗强强就能带上妮娜随便跑到什么地方去玩耍,直到二人大汗淋漓耍够了才疯跑回来。

再一个给狗强强震撼强烈的是,月余后的当年秋初那个头晌,街上大人们忽然忙乱起来。学校停课闹革命,狗强强没事在街上见到了有人背着妮娜爸爸往县医院跑,后来又慌慌张张折腾回来,之后,就见院里摆上了红木棺材,拉起了白布帐子,门口支上了煮饭锅,人们出出进进里外忙活,妮娜身穿孝衣哭了两天之后就打幡送殡了。

那一回,外姓婶子并没随行,而是独坐在自家屋里直眼发呆。

妮娜那身白布孝衣又肥又大,孝帽遮住了全脸,悲凄的哭声让狗强强一阵阵心酸,有好几回也跟着掉泪。妮娜大舅舅扯着妮娜走在送殡路上,街上人们都看着妮娜可怜。

那几天,生产队没有派活儿,许多人都来帮忙料理丧事,尤其是生产队队长刘大胡子最卖力气,平时他对外姓婶子连正眼相看都不敢,这回却放开手脚跑前跑后全盘张罗。

三天之后,狗强强家院里恢复了往日的平静。红卫兵依然在大街上大打出手,武斗也越来越凶,但没有人再来狗强强家找外姓婶子麻烦了,似乎妮娜爸爸一死,外姓婶子的事也一了百了了。自那时起,狗强强就觉得妮娜与自己是同样身份了,都是父母不全的孩子,都没有兄弟姐妹,也都小小年纪在生产队里干活儿,并同样被别的孩子们另眼相待。

这让狗强强进外姓婶子家门更大胆了一些,也在找妮娜玩耍时与外姓婶子接触更多了。外姓婶子家没有自家的屋院,一直租房住在狗强强奶奶堂屋对过那间土坯小南屋里。妮娜爸爸死后,外姓婶子家的日子过得很苦。生产队一年四季不分红,家里所有进项全断了。别人家有自留地,养猪、种菜,她家外来户没有任何外来指望,苦日子只能干耗。这一点狗强强看得最清楚,每每去外姓婶子家等妮娜饭后疯耍时,狗强强就静坐在一边的门槛儿上无声无息地看她家吃饭。

狗强强不敢往屋里深走。屋里极干净,且有一种特殊的香味,进屋闻到那香味就觉得自己是个脏人。

狗强强呆目痴身地看妮娜慢咽黑饼子,自感无助又无奈。饭桌上有一盘萝卜条咸菜,一盘豆瓣酱,有时能见到吃大葱蘸酱,二人就那么干嚼,吃饭当口里谁也不言声。锅里的菜粥也是黑糊糊的,妮娜和外姓婶子都吃得很慢。

这之后,外姓婶子家不再像往常那样安生了,秃老海和三拐子他们一帮当地的懒汉们黑夜常来她家串门,一坐就是小半宿,贼屁股死沉。狗强强奶奶就在自家屋里骂街,骂秃老海和三拐子他们不要脸,欺负人家外姓寡妇,有时候又与邻居小婶子咬耳嚼舌,说外姓婶子早先就不是正经人物,招惹男人是她原有的长处。

可是,狗强强无论如何也不能把外姓婶子和风流女人联系在一起,他从来也没见过外姓婶子与哪个男人眉来眼去,从来没见过外姓婶子嘻嘻哈哈大声与旁人言语或不分深浅动手动脚。

外姓婶子对待男女老少,一年四季全是一个同样的微笑模样,亲昵的态度不温不火,慢条斯理地操着当地河北边的口音说话:强强啊,你吃饱了不?在俺家再吃点不?笑着对孩子示好。狗强强被外姓婶子热待得恨不得扑进她怀里唤一声亲娘。

狗强强自小就没有母亲,他的缝穿吃喝全是奶奶伺候。

狗强强跟奶奶吃住,多年不和亲爹来往。亲爹在县上做饭,娶了个后老伴儿很少回家来。回来也是给奶奶放下一点钱,然后就走,从不在家过夜。

夜里,狗强强跟奶奶睡觉,有时候醒来不见了奶奶,他睡眼惺忪爬起来,迷迷糊糊近到窗前往院里扒瞧着找人,看见奶奶一人蹑手蹑脚站在外姓婶子家窗户根儿上伸着脖子,心里很纳闷。

银灰的院里悄然无声,只有那弯镰月洒下的阴影让人备感恐怖。

外姓婶子家的屋灯一直亮着,奶奶任何声音也听不到。明明看见屋里进去了男人,就是半点声音也没有,既没说笑声,也没厮打声,连声咳嗽的声音都没出现过,似乎屋里根本就没人,而别人不在屋里,至少妮娜是在屋里的,咋就没有动静呢?令人感到奇怪的是,第二天,外姓婶子照样下地干活儿,妮娜饭后照样上学,街上人们和狗强强奶奶都感到莫名其妙。

狗强强听奶奶对邻居小婶子耳语说过,外姓婶子被妮娜爸爸拿钱买回来时才 18 岁。外姓婶子是在 15 岁那年,被扫荡路过的日本鬼子带去省城青梅馆的,三年后,妮娜爸爸把她偷买出来,更具体的详情就听不到了,还听说妮娜并不是外姓婶子亲生,根本不晓她是从哪里要来的。狗强强就觉得妮娜比自己还可怜,对她像亲妹妹一样倍加呵护,谁要是欺负妮娜,狗强强必然豁命上手,妮娜在街上挨欺负比以前少多了。

这么串门的、听房的乱乱哄哄不到半年工夫,街上传出了外姓婶子已经和生产队队长刘大胡子登记结婚的消息,连妮娜都随了刘姓,并改名叫刘娜凤。

街上大人孩子都改口唤妮娜叫刘娜凤,狗强强心里说不上来的别扭,他对外姓婶子这么柔美的女人嫁与刘大胡子那样的脏老土,格外心疼,当面和背后都还叫妮娜的原名,死心眼子不改嘴。后来妮娜上学在学校改叫刘娜凤,狗强强还把妮娜痛说了一顿,劝她改姓也行,不应改名。妮娜没有听他的。

狗强强看得出刘大胡子和妮娜爸爸根本就不是一类人物,妮娜爸爸穿中山服,圆口黑布鞋的脚上总穿着细线袜子,刘大胡子长年光着脚,鞋上露着大黑脚趾,连自个儿的名字都认不囫囵。狗强强在家里没人时,心疼得偷偷哭过好几回,哭过,心里还是别扭,想不出别的招数来说服自己,只有憋闷在心上。

外姓婶子搬走后,街上就不再传扬秃老海和三拐子他们串门那些闲话了。妮娜还是来找狗强强一起玩耍,只是狗强强从不去队长家找妮娜。两人见面越来越少,狗强强家院里空落落的只有几只老母鸡和那只半天不叫一声的大花猫。

再后来,狗强强上了中学,没了父亲,高中毕业下地干活儿,与外姓婶子家就少了来往。

改革开放恢复高考的头一年,狗强强考学去了省城,一去就再也没回来。他在外厢成家、上班,也与妮娜少了来往。

已是三十年过去了,狗强强断不了回来看看外姓婶子和妮娜一家。

妮娜已经有家有孩子,她男人在县里上班。外姓婶子还跟着刘大胡子过,一家人的日子一直比较平静。

如今,狗强强已是年过半百,他对外姓婶子的身世仍然是小时候知道的那些。狗强强对外姓婶子感情很深,当年他考学回来帮奶奶拾掇杂活儿时,外姓婶子一听说狗强强回来,必来奶奶这厢送红枣、花生之类的稀罕吃喝,并与老房东拉家常、叙旧,之后,给狗强强洗衣裳、缝缝补补。妮娜也过来帮着拾掇。狗强强麻木得像块石头,根本不往别处多想,一直亲亲地把妮娜当作自己的亲妹妹一样,不生二心。在学校搞上对象后,他还带着对象回来叫外姓婶子相面拿主意,外姓婶子眼含泪水苦笑着说好,狗强强心粗得竟然一点察觉都没有。

街上就传出来外姓婶子的感叹声:人家强强有对象了……言外之意,流露出对强强不娶妮娜的无限遗憾。

狗强强后来也意识到外姓婶子确实想把妮娜嫁给他,只是她的想法传到狗强强耳朵里为时已晚,狗强强已与学校的对象定下终身。

狗强强奶奶去世,对狗强强是个不小的打击。院子无人看管,卖掉又不值几个钱,后娘又改嫁出走,他又没兄弟姐妹,爹和奶奶一走,家院无人拾掇,他还愿意叫外姓婶子搬回来住。那哪行呢?刘大胡子家有屋院,妮娜也有自家的住处,他家院子只有闲着。

今年夏里,妮娜叫狗强强单人回旧家来说事,见到狗强强后,妮娜不由自主就落下泪来,她站在狗强强身边只是伤心地抹泪,一句话也说不出来。

天气并不太热,院外一片蝉鸣声。

狗强强很想把妮娜搂在怀里安慰她,轻轻地抚慰她,让她慢慢平静下来,可是他怯生生地不敢靠近妮娜半步。妮娜自己慢慢在床边坐下来才道出了实情,说是她的胞姐来找她,要她去见亲生父母,她死活不依,认为自己从小跟外姓婶子长大,外姓婶子就是她的亲娘,谁也不认!

狗强强静静地看着妮娜稍显苍老的脸庞,心里十分难过。妮娜自小就坚强,没在别人面前掉过一滴眼泪,记得当年红卫兵抄家抢她玩具时,她曾狠狠地把那个大个子学生咬了一口。

狗强强冷静地看着妮娜,劝她认下亲爹娘未必就跟他们一起吃住,多一个朋友还多一条路呢,何况你又没有兄弟姐妹,多一个亲人也没有什么坏处。妮娜就坐在床边不言声,低头抹泪。

窗外的院里被蝉鸣声响来一片特殊的寂静。两人相视着都哭了,最后言定还是按狗强强说的去做。

狗强强与妮娜单独见面之后,两人更无话不说了。

狗强强爹和狗强强奶奶去世之后,他打心眼儿里把外姓婶子当亲人走动,愿意安慰外姓婶子不要瞧不起自己。他一直认为外姓婶子是世上最了不起的女人。多年来,无论游斗,还是下地干活儿,从没见过她有愁容,天生一副笑模样和慢条斯理的说话声一直没变过。

　　狗强强在外多年,越来越反悟到外姓婶子内心的痛苦比周边任何人都大,听说外姓婶子兄妹多人,她只回过三次老家,两次是送殡父母,一次是送殡大嫂。与她多年来往的只有妮娜大舅舅一人,旁人从未来过。实际上,她距老家不过大几十里地,当地人谁也不清楚她老家具体在哪,而老家人也不知道她的具体下落。

　　妮娜大舅舅的守口如瓶和外姓婶子的六亲不认一直困惑着狗强强,而外姓婶子的言行举止绝不是那种无情无意之人。外姓婶子越是表面上不带痛苦,狗强强越是认为外姓婶子比谁的痛苦都大。

　　妮娜被狗强强说通去认亲生姐妹时,也是向狗强强做了保证,绝不让外姓婶子知道真情,来往也是偷偷进行。

　　省城距离外姓婶子家并不太远,狗强强隔三差五去看望她们一家,更多的是拉着外姓婶子的手问寒问暖,给刘大胡子提来瓶烧酒,给外姓婶子放下些点心或水果之类的食物。

　　多年来,无数次,狗强强不知怎样才能安慰外姓婶子高兴起来,可是,外姓婶子从来没在谁面前显露过任何不高兴,他安慰外姓婶子什么呢?

　　如今,外姓婶子年过八旬,且行动已是老态龙钟,说不定哪一会儿人就没了,狗强强对外姓婶子的谜团成了一块心病……

麻子的故事

大麻子

　　大麻子住在东门里街的顶西头,房子原先是东城街大队十二小队单独一间临街的牲口饲料小屋,紧挨城中四明楼。因为那房离生产队较远,一直让他白住着,至于他的老家在哪儿,他到底是哪里人,街上没人提起过,听口音像是在滹沱河北边,离城里并不太远,反正他不是东门里街上的老户。

　　大麻子脸上的麻子坑深大无比,满脸高低起伏地遍布额角耳根,人们光晓得他是单身汉,常年破袍裹身,冬里棉袍,夏里单袍,袍角还掖到腰绳上,推一个东倒西歪的破独轮车,一瘸一拐地连走带吆喝,铜——盆喽,扒碗——哟!声音粗洪有力,传得家喻户晓,不用看,听也能猜出来是个五尺大汉,但一眼瞅见破袍,谁都会惊目无语。他本人的形象和破袍、破车相差无几,老身虽大,朽不入目,不但蓬头垢面脏乱不堪,而且腿脚左右为难地相互推搡着还不灵活,破袍上挂着多年烟熏的油腻子,明明光光,和老脸同样破旧得没了形状,由于虚胖的麻子脸有些浮肿,加上走路左右摇晃、颤颤悠悠,让人说不清是车支着人,还是人支着车——糟袍、破车、朽人、瘸腿，一同随着吱吜吜的车声往前挪，令人目睹便心酸，不小心，或许一阵大风还能把他和破车一并吹倒呢。

春初，地里尚未泛绿，街头北墙根儿上晒暖暖的老头儿、老婆儿们正在聊天。半晌时分，老阳儿已经高过了树梢，大麻子晃晃悠悠缓缓出现在街面上。秋山爷爷见是大麻子吱吜着过来，看也不看，唠嗑声音大了起来，他姓姚，年轻时候有力气呢，人也长得满有气量，要不是咱这穷，光凭脸上那点麻子，他打不了一辈子光棍儿。俊花奶奶有意无意地逆着说，他腿脚还瘸呢，干活儿又不灵便。那是你说他后来。秋山爷爷扭头吐口唾沫接着磨叨，后来他去城北河套地里搂柴火，在坝头干河沟里摔坏了腿脚，先前时候不这样哩。他是为那相好的女人才来咱这守单的，你那时候还没嫁来呢。俊花奶奶赶忙说，嫁来了。我还给他介绍过一个呢，一说穷，人家不干。转而心生不平地说，咱这能不穷吗？越来越人多地少，城北河套地闲散了多少年，有几家过河去种过？也就是男人会水的那几户！秋山爷爷说，那是一句话的事儿不？桥呢，修个桥容易吗？来钱多难，肚子还打发不殷实，哪儿还有别的念想。

大麻子缓慢临近了，人们鸡嘴鹅舌地磨叨起来别的。

不一会儿工夫，大麻子止了吆喝在秋山家门口停下来，靠北墙根找向阳处摆上小木凳坐下，吸引被吆喝出来的人们围到身边，有理有据地开始和来人讨价还价，瓦盆锔子一分钱仨，瓷碗锔子一分钱俩。

秋山娘不明真相地问，大锔子便宜，小锔子倒贵，你这是做得啥买卖？

大麻子低着头，鼻梁上的眼镜后头翻出来一块眼白，瞪眼瞅秋山娘脸面，像探视仇敌一样愤愤说，瓷碗得使金刚钻，那是细活儿。

俊花娘递给个豁口的破盆说，还能锔上不？又把破下来的一小块递上。

大麻子接盆过来巴望，拿小块碎片在豁口上仔细比对，粗声说,能锔。仨锔子,一分钱。放下等着。

秋山娘递上一只碗,给俺也瞅瞅。

大麻子巴望了巴望说,也一分。

秋山娘有意逗他,俺这细瓷小碗光裂了纹,没破,俩锔子?

那也一分。大麻子不容分辩,最少一分,要锔把碗放下!后边"不锔就散伙"没甩出来,转而忙乎手头的活计。

秋山娘不气不急地慢条斯理接着说,看你那小气,啥时候也不大方,一道街,年年那啥……

那啥你给我锔,说那轻巧!大麻子毫不相让,嘴里嘴外坚定不移。他的买卖多年一直红火。那年月,谁家的伤盆裂碗也不扔掉,半个城里就他一个锔盆扒碗师傅,偶尔城西来一个撬活儿的,也只能撬走他一些粗活儿,细活儿还得给他留着。他的地盘异常牢靠,谁也不会撬走,他有金刚钻。他的家当在半个城里是蝎子屁尼——独一粪(份)儿。没人能抢坏他的行市。

头晌时分,人们还没交钱拿物儿,大麻子忽然收手了,老身下匍,如临大敌,四下探视过后,对膝上的遮布仔细巴望,之后又小心翼翼抖搂遮布扒看裤腿,如此反复不晓扒看了多长工夫,又像猪拱食一样跪向地皮,撅着屁股在地上寻找起来,一派正经。

秋山娘靠向近前扒瞧问,找嘛呢?

没人言声。

找嘛呢?近处有人弯腰探头。

别过来!大麻子粗吼一声,像狮虎被抢口食一样挡住跟前。

找嘛呢?又有人不厌其烦地多嘴多舌。

金刚钻头掉了。大麻子无可奈何地回应一句,低沉有力地又补一句,谁也别过来!四下寻找得更加认真,动作比影视慢镜头还慢,不经意,还以为是谁家的大乌龟在伸脖子慢行探险哩。

天过晌了,眼见活计没了指望,人们陆续把自家的器物儿悻悻然拾起来,一路扫兴回家去了。秋山娘见大麻子无人光顾,叫秋山送来一碗热菜粥递上。大麻子双眼一瞪,又是从眼镜后头翻出白眼珠说,离远点,不稀罕! 怒目把秋山撵走。

下后晌,大麻子把腿上的垫布抖过无数遍了,把身边的小凳下面掀看了多少回,仍然不见停手,像是要从土里瞧出来个身影一样,眼不离跟前,找啊,找啊,大有掘地三尺也要找到的决心,找得鼻涕眼泪齐着往嘴角上流,又齐着顺嘴角流到地上,湿出地上一个个水窝窝,比他脸上的麻子坑还大。

天暮了,他还在找。天麻麻了,他还在找。秋山娘见他行动可怜,亲着近着说,别找啦,一满针尖大的物件,容易呢。一天不吃不喝,别伤坏了身子骨。

大麻子不予理会。

说得是哩。老爷子,甭费那牛劲啦,那不比个米粒大。俊花娘也在一边说劝。

大麻子还是不理会。

眼看天已擦黑儿,秋山娘回家向秋山爹学舌。秋山爹说,那可得好好找找,金刚钻值他半个家业,可不是小钱数。随后出来关心大麻子的生存大计,他立在街门口跟着心紧,恨铁不成钢地说,看你就是鸭子货,那是土里找到的物件不?瞎忙活。

难听话一甩,大麻子反倒竖起了耳朵,他直起腰,怒相抬头,目不转睛地盯住来人不吭声,意思是说,你能耐,你说咋办?

秋山爹说,找个粗箩先把枝枝草草筛走,剩下那土拿马尾细箩筛,你得在细箩上细找才行。

大麻子听后先是一怔,进而茅塞顿开,如获至宝地接过秋山娘递来的菜粥狼吞下去,慌忙借来小油灯点上,用秋山爹递来的笤帚把周边尘土扫起来,先拿粗箩筛出一个细土堆,捧一捧细土认真在马尾细箩上细心筛找起来。筛一会儿,找找,筛一会儿,找找,然后再把粗土、细土分开堆在一边,把箩里的余物儿放在一个大盆里。

第二天一大早,秋山去上学,看见大麻子还在筛,晌午放学回来时,还在筛。放学的孩们围在路边你推我搡地挤来挤去,欢心笑看大麻子忙活,有嘎小嬉笑着悄声咬秋山耳根子,大麻子,筛土面儿,筛了一遍儿又一遍儿。你要问他筛个啥,他说他筛金刚钻儿。

又有嘎小跑出老远大声喊,大麻子,筛土面儿,筛了一脸麻子蛋儿。你要敢摸那土面儿,他叫你赔金刚钻儿。

大麻子不以为然地自管忙活自我天地,他在街上卖手艺多年,从不见笑脸,自然不会招人欢喜,遇见粗野的,还会大骂几句。他自己说惯了难听话,也听惯了难听话,自是关心眼下大事。

后半晌,大麻子不见了,之后的数天、数月里听不到了铜盆扒碗的吆喝声。秋山娘对俊花娘说,听说他病了,队上派人专门照料。俊花娘说,是后街的秋子娘跑他屋里住上了,那老婆子就是他一辈子死等的女人,可是伺候得周到呢。就是他太小气,光叫吃一口,连件子衣裳也舍不得给人添设,舍不得哩。

人们心里不言自明,大麻子一辈子在街上就没叫人见过换穿一件新衣裳,没叫人见过上街赶集去吃一碗豆腐脑,他那挣钱的抠门儿劲头,恐怕东门里找不见第二。他不但在穿戴上破烂不堪,在吃喝上更是猪狗不如,一年四季就是咸菜拌稀粥,稀粥就咸菜。有人送活儿上门见他饭食可怜,问他见过肉毛没有?他瞪眼发狠说,咋没见过?昨儿还上街买回来两毛钱肉呢,再敢说嘴!其实,他根本没有买过肉吃,肉钱始终揣在怀底。

这段时间里,虽然没人念及他的日子好赖,但隔日子不见他行在街上,人们内心还真有些失落,甚至盼着大麻子身子尽快好起来,接着回到街上大声吆喝,似乎那远小近大的吆喝声经常不断叫一遍,东门里的日子才叫日子,人们不愿意丢掉原有的习惯。

大麻子最终没能回到街上,他得的是不治之症,医生说,完全是长时间缺少营养所至,不然,这病夺不走他的性命。

出殡这天,十二小队的社员都没下地,全来按队长的吩咐料理后事,人们当天不光是赶制棺材挖坑埋人,更多的是还得把大麻子屋里的所有物件收拾出来,腾出屋来准备再装牲口饲料。在拆土炕的过程中,人们从炕箱上层拆出来的是干草,干草下面有一根盆口粗的大木头和十多匹整卷的新洋布,木头旁边有报纸包着的一包包零钱。那零钱派三个好劳力整了小半天,比当年队里分红的钱数还多。炕箱角上还有一大堆土,秋子娘说,他是愿意让人把土里的金刚钻找出来,估计能换买好几根木头。他说要把炕箱里所有的物件儿交给队上,布匹给大伙儿分分,大木头是个样子,用这样的木头组织大伙儿在城北河上架座小桥,那河套坑洼地闲了多年,架桥过去开荒种上庄稼,多少家子都能吃上饱饭……说得队长也泪水吧嗒吧嗒掉了下来……

二麻子

东门里街上,不晓得二麻子叫刘远见的是少数人。

二麻子走上街头不见笑脸,总想以严肃姿态站在高处,以求通过居高临下带来面子上的威严,这使他脸的形状更不顺眼。他平时爱端小架子,想让人看到街上有个重要人物。这样说吧,只要不被别人小瞧,啥架势他都愿意摆列出来。

俗话说,人活一张脸,树活一张皮;打人别打脸,揭人别揭短。一声二麻子不小心喊出来,真比挖了刘家祖坟还叫难受,那还让你好得了吗?这便是街人对俗话极为重视的原因之一,谁也不敢贸然试验人家的忌讳,既没人胆敢近到跟前观察脸平面状况,又没人胆敢当面提到"麻"字之类——包括麻烦、麻团儿、麻绳那些与"麻"相关的具体字眼,那"麻"字范围当然是禁区,哪个自不量力胆敢"麻"上一回,轻则吃怒,重则招骂,逢上阴雨天,打一架不足为奇。这样,街人懂得了不揭短的好处,包括说话小心为是等等。当然,二麻子注重自我保护另当别论,他重视形象由来已久,比如,逢事总会三年早知道,谁家有个三长两短,包括预测吉凶、料理后事,他都要在关键时刻露上一手,想方设法赢得他人尊重,从而避免那些不必要的"麻"烦产生,人们就说刘远见确实真有远见,是稀贵的了不起人物。久而久之,远见的大号叫得满响,而

"麻"字之类的具体声音在他身边基本上无影无踪,事关"麻"字的叫声更是一般人不敢讲,二般人也不敢讲的大是大非了。

小菊爹说话就不注意小节,常常吃到棒槌话,他问二麻子,这是嘛字来?指着"率"字反问刘远见到底念啥?转即就被刘远见骂了一句,操他祖宗不认多音字!骂得小菊爹怒火万丈。人们正在生产队部记工分,放在以往,肯定又会雷雨交加。此时,小菊娘正在跟前,她赶紧为男人打圆场,敬重地向刘远见仰脸问话,我说他大伯,黑天这大风,赶明儿还能下地不?刘远见有了台阶可下,转回头来口气缓和说,开门的风,闭门的雨。黑天闭了门,这风刮不到后半宿就会停,明天该干啥干啥。

即将到来的吵闹凉到了一边,无中生有的风波就此结束。

第二天,果然火阳高照,树静风止,小菊娘佩服得五体投地,与小菊爹一对舌,小菊爹说,这号简单农谚谁不晓,就你个傻老婆井里看天屁股大。我才不信服他有远见呢,他再恨我,我也敢说,我就叫他二麻子。麻子长在他脸上,那是我编排出来的吗?二麻子,比大麻子小一号!

小菊娘拗不过男人的耿直,躲在一边不言声了。

这天,阴云连连要下小雨,队长紧急敲钟,安排全队社员趁机赶去一人高的玉米地里抓紧点种绿豆。刘远见是十三小队的出纳员,管着全队钱财出入,如此重要人物冒雨下地,显然异常感人。他身披雨衣,肩挎书包,郑重其事地要给大伙儿做出来表率,这或许对日后减少他人嘴上的"麻"烦很有必要,或许他还预先想到了更多好处……

湿地里泥泞难行,人们都在抢种绿豆,刘远见毕竟已经年过六旬,他左肩背书包,右手掏绿豆,边掏边撒,一路还算顺当。不想,第二趟向地心开进不远,小雨下了起来,泥地上腿脚难以灵活,他的方口布鞋被泥地粘掉了。老汉自感失了体统,慌忙拾鞋的工夫里忘记了书包还在肩上背着,他认为重要的是先穿鞋子,于是,左手拨着划人的玉米棵子一弯腰,右手随着扎头很快钩住了鞋帮,鞋倒是穿上了,绿豆却从书包口哗啦啦倒了出来——堆了地上一座绿豆小山!

真是的!刘远见生气自己把绿豆撒了一地,对不曾预见此类丢人事件感到愤懑。

绿豆像小山一样堆在脚下,竟然在眼前肆无忌惮地享受雨水,妄想早见甘露生根发芽。刘远见气急不已地无法容忍了,立即蹲下老身,把书包放在泥地上,双手捧豆往书包里装。绿豆小山头和半山腰被慢慢消灭了,小山的底部一厚层绿豆粘在泥里藏身有术,咋捡也捡不干净。小雨愈下愈紧,脚下越发烦人,小菊在旁边伴作干活儿斜眼窃笑,认为老爷子泥地上捏豆是一派徒劳,心想,那不是越捏往泥里按得越深吗?还不如用脚踩踩赶紧往前再多干点儿活儿呢!没想到,想啥来啥,刘远见比小菊想得更周全,他把捏不起来的豆子用泥盖上,还拿眼光四下里扫视,见小菊不动声色地专心做工,也就若无其事地继续前行了。

此事没有他人瞅见,收工后也就随着吹雨的大风一并刮到了后脑勺儿上了。

十多天后,公社书记带队深入东街大队巡查庄稼长势,一人多高的玉米地里稠密难进,领导也只是象征性地在地头上转转看看。偏偏事有凑巧,查到十三小队的玉米地时,书记要亲自往里行个方便——单枪匹马稍稍往里深入了一步。不想,这一步却引来了惊人的事端,一大宗绿豆苗映入了眼帘,像个大绿篮球一样"蘑菇"在地面上,遂也就堵在了领导心头上。这哪里还有心思小便呢?书记像是被狗追了一样钻出来,生气地问,这是哪队的地,小苗子是谁种的,咋把豆子堆在一处不撒开呢?有这样种地的吗?转身对旁边的大队支书说,咋你们大队老出这号新鲜事呢?都进去看看,太过分了!站在地头让陪同们一起进地观看现场。

大队支书无限狼狈,赶忙向领导赔笑的同时,带领各小队队长实地查看。一看,全部傻了眼,这真是天大的笑话,天下哪有如此种地的呢?自古以来,农民祖祖辈辈种庄稼,再不会种地也不至于把种子撒成一堆吧？不用多说，肯定是有人故意搞破坏。他生气地瞪了一眼身边的十三小队队长，小队长早已诚惶诚恐加无限愤慨，当下回去立刻召开全体社员会，追问谁在地边，谁在中间，一个挨一个进行排查，查来查去查到了小菊身上。小菊不慌不忙瞟了旁边一眼，轻轻松松说，我在"球"这边，不在"球"那边……

旁边的刘远见自感不妙，主动承认不小心……妄想立马解释出一个坦白从宽来。没容更多解释，队长早已传达了公社书记的口头指示，回去好好查查，看看这是个什么人，怎么这么明目张胆搞破坏，反了他了！

刘远见的待遇被提高了一级，小队已无权过问如此大事，他必须到大队部接受审查。在大队部简单汇报后，他委屈地解释说，全是泥，我是想……

大队书记打断他的话说，你是想国民党还没被打垮吧，你是想再接再厉当你那好吃好喝的勤务兵吧，你是该好好想想了！大队领导早被公社领导训得晕头转向，一肚子窝囊气正无处可撒，破坏分子一出现，总算找到了出气筒，立刻抓住要害说，你当国民党勤务兵的老账还没算清，胆敢又拿小绿豆来向人民力量挑战，那好吧，给你一个反攻倒算的机会，往外倒倒委屈吧，轮流到十三个小队宣讲绿豆怎么埋，你是怎么想，必须向大伙儿说清楚！口气十分明确，转圈批斗，斗一圈儿，回来再说。看你在会场上还能不能大堆埋豆儿！让刘远见去各队会场进行专题汇报，言说各小队队长早已领教了他的绿色篮球。

这又使刘远见始料未及，他感到委屈万分加万分委屈，只恨自己没在后几天回到地里把豆苗拔走。

批斗会上，各小队胆大包天的人有的是，人家才不管他忌讳不忌讳麻字那一说呢，劈头盖脸就厉声发言，二麻子，如今人们为啥到玉米地里间作绿豆，为啥赶在雨天在地里受罪忙活，不都是因为东城街大队人多地少吗，你真不晓地少还是假不晓地少，你没吃过没粮的苦处吗？真是的，连大麻子半点儿德行都没有，白叫了个二麻子！人家大麻子一辈子省吃俭用,攒钱架桥想方设法还想多开出点地来呢,你倒好,变着法儿不好好利用,还想图省事,成堆的撒完豆子一走了之,亏你也想得出来！老实交代,别想耍花招蒙混过关！

人们都说这是当前阶级斗争新动向,是庄稼人种地绝不能容忍的天下大事;糟蹋了种子是大事,糟蹋土地长不出来庄稼更是大事;那豆种是有数的物件,这边长出来个篮球,那边就会光出来一块秃板,秃板上没庄稼,你喝西北风呀！批斗会上人人口诛笔伐,个个义愤填膺,众人咬他咬得非常死嘴,非让他说清楚埋豆的正当理由不可,大喊他成堆埋豆是麻子不麻——坑人！他说,我嘛……有人打断他的话说,你麻谁都晓,用不着废话。说清你是啥目的！不容他拉开小架子装腔作势,早把他骂得猪狗不如。人们就觉得这样对待他非常痛快,对待这号假农民就不能客气。他被气得抬头瞪眼,脸上的麻点儿也变红了,还不服输地抢着说,平时表现一贯不错,撒个豆儿嘛……下雨……发言的又打断他说,你是做检查,还是做报告,低头,埋豆儿连头都不低吗？刘远见低头不言声了,肚里话压在嘴边卡着喉头,差些没把眼珠子憋出来。

还没散会,小菊爹的分会场上也很活跃,他扯住一边的小福叔说,他二麻子叫我计算一斤麦子钱折合买多少斤绿豆,还问我这个折合帅(率)是多少？你说,他就是愿意装出个有学问的样子来拿人,我才不吃那一套呢,我问他那"率"是个嘛字？他还跟我发急。他连个率(shuài)和率(lù)都分不清,还说是傅作义队伍的勤务兵,谁信呢！并神秘兮兮地向小福叔小声分析,他就在人家大门口站过三天岗,那就算是勤务兵了？这么多年没整他,还把他当作起义人员对待,我看完全是沾了这脸麻子光。谁家当大官的愿意叫个麻子在身边打头碰脸？即便是在傅作义队伍上,也只能是个兵混子,谁家队伍器重麻子呢？

小福叔说,把他归到阶级敌人队伍上,真是高抬他了,怨不得国民党队伍一打就垮呢,都是他这号二麻子凑的数,不垮才怪！

后几天里,开门的风没刮,闭门的雨倒下了起来,一连几天细雨绵绵,绵得地上泥泞不堪。雨天叫人心烦意乱,意乱的大队干部闷在屋里生闲气,生着生着想到了派人把十三小队的财务账全部查封,之后,又搬去大队部进行细查,又查出来二麻子根本不会记账,把账目全记得驴唇不对马嘴,人们跟着大队干部一同生气,大骂国民党队伍溃不成军理所当然,活该败在这号麻子人手里。

差不多有半月工夫,刘远见在十三个小队分别表演了一大圈,转圈过程中一家比一家说得严重,说到第十二小队时,他已被批判到罪大恶极杀无赦的地步,指责他成心把整袋的绿豆倒进道沟里,拿土埋不住,拿大碌碡压住,豆苗硬是把碌碡顶到了乡道上……气得刘远见浑身哆嗦着直翻白眼。批到十三小队时,他又被多批了一回。这次人们完全改变了以往态度,一起随着小菊爹他们一帮人起哄,批完错账,又批绿豆,这个说,是可忍,孰不可忍。你那麻子脸不让人说可以,你糊弄种地就是不行!那个说,你看你,肚子气得像怀了孩子,咋就不见气量呢?你那么有远见,咋就没想到破坏种地,还会在十三个小队轮流批斗呢?早知挨斗,何必当初。要是我,说啥也得把豆儿全捡起来!小福叔说,那豆撒了,你蹲下身子慢慢捡呗,头上顶了雨布,耽误了工夫队里还给记工分,咋就不捡呢?话又说回来,没捡就是没捡,还生哪家的气呢?你呀,就是不明事理。人们为啥气恨不忍,为啥抓住你不放,是和你刘远见有深仇大恨吗?你咋就不想想,农民最不能容忍的是啥呢,是糟蹋土地!那是要命的事。事到如今,你认个错不就结了?你还生气,气吧,我看社员们饶不了你!刘远见越发生气起来,说不清是后悔自己没有捡豆,还是生气人们过多、过火的指责,至少可以肯定说,他对众人直呼二麻子生了大气。他肚子一鼓一鼓地越鼓越大,人们哈哈大笑,笑话他连大麻子的半点气度都没有。刘远见越发生气,口吐白沫倒在了地上,不管咋说,没能再起来。人们连忙往县医院送,最终还是没能把人救活……

刘远见死了,嘴里吐着白沫,像是被活活气死。

　　过后,小菊爹对小菊娘说,人的气性咋那么大呢?说个麻子就受不了,我就不信!小菊娘说,人都没了,你就别再糟蹋年景了,他那撒豆的事不是有意。小菊爹说,不是有意是啥,他不晓得咱这人多地少吗?他糟蹋土地,连个农民都不配当!小菊娘说,你说话咋那么绝情呢?人家是有远见的人,一道街上这些年,谁敢开过一句玩笑?小菊爹说,屁,啥远见了?一没预见国民党垮台,二没预见撒了豆儿挨批,最后落下个气死,他预见没有,他远的啥见呢?他作践土地,还不会记账,我就叫他二麻子,比大麻子小一号!说得小菊娘甘认自己是个傻老婆儿。

抠棉桃的女人

　　秋后的麻麻天,抠了一天棉桃的香菊娘正在紧往家走,大旺家媳妇像是专门堵在街门口一样,一手捏了半把玉米粒子,一手闲心嗑着瓜子没话找话往街心上扔,一下子把香菊娘的脚步像粘糖瓜一样粘住了,她说在城里老同学那放了十万块钱,一月返了六千整,月月保有进项,说得香菊娘伸着脖子直打怔,俩嘴唇打碰说,咋那多,咋那多哩? 两眼打碰的生想冒出来火花。

　　街门里头,大旺家老母鸡在窝口上急眼转悠,巴望主子手里那把玉米粒子往外扔,玉米粒子扔不出来,老母鸡妄想吃几嘴再钻窝的愿望实现不了,气得跑到猪圈沿上狠狠向猪圈里挠爪,挠得尘土四扬。大黑猪低头抬头站在猪圈台上吱儿吱儿叫,或是嫌鸡扬了它,或是饿得没抓没挠在治气,瞪眼要找老母鸡干架似的,干着急念咒,却等不来主子喂食儿,哼哼唧唧没好气地像是有意瞎搅和,而热在门口扯闲话的老娘儿们横竖就是装聋作哑,扔话扔得香菊娘顾不上了身累,听拧了耳朵还在那呆听。咋那多,咋那多哩? 还在伸脖子呆问。也许大黑猪要和着急不钻窝的老母鸡盟军作战,也许天黑听不见别处杂响,大旺家院里鸡叫猪哼的共鸣似乎像是同声叫骂,脏老婆,光有本事描眉画眼戳闲话,整天也不顾家,黑了天还在街门上卖嘴。恨不得连身带嘴跑过去说给香菊娘一句,甭听她懒老婆云山雾罩瞎白话,那是城里人耍的贼圈套子,连她自个儿都还蒙在鼓里!

大旺家媳妇还在意气风发地热心肠吆喝,香菊娘站在街上比木鸡还木鸡,听着听着也心花怒放起来。

回到家,香菊娘脑仁儿里一派大旺家媳妇的飘香影像——北瓜脸,蒜头鼻,秃眼眉上画了粗黑道道;金耳环,金戒指,长指甲上染了红料,一笑声调响半街;双手细白细白,脸蛋粉嫩粉嫩,连喂猪喂鸡都戴手套,一看就是嫁错了人家的大小姐。香菊娘关鸡窝前就想,香货还在上初中,过二年香菊出嫁要花钱,香货高中毕业考上大学要花钱,考不上大学盖房娶亲也要花钱。她低头瞅一眼抠棉桃的老糙手,进灶间抓一把谷秕子扔向鸡窝口,心里还嘀咕,鸡屁股、老糙手,几年才能抠来那多钱哩! 鸡群大乱,比她的心瓤还乱。鸡们抢食的抢食,挤腿的挤腿。香菊娘不挡鸡窝口上还在盘算,要不,也给老同学凑十万块?可,哪来那多呢?抠棉桃一月多,满打满算抠了八百,再抠半冬也抠不下几千块钱,一年能抠多少?光盖房就得几万块,再说……要是给她二十万呢?不就一月返回来一万多了? 那要是一月一万多,二年返回本儿来……惊得她头发都乍了起来。香菊娘不顾鸡们早已瞅不见了脚下,又扔一把谷秕子。鸡们乱抢乱凿不进窝,其实,那鸡根本瞅不见了脚下,觅不到食,黑天里瞎抢,比香菊娘脑里想钱想得还欢。

香菊爹回来了,进门见老婆子直身打愣,问她咋不做饭,香菊娘回神儿说,刚进家,刚打理鸡窝,想抱柴哩。没敢声张刚才听来的晴天霹雳。

黑夜饭后没心思守电视了,香菊娘跑去斜对门邻居大旺家找那闲心娘儿们问究竟。这回老母鸡不捣乱了,大黑猪也不捣乱了,俩女人四平八稳坐在里屋炕沿上鸡嘴鹅舌地小声叨叨,像在咬嚼夜里和男人滚炕的耳语,你来我往很投机缘。大旺就在外屋沙发上吸烟、瞅电视,呆听电视里一会儿传来笑声,一会儿传来闹声,也分不清电视里和里屋里哪的女人在笑闹。

第二天一大早,顾不得放开鸡窝、打理猪食,香菊娘细致梳洗了头脸,换上件干净衣裳就说进城去,吼起来香菊起早做饭,叮嘱她记着放鸡窝、喂猪,自己一人进了城。

香菊娘往城里走得心驰神往,她娘家在城里,她对城里的天长地短熟之又熟。她出门时怀揣上了自家唯一的银行折子,那折里存着举家的积攒——七万多块。香菊娘怀揣的是存折,是她家的血汗钱吗? 全不是,是举家今后满怀的生活希望,是今非昔比的好日月、天天好吃好喝不用再去苦累干活儿的大收入哩!

香菊娘的娘家已经没了人,弟媳早几年外出打工,没几年打回来一个离婚证,弟弟带着孩子也外出打工,路上被汽车碰回来一双骨灰盒。殡埋了弟和外甥,依然找不见弟媳踪影,爹娘留下的家产全部归了姐姐。香菊娘一夜就盘算清楚了,娘家的宅院紧挨着县中学,早晚得拆盖挪住处。就算是拆迁能给十五万,那也不如交给大旺家媳妇吃高利息来钱快当。赚了钱,返回来再在城里为儿子置办楼房,给闺女添置嫁妆,不是同样两全其美吗? 她立马托人四下张罗,没出半天工夫就把宅院打发掉了,一满卖了十二万多,加上折上的七万多,总共凑了二十万整!

天头黑,香菊娘怀揣二十万希望往家赶,她大步走得心旌荡漾,几十年也没有过这样直腰杆儿走路,她要找大旺家媳妇挣高息,吃高利,坚决摘掉苦累不堪的穷帽子。你想,鸡屁股能生来多少,大黑猪能卖下多少,抠棉桃抠来多少,那不都是毛毛雨啊! 她又心花怒放地喜爹了头发。就算这几年存折上鸡屁股银行、猪槽子银行、种庄稼银行,包括香货打草喂羊喂兔银行,一年年一点点积攒起来的折子数,上哪去挣一万多,一月一万多呀! 前几年谁敢想过? 也就是这二年新农村改造闹得欢实,家家收入喜拧了眉梢。秋里抠棉桃子,冬里整蒜辫子,总有忙不完的活计,一天能挣几十块呢,真是赶上了好时候。可从早到黑不闲着,就算是给村工厂干活儿不累、中午还管饭,就算是赶上了天天有工钱可挣的好时候,再好也不如这样来得快呀! 香菊娘铁了心要赌一把,包括香菊爹也不给说,她要拿出来本金再请全家吃捞面。黑晌没进家,直接进到大旺家屋里,把钱要如数给下那女人,并且进行了细盘问。

香菊娘双手合抱着钱问,这钱给谁?大旺家媳妇死眼盯着钱,笑说给老同学。香菊娘双手还在死抱着钱问老同学给谁?大旺家媳妇还在死眼盯着钱答说给海头市一家大公司。疑心地问海头市那大公司咋能挣钱挣来这多、分来这快?开心地说老同学的同学媳妇娘家侄子在海头市那边大公司打工,也是刚去仨月就挣回了几十万;海头那边试行新政策,以新开发、新速度搞新新新……你就不能长点新脑筋支援支援城市,也出个新见识吗?香菊娘被"新"糊涂了脑袋,蔫声说,反正你城里有老同学,反正你住斜对门不会坑我、骗我,反正我就信服给你最牢靠。说着笑着又把钱搂了搂,心里敲过小鼓子,还是悉数撒出了手去。老母鸡钻在鸡窝里,大黑猪躺在圈台上,别人都在眼不见为净,天底下只有大旺家媳妇和香菊娘二人心知肚明,美在嘴上,喜在心梢,那票子在大旺家炕上堆得像小山,香菊娘在回家路上有些晕头,大票子就像在眼前飞起来一样,无不让人眼花缭乱。

黑夜做梦钱来了,成捆成片地飞来满世界,黑压压铺天盖地,遮住了眼,埋住了人,香菊娘被大钱压得喘不上气来,双手用力一推,原来是香菊爹个老东西压在她身上偷食儿哩!放在以往,她一脚能把老东西踹到炕头尿盆子一边,今儿也说不上咋就那么心柔,安安生生享受着老狗没清没了的狠折腾,只是一劲儿地欢笑。

一大早,鸡们吃饱了,猪也吃饱了,鸡在猪圈沿上刨食刨得气高,像在臭说猪找食往前拱着杂吃,猪在猪槽跟前仰头哼唧,像在笑话鸡刨食往后刨着瞎找。香菊娘在抠棉桃的当口里,和一帮老娘儿们盘坐在一起笑着说,猪往前拱,鸡往后刨,各有各的活法儿哩!美得眼角子上全是了褶皱。

月底了,盼三盼四耐到了月底,终于耐来了取息日。香菊娘一早就听说大旺家媳妇进了城。黑夜饭后,她洗净了手,怀揣上塑料袋往大旺家走。进到院里,没进屋门就听见大旺甩到了门外一句,还没回来哩！香菊娘心里一怔，头发都乍了起来，佯作若无其事地返回家来。

进到家，香菊娘就在家里等上了，怀里的塑料袋像是跑进了二十五只小老鼠——百爪挠心。揣塑料袋时，想的是不能叫贼们瞅见多少钱数，这会儿把塑料袋从怀底掏出来，像是掏出来满满一瓢凉水泼上了脑袋，从头到脚凉得人哪都难受。

整整等了一宿，大旺家媳妇没回来。

香菊娘一宿没合眼。

整整等了两宿，大旺家媳妇还是没回来。

香菊娘一宿没合眼，两宿没合眼，第三天大旺家媳妇回来了，进家被大旺拾掇了个乌眼儿青。

香菊娘三天三宿没合眼，双腿发软得快起不来炕了！

乱了，全乱了。老同学跑了，懒娘儿们蔫了，里走外转打听来的口信儿都说是把钱汇给了海头市那边的大公司里。

香菊娘脑袋又蒙了，比想到来大钱那会儿还蒙，天旋地转地端着大盆，喂猪时险些碰到猪槽上，泪水像小河沟子一样顺脸皮往下流。

黑晌时分，一家人围上地桌吃饭，家里其他人以为香菊娘想亲弟，都说亲人身边多的是，孩儿们不会叫老人着急，外甥走了还有儿女，往后老了有人伺候，谁也没往别处多嘴，香菊娘却依然泪流满面不言语。

那几天，家里顿顿饭吃得这么蔫无声息。

大旺家街门洞里不见嗑瓜子女人拿捏姿势嗑瓜子了，不见水白女人手捏面包片吃面包了，不见了老母鸡仰首高歌闲庭信步，也不见了大黑猪躺在圈台上睡大觉。有的是老母鸡惊飞到墙头上瞪眼惊叫，像是伸脖子回骂说，你两口子打架，凭啥往我身上抢鞋底？吓得我紧急起飞，双爪着陆，要不是墙头上的霜草挡住脚下，还不得掉进猪圈里叫大黑猪嚼喽！

大黑猪也在吱儿吱儿叫，像在大骂大旺家两口子闹离婚不喂猪食,叫钱闹得阖世界不再安生,大骂这两口子三天两头打世界,断口粮冤枉无辜……我长出肉来不也是为了这个家吗?凭啥不管……啊呀呀。大黑猪和大旺家媳妇坐地撒泼哭叫的劲头很像一样。鸡们不敢进窝了,大旺家媳妇不敢进门跑回娘家了,大黑猪饿躺下了,香菊娘一再向家人说头晕,躺下得比大黑猪还实惠,三天三宿不起炕,鼻尖上和嘴角上都生了火。炕下烧了柴火,是花秸,比玉米秸硬实耐用。香菊娘迷迷糊糊就好像耳边有人在说,烧吧,烧吧,烧个十天半月也烧不掉二十万的小角角哩!二十万呀,娘家的房子,亲弟的家产,一家人一辈子的血汗钱,大旺家媳妇俩嘴唇一碰就算没了?香菊娘心急得拿头碰墙碰得咣咣响。

半月后,大旺实在受不住香菊娘的一趟趟催要,跑到丈母娘家又把媳妇打回来,立逼她随香菊娘一趟趟跑城里找老同学算账。跑着跑着二人跑进了大旺家茅厕里对舌头。大黑猪从茅坑眼儿的空道里好像听到了俩女人在悄声嚼舌,一个说去海头市,她老同学已跑到那边堵门子交涉,说是有了回钱的眉目,坑人的那家伙已被抓进号里,必须赶紧赶过去要钱,一个说带衣裳带干粮带路费连夜上火车不能给家里人透风。

深黑的天,关在窝里的鸡们又听不见了,躺在圈台上的猪又瞅不见了,夜空中明亮亮的群星眨眼不吭气,街狗也不叫,只有大风不知好歹地猛抽,像男人捆耳光子一样捆得脸颊生疼。香菊娘心慌意乱地快步走着还在瞎想,要是香菊爹晓了端底,大耳光捆我脸皮一定比这大风捆的厉害,捆不死我也得把我捆蒙!这时候不是香菊爹压到身上折腾世界了,香菊爹再也不会像大钱埋人一样埋我了!泪水和尘土搅和得她脸上像烂泥一样脏乱。

心里乱糟到了极限,天要塌了,地要陷了,香菊娘跟着大旺家媳妇深一脚浅一脚往县城的火车站赶,她们要在第二天一早赶到海头市,去那里把自家的天塌地陷补回来,补不回来就堵门子、挡道,堵不住道就躺地撒泼叫旁观人看热闹。大旺家媳妇对香菊娘讲得声情并茂。香菊娘听来了满怀信心,泄气的皮球又鼓成了蛤蟆肚子,脚下十足了迈步的劲头。

天明了,海头市车水马龙的大道上堵了好多人,汽车绕道,路人们绕行,路面上和香菊爹带她和孩儿们来逛百货商场那几年判若两样。再往前些年,老东西还没骗她到手时,带她来海头市买花布,买花衣裳,为的是在没人的时候亲她一口,叫她剜他一眼,红脸回笑他一个害羞模样。她没后悔嫁给香菊爹,老家伙炕上睡也睡了,折腾也折腾了,地里苦也苦了,累也累了,省吃俭用没叫她着过半星子急,一辈子积蓄全撒手归她,连问有多少都没问过,她一辈子总在笑,脸上大褶子摞小褶子,一摞摞的全是太阳底下喜来的,她家日子多年来饭勺碰不响锅沿,和大旺家分明是两样。香菊娘说,那两口子一天天吵架也不嫌累,半晌比俺一年都多。就像香菊爹在当街上对老伙计们说的那样,啥叫吵架呢?没听说过。咱一辈子不晓啥叫吵架。两口子咋还能吵架呢,亲还亲不够哩!大伙就笑话他老狗没出息。

离人们聚堆儿地方还有老远,有个小个子男人拦住了香菊娘的去路找她说话,问她投款投了多少?她茫然站下回说投了二十万。拦人问她哪来这多钱?她着急回说卖了娘家的房和地,外加一个死期折子。问把钱给了谁?说是给了斜对门邻居大旺家媳妇。问给的是现金还是折子?回说是现金,一捆一捆没细数,炕上堆得像小山。别人瞅见了吗?没有。让邻居打条了吗?打了。过了两天把合同送来后,又把白条撤了。你看看,你看看,这又是你的马虎,咋让她把字条收走呢?她收走了字据,咋再证明钱去了哪里?小个子男人细声细语里裹满了危言耸听,劝香菊娘赶快回去要字条的口气里充满了疑问。香菊娘说,我把钱给了她,她还能不认账咋着,亏你也想得出来!觉得小个子男人说话太不近情理,还在生气说,你瞅瞅,你瞅瞅,这就是你们叫办的大公司,你们叫刻的红印章,白纸黑字有合同,咋就不给钱了呢?你得叫他赔俺,赔俺!俺他爹还瞒着不晓哩,要是不给……啊哈哈……我就死在你这道上!她和大旺家媳妇说得一模一样,比大旺家媳妇教说的还周全,泪雨滂沱起来,要呼天抢地坐地不起。

小个子男人赶忙将她扶向路边。

香菊娘被触疼了心窝子,脸上比在家像小河沟子一样冲脸皮的泪水还多。她见小个子男人主动对她热情说劝,激动得内心比见到亲弟还亲,以为这就是青天大老爷,这就是把钱归给她的那个大救星,更加心痛不已地像掉进河沟里抓住了稻草一样,嘴里一再央告说,可怜可怜俺吧,抠棉桃、喂猪……那可是……小个子男人说,快回去叫你家邻居打字条吧,是她把你钱拿走,你得找……耐心说她劝她比她说的还亲,劝她回返的口气比她求人的口气还死硬。双方僵持下来,都认着死理儿不挪窝,只是香菊娘满面流着泪水,看不清小个子男人脸上的满面微笑。

这么僵持到路上黑静黑静了, 双双各自也埋没在了黑静中……

第三天,管事的开始往汽车上撵人。前两天有人堵路呼口号,声浪一潮高过一潮。香菊娘站在远处没张嘴,只是跟着心潮澎湃。她站在远处已是激动万分,想高呼,话到嘴角被舌头压着挤不出来。当天黑夜被劝上了汽车。大旺家媳妇喊得最凶最欢,嗓子喊哑了,头发喊乱了,大有喊了就会来钱一样,带头在街上吆喝。她吆喝吆喝吆喝走了嘴,对不住牙口的也敢往外拾掇,并口口声声指骂没人去抓坏人!那些挡事儿的也不气,也不急,耐心把人劝到汽车上,进到车里就不让再下来。在开往火车站的路上,大旺家媳妇撸起袄袖叫身边高个子男人瞅她胳膊上的黑青,说是她逃回娘家又被她男人打出来,拿不回钱就离婚。说得那男人一路上为她叹气,劝她千万想开些,若再有人向她动手,立马向当地警察报案,云云。香菊娘搭不上腔,心里惦着她家老母鸡兴许还没放开窝,保不定扣在窝里的鸡蛋还在鸡屎堆上臭着, 想那大黑猪还没人喂,那猪早该饿扁了。她着急和大旺家媳妇着的不在一个热锅上。大旺家媳妇转脸对香菊娘说,叫你干啥来了?连个屁也不放。钱飞了,人跑了,你找谁要?是他们害了咱,就得来找他们要。你不言声,我不管了。给香菊娘甩脸子。香菊娘说,你回去得给我打条!

下了汽车,送站的人劝她们早回,言说正在核对情况,核对清了就给准信儿,劝她们不要再来,之后就走了。一帮人下车后佯作不晓往哪走,站在原处瞎馋馋。香菊娘掰一块干馍塞进嘴里,往车站大椅上一躺,半宿冻的抖身无话。第二天一大早,原班人马又都回返了回来。

这次没有摆开阵式,来一个撵上车一个,来一帮劝上车一帮,一拨一拨又都被劝进了空调大汽里。等人凑齐后,拉大伙往海边走,开进一个敞棚大厅里,一个一个对号登记,说是登记为了返款。

香菊娘不流泪了,听说返款就给登记人员下跪不起,磕头碰地,感谢老天爷有眼叫她遇见了好人。这钱真能回来?她边问边填表画押按手印,说是过后立马回家等着。

立完了字据,香菊娘如释重负,提着行礼落泪想走。大旺家媳妇立马拦下她,数落她是三锥子扎不出屁来的窝囊废,要她再返回去接着哭闹。她不言声,又掰一块干馍塞进嘴里嚼,嚼着说,你得给我打条。当天后晌就坐火车回到了家来。

进到家,屋还是那个屋,院还是那个院,鸡已放开,猪已喂过,只是没人向她问情况,全家人早已听大旺道了实情。香货见到娘回来,像是娘没出门一样,木木地呆脸并没多少亲热,问话问得比猪圈里的大黑猪还臭,撅嘴说,上头一句话就叫咱倾家荡产了?他爹狠狠瞪了儿子一眼,咬牙说,给你娘烧水去,甭站在这胡诌,几时上头不管咱了?毛孩子家晓个屁,闭你臭嘴!儿子还在撅嘴嘟囔,俺老师说,有困难,找警察,警察叔叔不会不管。他爹的眼珠子快要跳到鼻尖上了,厉声说,警察比咱还着急呢,人家起早贪黑为咱抓坏人,你少添麻烦不行啊,烧水去!

香菊娘疲惫不堪地坐在炕沿上不言声,手抠衣襟抬不起头来。地桌前的老母鸡转转悠悠没敢向桌上偷嘴,心里早像有了眉目,好像要向一屋子人摇头说,人家上头说了管开公司,还管你被骗不被骗吗?谁管那么具体,谁能管得过来?比如说,管发汽车执照的交通部门,还管汽车轧不轧人吗？你过路不长眼,轧死了白搭,与发执照部门有啥相关?老母鸡心里比香货心里还明白。

香菊眼里心里手里都没闲着,赶紧为娘端来饭菜,蔫无声示意娘坐来地桌前吃两口。香菊爹就一声不吭,坐在一边破椅上一支接一支抽烟,老脸拉得比驴脸还长,鼻子里冒出的全是烟气。过了会儿,香菊爹的老脸慢慢变短了,说话的口气比往常还平和,含泪劝说道,碰上也就碰上了,种庄稼还有旱地的年份呢,谁让咱不长眼了,自当咱全都丢了,叫小偷偷了,叫野狗叼了!他泪水汪汪劝香菊娘劝得很心诚,别为那身外物件儿着急了,人没丢就好。急坏了身子不上算,咋说那钱也没咱命金贵。一句难听话也没往外抬掇,酸痛的香菊娘泪水哗啦啦小河沟子一样流在脚下一大片,坐在原处就是抬不起头来。

后几天里,香菊娘还在家里等信儿,听到传说老多钱警察扣住了一部分,想到反正上头一分钱也不会贪污,扣住多少全部返回,心里还存着极度热望。

热望了几天不见动静,香菊娘又去场里抠棉桃了,她坐在老娘儿们堆里有手无舌,棉桃抠得格外细致,花瓣要抠干净,花壳里的小毛毛也要抠出来……

手里的物件儿

接生剪子

凤姑接生之前总要吸烟,是不由自主那一种。那烟在嘴边上烈烈地燃,亮出一个耀眼的斑点,比烈火闪闪还艳。她一棵接一棵吸,一直吸到嘴和脑木了才肯进屋。

屋里产妇早已大汗淋漓或哇哇大叫,凤姑打开背包,拿出接生工具,指派主家备水备布,擦洗消毒一通张罗。之后,她戴上接生手套,把那把用了多年的小铁剪子放在近前,这才开始正式忙活。

忙活接生的前头里并不用剪子, 剪子只在后头派上用场:一个是当产妇竭尽全力生不下来时, 接生婆向女人会阴部给一剪,之后再把破口处缝上;再一个是孩子生出来之后,用剪子剪断脐带。

剪子是接生关键时刻的必备工具。

多年里,也不晓凤姑接生过多少,见识过多少难产的女人,大半个东门里人信服她,都是因她接生从来不轻易向女人开剪,她会教女人怎样姿势、怎样坚持,啥时候使劲、啥时候喘息,那剪子只剪脐带,不剪别处。这对谁家男人、女人都是求之不得的好事。凤姑接生在本地传得神乎其神,不仅因为她技高超群、为人谦和,更因为她能在关键时候给产妇以定力,呼唤产妇生出百倍信心争得主动。

谁家产妇她都如此,谁家产妇她都器重。

要说,县医院就在东门里这边,走过去也就十几分钟的路程,但东门里往县医院生育的产妇却很少,原因能说出来好多条,其中说得最多的是凤姑手头麻利,能叫女人少受罪,不叫女人破身子;再一条就是她收费少,接生不提钱的事,也从不多收。东门里多年形成了不成文的规矩,接完生,凤姑也不歇,也不吃喝,蹲下来在脸盆里洗洗手,边擦手边说产后注意事项,收包走人。就此当口里,主家会马上递过来两块钱,再说些多少是个心意之类的客气话,她便面如平湖微笑说,那就不客气了。接上钱,出门走人。如果主家没给钱,或无比抱歉地表示过些日子再给,她也面带微笑说,不要紧,不给了,不给了。

多数人家出门前都要好言相留一阵子,歇会儿呗,喝口水呗,看看累的,吃了饭再走。多数时候她会说,谁谁谁家那厢还等着呢,那边也难受着哩。走得无遮无拦。她便在出门之后再点一棵烟吸上,稍加平缓下来心情继续走,然后在远离主家之后,找一块偏僻处坐下来把烟吸完,解不过劲儿来时,再吸一棵,直到心情彻底平缓下来才起身走开。

凤姑不但接生远近闻名,人也长得漂亮耐看,身条比当今演员还顺溜,吸烟已经吸得嘴唇黑紫,那黑紫反倒衬托得脸庞更加主次分明,唇和眉照应得让人产生尽善尽美的遐想。而实际上,每次接生都像是自己生产一样,她心灵无限震颤的同时,忍受了巨大的痛苦,幸好紧张的内心被平和的面庞遮掩了。

东关街二瓢子媳妇生产赶上个三伏天,凤姑好不容易扔下扇子刚睡着,大半夜里,二瓢子咚咚咣咣来敲门喊凤姑,说她媳妇疼得邪乎,能不能快些过去,凤姑慵慵懂懂爬起来,边披衣裳边往外走,嘴里说着,叫姑披上件衣裳,带上包!二瓢子依然慌张说,两条人命催着呢,求姑了!话没说完,凤姑早已开门出来。三货家媳妇生孩子碰上三九天,大黑早,凤姑还在梦乡里酣甜着黎明觉,三货也是急歪歪敲门来,比老天要塌下来还吆喝得邪乎,凤姑呀,这回可是真到时候了,我可没说假!可是,凤姑还是白跑一趟!

凤姑不会骑车,从来都是一人匆匆走在路上,连搭讪街上女人们的问话都不肯歇脚,是哩,去谁谁谁家了,还不到时候哩,她闹唤。说了多少遍也不听,她闹唤。也不气,也不急,照样有求必应,有叫必到。

二瓢子家连个锅碗瓢勺都不全,去了连口水也想不起来叫喝,凤姑满头是汗笑着说,二瓢子,你这媳妇俊俏不?二瓢子低头憨笑说俊俏。凤姑说,月子里亏待了你媳妇,小心我剪喽你裤裆!二瓢子连忙笑着答应,那是,那是,我听大姑,听大姑。说得凤姑手里那把剪子也禁不住开嘴乐了。

凤姑往二瓢子家一趟趟跑,汗流浃背无数遍,问得周到,嘱咐得也周到,二瓢子横竖满不在乎。凤姑着急说,到时候你再着急忙慌去找我,我就叫你一边等着!人命关天的大事,你得准备个牢靠,一回和一回不一样哩,听准喽不?二瓢子一口口应着,感动得恨不得给凤姑磕响头。

三货爹是村干部,每回都要给凤姑备好吃喝,凤姑说,再客气,我就不来了。你家儿媳是难产征兆,还是去医院牢靠。咱有钱,得想法花到正经上。但三货家还是央求凤姑给接生。

凤姑常年跑产妇,半个东门里人们都心疼她,尊称她姑,是因为好多人知道她没了孩子。她一辈子经受过两回大刺激:孩子得大脑炎突然死去算一回,从此她再也没了生养;另一回是东邻居出事,让她走上了接生路。但街上并没人注意到,她接生时间再久,次数再多,总也抹不掉恐惧接生的紧张心理。

引起凤姑接生紧张的真正原因,是她包里常年背着的那把小铁剪子,看见剪子她就紧张,不自然想到自己的孩子,想到东邻居孩子出生时那血淋淋的场面。

凤姑那剪子并不特殊,就是普通做针线用的家常剪子,不是医用品,只是擦得干净,比不锈钢剪子还白亮。凤姑用这把剪子接了多少生,剪了多少脐带,她记不清了,但用这把剪子接的头一个孩子,她却终生难忘。

她嫁来东门里六年,孩子已经会跑。那是个秋后的黑天,她正给孩子裁小衣裳,听到隔壁邻居的惨叫和呼喊,忘记了丢下手中的剪子,并膀和男人一起赶到了现场。让人无法想象的是,邻居俊妮子和俊妮子男人头破血流,炕上一个、炕下一个都已死去,满处是血的恐怖场面让人直想呕吐。凤姑知道俊妮子临近产期,当她看到炕上的俊妮子满脸是血,瞪眼张嘴已经死去时,吓得调头就跑,没跑几步又停下来,脑海里闪出一件大事,孩子呢? 孩子还在肚里没出来!

此时,所有赶来的人都对这血腥场面大惊失色。黑暗的慌乱中,有人呼喊快去叫大队干部,有人呼喊快去派出所报案,唯独凤姑不顾一切地冲向俊妮子。她惊恐地划拉开俊妮子身边的杂物,伸手摸向俊妮子肚子。俊妮子肚子还很热手,那肚上微弱的胎跳如同点着了的炸雷,电击般刺向了凤姑脑髓,她的第一反应就是救出来孩子! 凤姑不懂医学,也没多想肚里的孩子是否成活,而是手持剪子向屋里的男人们大喊,出去,都出去! 抓过来旁边一个发呆的女货说,快去弄盆热水来,快去! 果断地抬起来剪子指向自己男人,立逼他赶快撵人们走开,嘴里还在不停地喊叫,生孩子了,男人们快出去! 说过,自己先慌张得不知所措,咋办,咋办呢? 她惊慌不安地想要找个替身。可是,身边并没几个女人,唯独她还能干一些,再不救,孩子肯定死在肚里! 凤姑更加心慌,时候再晚孩子就没救了。她狠下心来,镇定地深吸一口气,必须把孩子赶快救出来,必须! 就此简单的一闪念,她咬牙握紧剪子,毫不犹豫地动了手。她将俊妮子的裤腰连同腰带麻利地剪开,抓下来裤子扔向一边,紧张得不知从哪下手。但她没有害怕,又一次伸手摸了摸俊妮子的鼻和嘴,断定人已经死挺,终于拿剪子向俊妮子的肚上剪去……没听见任何皮肉的声响,没看见出现多大的张扬动作,刹那间,俊妮子的腹部就被剖开了。

屋里门扇、房梁、窗户、板凳全像吓瞪了眼。

凤姑并没学过人体结构或人体生理方面的知识,连五年小学都没念完,所有的见识就是见到过街对门山堂家杀猪剖腹中的血淋淋场面。她双手哆嗦着轻轻划拉开模糊的血块,小心细致地一层层剪开,转瞬间把孩子取了出来。令人惊奇的是,孩子竟然飞快地擒在了她的手上。满炕的鲜血已经把被褥湿透,炕上死人的场面更加惨不忍睹。当公安民警赶来制止她的胡闹行为时,孩子已经取了出来。有女人站在远处喊,快拍拍孩子后背,快拍后背!凤姑把孩子搂在怀里拍了几下,就听到哇——的一声响亮的哭叫……

孩子救出来了。孩子后来怎样擦洗干净、怎样活了下来,凤姑一概不知,她被双手铐住押进了看守所。在看守所里,她向民警要了一棵烟吸,因为紧张情绪压不下来,吸完后,她又向民警要了一棵。从那以后,她学会了吸烟,用吸烟驱走紧张。被押期间,她被反复叫出来接受民警提问同一个问题,你怎么知道人已经死了,谁让你动的剪子,你懂接生吗,为什么不往县医院送?凤姑就反复回答,大伙儿都看着呢。大人死了,不动剪子,孩子咋出来?我不懂接生。孩子不从肚里快出来,晚一会儿就得憋死。往医院送,肯定来不及。

凤姑被押期间没有说过其他废话,扣押了几天就被放出来。公安局破了案,说是小偷图财害命,法医鉴定凤姑剖腹是在人死之后,应当算是有功人员。这样,大队就召开表彰会,表彰凤姑胆大心细,果断救人,赞扬她手头麻利会接生,连大队干部都在会上说,从肚里剖出来孩子不就是会接生吗,谁见过女人肚里那些生孩子的零部件呢,东门里就她一个!凤姑手头麻利着呢。于是,领导说得肯定在理,大队派她到县卫生局进行了短期培训,她就摊上接生的活计再也没有离过身。

头一家纠缠凤姑接生的是她家街对门的山堂媳妇。

那女人从村里嫁来城里没几天就和凤姑亲热上了,她见凤姑对自己生养过程说得头头是道,死活认准一个理儿,你能从死人肚里取出来活人,更能从我活人肚里取出来孩子!就这一条,凤姑被山堂连拉带拽拖了过去。山堂媳妇说,你不来,我也不去医院,我就信服你一个,我在家里叫山堂看着我咋样受罪。

山堂媳妇进屋关门后,躺在炕上要死要活地很叫人心慌。凤姑心里有底的是自己生过孩子,接生婆在她身上使过的套路都还记得清楚,她在培训中也见习过不少生产,但那毕竟有老师守着,虽然自己一直信服农家人代代都这样走过来,有个壮身子就能生产;她心里真正没底的这是头一次单独作业,而且山堂媳妇身子太瘦,一点气力都没有,骨子里还缺少囊气。这女人连骨缝还没开就吆喝上了,哎哟哟,哎哟哟……哀唱了小半晌不管用,越发没了囊气,干脆不管不顾地大骂开了山堂,你个王八羔子按我痛快够喽不管我呀……哎呀呀,疼死我啦……亲爹祖奶奶地破口大骂,招来半院子人听稀罕。凤姑小声数念说,行啦,行啦,要不咱就去医院,谁家女人不生养啊,看你那出息,积攒点力气用到正经上,先歇会儿。嘴里说着,心里早已紧张得没抓没挠。她找山堂要一棵烟点上,跑出屋去狠命抽,抽得嘴和脑木了才进了屋。这时,山堂媳妇已到最后时刻,凤姑叫山堂握住媳妇手,叫山堂小声为媳妇加劲。那小媳妇虽然大哭小叫,但关键时候真还争气,剪子没用她身上,孩子生下来了!山堂见是个大胖小子,立马说,嫂,认个干娘吧!脸上笑成了一朵花。凤姑没客气,点头当上了第二个人的干娘。

头一个人的干娘肯定是邻居俊妮子家闺女,她被凤姑剖腹救出来,认下干娘理所当然。第二个干娘是这次头一个接生,干娘当得也理由充足。从此,凤姑再也没认当过第三个干娘,东门里接生越来越多,当干娘根本当不过来。

凤姑接生主意大,千方百计不对女人动剪子有她的信条,她认为女人生不下来孩子是体力不支。谁家产妇她都反复嘱咐,可不能闲着,至少得天天走动,有个壮身子才有气力生养哩。她说女人天生就会生养孩子,顺其自然最有好处。东门里街上,不光生孩子她管,少生孩子她也管。她去二瓢子家接生接了四回,最后那回厉声说,二瓢子,你就不能做点儿正事儿,少生俩,叫孩们有个像样的吃穿?二瓢子躲闪说,我就不敢碰她,好几个月不敢碰,一碰准有!凤姑说,那就甭作难了,来,脱下裤来,姑把你惹祸的祖宗剪掉算了!吓得二瓢子捂着裤裆跑开了。

今天接生更叫人揪心,是对门干儿子的媳妇,是自己唯一的干女儿,就是东邻居那个她亲自剖腹出来的俊妮子家亲闺女。

自从孩子剖出来,跟着奶奶长大的孩子得到了街坊邻居无数的关照。起初,当干娘的凤姑管得最多,走动得比亲闺女还亲,后来山堂媳妇也有意为儿子做盘算,变着法儿叫同龄孩子多来往,一来二去,日久生情,有个媒人一牵线,事儿就成了。

这孩子从小没有爹娘,不像别人家的孩子那么娇贵,骨缝都已张开,半宿工夫搭上了,硬是没吭一声,这让凤姑更加心疼不已。

干闺女整整折腾了多半宿,后半夜才把孩子生下来。

山堂见又是个大胖小子,喜得不知说啥好,一个劲儿说,是叫干奶奶呢?还是叫干姥姥呢?凤姑也笑了,她像以往一样笑着说,叫啥都愿意哩。二瓢子家那边还等着呢,那边也难受着哩,我得歇会儿赶紧过去。山堂拦住说,今儿可不比往常,你也一把岁数了,咱得缓缓,不走了,少说也得吃了喜面再走。凤姑说,行。过会儿回来吃。你看看多少家子等着呢,回来我吃。说着,又蹲下身子在脸盆里洗洗手,转身收包走人。

出门后，天还没亮，远方的天星还在忽明忽暗地闪烁，好像要说让她歇歇再走。她好像没顾上听，又像以往一样点一棵烟吸上，稍加平缓下来又往二瓢子家赶。二瓢子家二小跑来好几趟了，急等她过去瞅瞅是亲自接生，还是送去医院。她过去又是一通忙活，亲自把孩子接了下来。

从二瓢子家出来时，天已大亮。不知为什么，凤姑觉得今天特别困乏，浑身无力，离开二瓢子家，她又点一棵烟吸上，走了好长工夫才回到自己家里。进家后，男人还在睡觉，她一人坐在沙发上把烟吸完，解不过劲儿来，觉得浑身越发无力，倒了杯热水晾上，又点上一棵吸上。

多年里，凤姑习惯于进家后喝一些水，然后再把小剪子擦洗一遍，把下次使用的工具准备齐全之后才睡觉。她把烟头扔下，又把剪子捏在了手上，想从包里拿出来用酒精棉球擦洗擦洗，似乎觉得今天的剪子很沉很沉，手有些抬不起来，接着，头也抬不起来了。她想放下手里的剪子，想呼唤男人来搭救一把，呼唤不出声来。她觉得浑身实在无力，身体慢慢松软下来，脸上也没有更多痛苦表情，就这样，身子慢慢倾斜之后，轻轻倒在了沙发上……

那把剪子最终没从包里掏出来，还在凤姑手里捏着……

殡埋凤姑这天，她家院里、屋里挤满了前来送行的人们，有人挤不进院里，坐在街门口失声痛哭……

绿毛熟肉

银老姑死了后，街上放了老半天二踢脚，就是不见有人上街来。

西邻居大勋娘拍着大勋的屋门子喊，大勋呀，你咋还不起哩？没听见炮响啊！

好长工夫，大勋打开屋门打着哈欠站在院里扣扣子，问，谁家呀？

谁家,谁家,就在耳根上砰叭,还有谁家!

她家呀,我估摸着也是,有人去不?

没人去,你就不是邻居啦!大勋娘老远丑了大勋一手指,要是离得近,这一手指得丑在脑门儿上。

大勋半睡不醒地说,啊,知道了。懒洋洋转身又回到屋里。

大勋娘追着屁股又喊,快着啊,别叫你爹着急!

屋里又没了动静。

街上有句老话儿,叫做"喜事儿叫,丧事儿到"。意思是说,谁家有了喜事,送帖子、递话儿,有个邀请才能过去;谁家遇上天灾人祸,不用动嘴皮子,听说了就得赶过去帮忙,这是多年不成文的规矩,也是街上的约定俗成。可是,一大清早,东门里早已家喻户晓了银老姑家出了白事儿,人们硬是不往那边挪步,那炮仗放得才叫稀罕,像宣告天下没事儿一样瞅冷子单响,响得叫人后脊梁发凉。

大勋回屋找袜子穿,他媳妇穿衣裳工夫里还在嘟囔,我就是去她家问个针脚,又没带孩子,你看吓得她那样儿,生怕我去锅里捞那肉一样,愣神打眼不回锅台了。

大勋说,你也是贱,知道她煮肉,还去招惹。

谁招惹了,我哪晓得她家煮肉了?她说是对门国成家煮。你说,人家国成家离她家八里远,肉味儿走串了那么远不?我就是不走,看她把锅底烧烂!

大勋家媳妇追着屁股说着,大勋已经走出门来。

出了门,大勋见街上无人,立在门口点上烟,靠在街门上吞云吐雾。

眼见烟屁股要烧手了,街上还不见来人,大勋心里烦躁起来,他想起了去银老姑家借筛子那一幕。那天,明明大筛子就在北屋门口死靠着,银老姑笑着说,俺侄女事先说好了,一会儿过来要拿走哩,看看巧不。不说不外借,而是给大勋出主意支招儿,国成家那大筛子好使哩,又光溜,又轻巧,你往他家瞅瞅。不软不硬把大勋打发了,气得大勋恨不得双巴掌扇自己脸皮。他想,你侄女有递话的工夫里,早把筛子拿走了,糊弄谁呢?恨自己多余指望铁公鸡身上拔毛!

大勋在街门口想等个伴儿过来,等来等去就是等不来!

又吸一棵烟,又要烟屁股烧手时,斜对门的国成懒洋洋走上街来。二人老远打个招手碰头走,三五步近到跟前相视一笑,一并不情愿地往银老姑家走来。

停在门洞里,国成问,谁放的炮?

大勋说,还有谁呀?不管是娃子。

娃子是银老姑的侄女女婿。

国成摇摇头说,贱货,屁憋哩!

大勋说,他不憋来谁憋来,不放炮了?

国成说,放什么炮哇,放也没人来,你咋也屁憋来了?

大勋无奈笑笑,再不来,我娘急跳井了。

国成说,我也是。你说,我娘、我大娘她们也是贱,一辈子谁也没吃过她一嘴,非……

大勋说,不非咋着,她又没个后人,谁能活着学她呀,一年年打头碰脸的,咋说也得顾个脸皮。

二人又相视一笑,接着往院里走。

亲侄女和侄女女婿早先过来了。侄女女婿赶去买炮,回来放炮天已头明。亲侄女先是为老姑擦洗身子,接着又忙找衣裳,忙来忙去着急问,老姑夫,我姑寿衣……身子凉了就穿不上了!她快忙晕了,摸不清先找衣裳是好,还是先叫人来帮忙是好。见国成和大勋过来,转身就哭着跪下了,哥,快叫嫂们……

大勋和国成一听就明白了咋回事,老姑夫半身不遂不顶饿,其他男人也不能给女人穿衣裳啊!二人扶起来亲侄女,又都返回去叫家里女人。

亲侄女又问衣裳的事,老姑夫唔唔嘟嘟说,甭买新的了,扣箱里多的是。翻吧,拣新衣裳穿。

亲侄女就打开扣箱，一件件翻找——翻一件，又翻一件，翻着翻着眼珠子翻直了，惊奇地纳闷儿说，这不是我那条黑花裤子吗，咋跑我姑这来了？捅出来放在一边又翻找，嘴里又嘟囔，怨不得哪也找不见了，在我姑这摆着！接着又喊，哎呀，这不是俺家的门帘呀，叫我找了阔天世界，咋也在这摆着呢？像是被烫水猛浇了身子，脸皮也火烧火燎地难受起来，说着说着住了嘴，院里传来脚步声。

亲侄女不再翻找，想等院里人进屋来，心里害怕被翻捣出来门帘、裤子说嘴。

来人在院里干咳了几声，没有进屋。

亲侄女生气地不再翻找了，下边翻出来的娃娃肚巾、鸳鸯鞋垫、袜子、手套……一看就是几十年前的闺房产物，白线发了黄，也没见在哪叫谁使过，少不了过几天都得叫收废品的收走。她胡乱翻找了几件，大勋进了屋来。

大勋说，你嫂一会儿就过来。又转身出去。

大勋回去叫媳妇，没出屋，先干架，脏老婆说啥也不过来。大勋说，你就心眼儿比针鼻儿大，她不仁，你也不义啊？

媳妇说，她把她婆婆逼到村里闺女家住，你叫我逼咱娘不？

她黑你也黑呀？狱里小偷有的是，你也去偷，跟着学呀？

我不学，我咽不下这口气！我抱咱孩儿去她家串门，刚进院，刚咳一声，隔着门窗就瞅见她疯子一样一通忙活，等我进了屋，连桌上喝水缸子都跑走了，你叫我……

我叫你去你就去，少再说臭嘴。大勋说过出来了。

街对门，国成家两口子也在干嘴仗。国成家媳妇说，我这多年为啥绕过她家去大勋家串门？她把亲侄女张罗嫁来咱街上，不就是为了膝下有子吗？可她咋待侄女来？结婚送的那款方头巾，整在街上念叨了半辈子，天天说那头巾红花绿地儿不好买，说得我耳根子快起茧子了，我就是瞧不上她。

少说废话，快去，急等你呢。

等我干吗？她家连个做饭的大锅都没有,咋着做饭呢?你要吃她一口,那还不得把她气活了!

国成说,叫你过去穿寿衣。

啊?国成媳妇一怔,我可不敢,叫咱娘吧,我不敢。

你也把咱娘逼到闺女家住啊, 她那身子骨经住看见死人不?快去!

我不敢……

两口子干嘴仗,干得双脚挪不开窝。

亲侄女等了半晌等不见人来,起身跑进了大勋家,进门就给大勋媳妇跪下磕头。大勋媳妇慌忙说,快起来,乡里乡亲可别见外,大妮子发烧发得厉害,喂完药我就过去。

半炷香快烧完了,大勋媳妇还没见露面。

亲侄女又往街对门国成家敲门,也是进门先跪下,国成家媳妇慌着说,使不得哩,折杀我了。我这就拾掇清了,正说过去哩。不为别的,就为你两口子也得过去。也是甜言蜜语递过去,热过了嘴皮子不见动静,劝自己劝了小半晌,心里还是不愿意挪步。

东门里街上头一回出现了"丧事儿叫"的尴尬局面。

半晌时分, 村委会喜丧委员老瓢子吆喝了各家必须出人之后,过问银老姑亲侄女,你姑死前留下埋她的钱喽不?亲侄女说,留下了,我老姑夫指给枕头底下压着二百。

老瓢子说,这钱是交烧尸费呢,还是买骨灰盒?咂吧咂吧嘴,摇摇秃脑壳, 背手转身走了, 说是帮着再去叫人, 却肉包子打狗——有去无回!

头晌,几个女人过来后,躲躲闪闪忙活了小半晌才算把寿衣穿上,亲侄女胡乱找了几件半新的衣裳,也不晓银老姑穿得是否合适就算打发了差事。

同街的亲侄女婆婆也过来了,她进门不说哭两嗓子,先对旁边的大成家媳妇说,我真没脸向你们学舌。她老姑刚病那几天,俺儿媳黑天下班回来先去为她忙活做饭,你猜她咋说?你姑夫他不饿，光给我做一小碗就行了，多了也是糟蹋。你说说，半边身子压住棺材板了，还惦着怕别人吃她一口……生气地说不下去了，嘟囔儿媳妇受委屈，两口子忙不够，还要搭上婆婆来掺和。她对儿媳妇年年过年带孩子去给银老姑磕头很有气，哪回回来都笑问儿媳，你老姑给了孩儿块儿糖不？往后别去丢人了，咱伤不起这二皮脸！说得儿媳连连给婆婆赔不是。

天已近午，人们在喜丧委员的催促下懒散聚来，一个个抄手抱肩在院心说闲话，谁也不往屋里面走。

大勋最先进屋去，后头国成跟了进来，他们先把桌子拉到屋中央，又把屋门卸下来搬到厢房豁亮上门面，慢手慢脚与侄女女婿支应灵堂摆设。

西街的肖先生带着笔墨纸砚来写挽联，他唤银老姑街坊妹子，从来一本正经的人物，这会儿也不晓哪根神经出了毛病，开笔写的上联是：慈颜永驻，下联是：流芳千古。喜丧委员老瓢子阴阳怪气地也不客气，指着挽联笑笑说，你是看着妹子成心呢，还是想着妹子有意呀，满街上就她一人乌脸黑嘴不争气，你还要往她脸上永驻慈颜，那得再添多少蝇子粪才能流芳呢？说得满院子人大笑。

灵堂支应上之后，供桌上不见祭品。国成指派他媳妇在厨房里满世界翻找，翻来翻去翻出来一个大黑坛子，打开一瞅，里头满满一坛子腌肉。国成如获至宝，展眉急说，快拿碗，快盛上。盛一大碗放到桌上。

国成家媳妇扭脸捂鼻子说，臭了，长毛了，说不清哪年……

甭管哪年了，有肉就比没肉强！国成大声训诉他媳妇多事。

灵堂就算摆妥了。

第三天后晌，出殡场面既没低潮，也没高潮，只是一味地又阴又冷，连看热闹的人都没有多少。街上停来一辆灵车，几个壮汉把人装车后，袖手一旁干愣着，侄女女婿要陪媳妇打幡行孝，他一走，连个组织放炮的人也没了，炮仗没响，事出有因！

那炮本就不多，没人放，更安生，省得银老姑在阴曹里心疼。

人们在街头这样议论。

出殡场面冷清得叫人从头凉到脚。

喜丧委员老瓢子说，如今提倡丧事从俭，没人放炮，是咱东门里时兴来的新风尚哩。不等人们开笑，大勋娘说，呸！老瓢子，赶明儿埋你也这么省细，你干不？老瓢子忙说，嫂，我可没叫人们少嚼俺家物件。要不，再送您老一篮子鸡蛋？说得大勋娘大笑起来。她对国成家媳妇说，银老姑一辈子插着门子吃肉，她在外人眼里那么省细，你把那肉拾掇出来摆到桌上，外人晓了她家有大肉堆着、生了想吃的念头，你不怕她在阴曹地府咒你呀？说得国成家媳妇直冒冷汗。

殡埋银老姑并没多少花项，既没买大花圈，也没扎大花篮，侄女女婿为死人圆完坟，把全部祭品摆上了坟头。坟头上有幡杆子、丧棒子，还有一个并不显眼的粗瓷白碗，碗里盛了满满一碗熟肉，那肉也分不清是猪肉、牛肉，还是驴肉、马肉，反正有一条能说清楚，肉上确实长了毛，一层绿毛……

空相框

冬亚被一阵疯狂的砸门声惊醒后，紧接着又听到了好多人在咚咚咣咣拍砸窗户，像去年地震时那样，门和窗都在咚咚咣咣乱叫乱响。

冬亚还没躲进妈妈怀里，对过北屋二春奶奶家的窗户亮了，紧接着自家屋里也亮了。屋里通明的灯光格外刺眼，冬亚迷迷糊糊就看到爸爸在慌忙穿衣往外间屋走。

冬亚睡眼惺忪抱住了妈妈，妈妈赶紧推开她，也慌忙穿衣下地。这时，一大堆戴红箍的年轻人已从外间屋闯进里屋来，他们已把冬亚爸爸揪倒在外间屋门口，抓住胳膊按住他不让动弹，随即在里间屋也把未来及穿鞋的妈妈揪住按倒在地上。冬亚哇——一声大哭，紧张气氛骤增了恐怖。

人们在屋里四处乱翻乱找,不分轻重,不管不顾。冬亚看到爸爸被人揪住头发,双臂反剪着跪在地上,头向后仰,张大嘴巴,形状像是让他嘴接房梁上燕窝里掉下来的屎块,妈妈也被人猛拉到门口,头发散乱地被按跪在地上要去拿嘴亲鞋。冬亚拿炕单紧围住自己,后缩到炕角上,懵懂中就看到人们轰轰隆隆押着爸妈往门外走了。

屋里转即一空。她家墙上那个爸爸妈妈抱着她的合家欢照片相框已经掉在地上,玻璃碎在相框里。

这时,又有一人返回来,他拾起地上的相框想要拿走。冬亚忘记了害怕,疯狂起身跳下炕来扑上去,双手抓住那人胳膊狠咬下去,那人疼得嗷嗷大叫的同时扔了相框,随即把冬亚摞倒在地上。就在此刻,二春奶奶赶了过来,厉声喊,看你再敢,那是个孩子! 冲上去把冬亚挡住,拉她起来抱进自家屋里。

二春奶奶抱冬亚很吃力,粗喘气把她放在炕沿上,慌忙把二春一件短袖背心套在冬亚身上。那背心又肥又大,像裙子,又像长衫,立刻把冬亚遮挡得只剩下胳膊和膝下腿脚。

冬亚家是租住的二春奶奶的南屋,两家并不沾亲。冬亚此刻早已把二春奶奶视作亲人,眼泪不由自主地向亲人掉了下来。三伏天,黎明之前虽不太热,但冬亚汗水浸满额头,内心十分痛苦。她只在炕沿上坐了一会儿,忽然想起了什么,转身又跑回自家屋去。

屋里一片狼藉。明晃晃电灯下全是被乱扔的物件,被单一半耷拉在炕沿上,柜橱敞着,扣箱翻开,空静的屋里森然可怖。

冬亚找鞋穿上,没找换衣裳,也没给屋门上锁,惶恐不安地关上屋门从家里跑出来,她要到北大街学校里去找人。学校离家并不远,出门穿过另一家破墙头就能近道走上北大街,穿过北大街就能进到学校里。冬亚估计爸妈被带到了那里,她在麻麻黑天里跑得飞快。

在学校里,冬亚跑遍了每个教室也没找见爸妈踪影。天明后,她又饿又热,汗流浃背穿着大背心又跑回家来。她先找到饼子吃,然后又喝了水,想着给爸妈也带上干粮,便拿蒸布包了俩饼子和两棵大葱,把自己准备上学用的书包拿出来装上蒸布包裹,二返脚又去学校找人。

冬亚爸爸是学校老师,吃商品粮,妈妈是生产队社员,吃农业粮。孩子户口随母亲,她也是农业户口。街上学生们停课闹革命,生产队没有闹革命那一说,她小小年纪懂得爸妈一定是被抓去了学校。

冬亚背着干粮转到学校食堂门口,见那里跪了一排老师,一个挨一个像掉毛狗一样格外狼狈,她挨个找,最终没能找见!

眼看老阳儿已经高过树梢,汗水湿透了背心,冬亚急得几乎要哭出来。这时,学校门口突然响起锣鼓声,东亚哭着跑了过去,看到人流已在门口拥挤不堪,也想往里挤。冬亚挤不进去,看不见大人们围观的里面是谁,见敲锣打鼓的队伍开始慢慢从校门前向城内大街上进发,便顺着墙根随队伍往前移动。

队伍要去城里游行,慢慢疏散开来的人流越拉越长,之后,大街上围观的人越来越多,明显比以往热闹非凡。

冬亚追着游行队伍寻找爸妈。忽然,她看到前面队伍中爸爸身上捆了一条大毛毯,头上一米高的白纸帽子直冲云霄,一边一个学生把他扭成双臂反剪的飞机式样,拼命押他快走,那头脸快要挨地的难受架势不堪入目。爸爸前头那人的脖里挂了一双鞋,耳上一边挂着一个小酒盅,头上绑了许多花布条,边走边在敲锣,那锣好像在喊我是流氓、我是破鞋什么的。冬亚看到那是妈妈就哭了,她若即若离地跟队伍走到了城中四明楼,见二春大哥哥也在举旗队伍中,想赶紧躲开他,却被二春瞅见了。二春四下巴望了几眼,飞快离开队伍,拉住冬亚往回走,一直走过了学校门口才小声说,找你半天了,快跟我去奶奶屋里,不要出来!硬把冬亚拉回了家去。

自那,冬亚晓得了爸爸是黑帮,妈妈是牛鬼蛇神,她是"黑五类"子女,她家和别人家不同……

冬亚回来进屋头一眼就瞅见了地上的小相框,相框里的照片没了,相框后边的挡板也没了,只有一个空相框还好端端没坏。她心情沉重地拾起来,把空相框竖放在桌上,靠在墙上。望着空空的相框,似乎看到相框在轻轻抚摸爸爸慈祥的面孔、妈妈美丽的笑容和自己可爱的模样。那是她家唯一的全家福,是她度过的最好时光里留下的唯一纪念,在照片那年月里,她曾无忧无虑,想起来哪都充满了阳光……

二十年后,冬亚二十六岁,她依然保留着那个空相框。她爸爸在被斗的当年得脑溢血突然去世了。那天,半道街上的人们都到她家忙活,二春奶奶呼唤来人们帮了她家大忙。妈妈被斗的当天被东门里大队从学校里要回来, 大队指责学校无权批斗社员,必须杜绝类似事件发生。妈妈回到家里一言不发,极为平静的脸上丝毫没有显带内心的沉重,像啥事也没发生一样,让冬亚看到了什么是刚强。

二春高中毕业没大学可考,在县广播站当上临时工。二春断不了帮冬亚家干力气活,他成亲那年冬亚刚上高中,冬亚没参加二春的婚礼,那天她照样去了学校,她自己也在心理上认为自己是个学生。冬亚高中毕业没考上大学,赶上爸爸平反落实政策,按顶替爸爸工作接班在县教委当上了职员。三年后,单位分房,她家搬去了教委宿舍大院住,从此,减少了与东门里的来往。

冬亚26岁还没成家,连个对象都没有,主要原因并不是她刚上学时打过架,那天打架并不怨她,是那学生不会做题,想抄看她作业她不让,那学生就骂她是妓女闺女,是碾盘上抱养的没人要的野种。她哭着扑上去,抓住那学生胳膊就狠咬了一口,吓得全班学生日后再也没人敢去说她。后来没人给她说婆家的主要原因有两条:一条是街上传说她妈妈有过不好的名声,至今也没女人愿意上门来提亲。这一条没人向她当面说过,但她心里明镜一样清楚。另一条是她自始至终不改主意,非要男方跟来她家住不可。这一条好多同伴都反复劝过,可她要和老人吃住在一起的决心死也不改,根本没有调和的余地,连冬亚妈妈都着急说,好闺女,你先成下家,过后我再跟去住,不也一样吗?冬亚哭着说,不一样。我到他家住,我听他,他在我家住,他听我。我不能叫我妈再受半点儿委屈。

这样的条件不改变,冬亚岁数越拖越大,对男人条件也越求越低。最后,她嫁给了学校门口的臭老婆。臭老婆有姐没爹没娘,他姐出嫁后,家里就剩下他一个。臭老婆在城里吃农业粮,个儿不高,脸小腰粗,扇风耳,猪拱嘴,鼻窝里好像永远黏着黑泥块,走路外八字,像裹脚女人,人们就呼唤他外号叫臭老婆,其实他有真实姓名,半个城里没人叫过。过后气得二春说,早晓你要这么活着,嫁给大你八岁的我,也比嫁他个臭老婆强百倍!冬亚哭着说,我哥你要我吗?要我就跟我哥过!心疼得二春失声痛哭。

冬亚嫁给个窝囊废,没人看见不心疼。她人长得水杏一样的白嫩,杨柳一样的身条,从小就懂事,走路从不四下乱看,说话在哪也不大声,街上无人对这母女说不是,就是没人提婆家!

冬亚出嫁并没操办,从单位到院舍,没人知晓这码事。她和臭老婆领了结婚证就住在了一起,日子过得无声无息。

开始,冬亚心里十分难过,时常在没人时候静静望着空相框发呆。那空空的相框里,似乎依然能看到爸爸慈祥的面孔、妈妈美丽的笑容和自己可爱的模样。那是她家唯一的全家福,是她度过的最好时光里留下的唯一纪念,在照片那年月里,她曾无忧无虑,想起来哪都充满了阳光。

可她的日子,老天爷叫她只能是这么过!

又过了二十年,冬亚的大小已上了初中,二小在上小学,她家还在原处居住,孩子随母亲,户口都是“商品粮”。

又是夏里的一天,二春打来电话说,冬亚,下班后,哥要见你一面。

冬亚说,哥,有话电话里说就是,下班妹要回家做饭。

二春说,那就饭后再出来。

冬亚不情愿,但还是出来了,他们去了城心公园。

找一处长椅坐下来,二春说,我想给妹说件事。

冬亚望着二春说,哥,说吧,啥事咱俩也没瞒过谁,说吧。

二春欲言又止。

冬亚说,说吧,咋还那么神秘。妹这些年啥苦没吃过,说吧,天塌不下来!

二春说,我婶儿可是好人。

是坏蛋你也得叫婶儿,别废话。

二春说,我婶儿待我像亲娘一样,我不该……

不该就闭嘴,我走。

二春说,别走,有话要说。

那你说,我不吭声。

二春说,咱都苦……

我走!这不像哥在说话。冬亚起身要走,见二春吞吞吐吐心里难受,没动。

二春说,我要说了,别生气。

不就说我妈你婶儿当过妓女吗?我早就晓得,我是妓女闺女!

二春没想到冬亚心里早已窝了这些年委屈,强调说,你不是,和我一样,你不是!

冬亚听后心里一怔,转而疾快反应过来,接上说,我是你妹四十多年,是与不是都还是我,没啥可改了。

二春说,有可改,你哥到电台来找你了。你亲哥,还有俩亲姐姐。

冬亚脑袋嗡一下就大了,愣了半晌没言语,眼泪吧嗒吧嗒掉了下来。冷静下来后,她盯着二春说,哥,能不能不说了?真不该。我妈你婶儿她老了。冬亚说话有些老态,泪水涟涟自己磨叨,哥,真不该说了。无心再细问。她不想打问自己是哪里人,也不想再问从哪冒出来了亲哥亲姐,似乎愿意生活回到那时的照片里。

二春低头未语。

沉默时间长了,冬亚说,哥,我先走了。

二春望着走开的冬亚,独自坐着没动窝。

冬亚回到家,任话没向别人言语,一家人安静睡下后,她独自坐在书桌前,望着桌上竖靠在墙边的空相框,默然发呆。40年了,空相框一直都在家里摆着,她很少静下心来独自细看,每每只是打整打整放好,不愿意细看来一个自己心里难受。

今天,她又静下心来独自细看,空空的相框里,似乎依然能看到爸爸慈祥的面孔、妈妈美丽的笑容和自己可爱的模样。那是她家唯一的全家福,是她度过的最好时光里留下的唯一纪念,在照片那年月里,她曾无忧无虑,想起来哪都充满了阳光……

转天,二春又给冬亚打电话,还是要约她去公园。冬亚内心极痛,忍泪说,哥,死了这门心思吧。我妈是妓女,我是妓女闺女。她活着,我谁也不认。

二春说,也得想想对方难处。

冬亚说,想了。自当啥也没发生,自当啥也咱不晓。你要是我哥,就闭嘴休事。你要没事找事,咱一起往坟上哭会儿奶奶去,别自寻烦恼了。说过,放下电话默自落泪。

二春电话打少了,但还是说那边亲哥亲姐找得紧,那边家里很阔气,出门开宝马,多地多处有洋房,是山西煤老板……冬亚听后没言声。

这天,二小放学回家来,冬亚指给他一样稀罕物儿看。二小把望新手机,吞吞吐吐说,那是,二春大舅舅……

冬亚,那咋还要藏起来?

二小说,二春大舅舅,不让说。

冬亚当下打电话,冬亚说,哥,二小手机从哪来?

二春说亲哥哥给了仨,还有小二的没给呢。

冬亚说,收回吧。孩儿们上学没用处。我妈你婶儿还活着,手机不能收。

二春说,咱瞒着我婶儿不行吗?

冬亚说,不行,咋能瞒!

冬亚劝二小送回手机去,二小流泪说,我哥说,叫我先收着,他说咱妈不是姥姥亲生,咱妈有她自家人。二小言语得有些胆怯,小心翼翼望着冬亚继续说,同学们,有人骂我姥姥是妓女,我哥和我偷着哭……哥哥说,不要叫妈也着急,叫我不对妈妈说,更不能叫姥姥知晓……

冬亚没流泪,强忍泪水说,二小呀,咱的日子就这么过来的,谁说什么不重要,日子还要往下过。别嫌自家穷,爹娘没法选择,谁家都有老和小,不要伸手要别人的物件。好物件多得是,那不是咱自己挣来,咱不要。她想向二小细说妈妈的苦难过去,认为二小还在学习,等孩儿们长大了再说。她从二春奶奶那里早就听说了,妈妈十五岁那年被日本兵轮奸之后带去了省城,爸爸从省城窑子铺里偷把她买了出来。她老家离这里并不远,听口音像是在河北那边,可她一辈子没回过老家,也从来没向谁提过老家,更没见打问过家里的情况。妈妈的心酸往事从来没向谁去诉说过,好像永远欠着孩子什么一样,生活得无声无息,冬亚自己从来没敢去问过。

二小听了冬亚的劝说,哭着点头,转天就把手机还了。

大小、二小回到家,冬亚任话没再说,她在一家人睡下后,望着桌上竖靠在墙边的空相框,又在默然发呆。多年了,空相框还在家里摆着,她又静下心来独自细看,空相框似乎依然在轻轻抚摸着爸爸慈祥的面孔、妈妈美丽的笑容和自己可爱的模样。那是她家唯一的全家福,是她度过的最好时光里留下的唯一纪念,在照片那年月里,她曾无忧无虑,想起来哪都充满了阳光……

冬亚泪如雨下,她想到妈妈还活着,打算日子依然还这么往下过……

东门里的三大人物

大奶奶

在东门里街上,给给奶奶是人们公认的大奶奶。

大奶奶人高马大,慈眉善目的一看就不是小气量人物。她家成分高,南后街酒厂里的所有房子都曾归她家所有,如今大奶奶上了岁数,人们也不再谈论阶级成分的事了,都会在闲在工夫里念叨她的大岁数。

她在南后街岁数最大,心腑也最豁亮。小江娘只要遇上小江爹瞪眼发火,就会不紧不慢地向男人笑说,你一个大男人家,连个女人都不如,大奶奶肚里装仨飞机,并膀飞起来哪个不挨哪个,你呢,装俩蚊子都打碰,也不怕叫人笑话!小江爹就低下脑袋没了话说。过后,小江爹找补回来说,往后你少把我和大奶奶比对,她家吃啥粮食,过啥日子?人家吃过四海、见过世面。我呢,长个儿头那年,连半个饼子没叫吃上过。和她比,谁也差得老远!

小江爹说话间,想起来老人家九十岁那年款着小脚倒背手,轻轻松松上楼梯进民政局领养老补助,笑眯眯从一楼上到五楼,边走边说家事,是哩,俺妯娌八个我最高。如今瘦哩不如把干柴,年轻时候也胖着呢。俺妯娌八个都有外号,我叫大洋马,她们都高不过我。大妯娌叫刁馋。小江爹听瞪了眼,老人解释说,不是古时候那个貂蝉,是她嘴头子又刁又馋的那个刁馋,吃得可多呢,拉一泡屎,活活撑死仨小猪崽儿。笑得小江爹半晌直不起腰来。

给给奶奶十九岁嫁来的东门里,逢人会说她开过两回花,头一回开败了,也是个臭小子。说出来时,没事儿一样无牵无挂,我抹抹泪就把他打发了,那就是个孩儿,又没孝敬过谁。要是个老人,我得号上几嗓子,老人养过我。见有人纳闷儿,又解释,生孩子春耕秋收。他爹给我春耕了,是我自个儿不争气,秋收了个秕子,丢了也罢,省了长个不成器的累赘。小江娘说,多受罪呀,好歹也揣了十多月。她说,你自个儿没生养过吗?树上结的桃儿,熟了就掉。那不比吐个枣核还顺当啦,你说你那点出息。

周边一片笑声。

给给奶奶不但长得高大,说话嗓门儿也声传三里。文化大革命中红卫兵批斗她,她大嗓门儿认真回说道,俺家大财主可是真大,没有翡翠玉石、珍珠玛瑙,那叫有钱人家吗?俺家光元宝银子就满满三大间壁墙,我到三十多岁,跟身还有俩丫环哩。红卫兵立马制止她的乱说乱讲,她还在抢说,要不是俺他爹抽大烟把个家业抽败,当财主后来当得还大。我有的时候谁都给……

红卫兵按住脑袋不叫再说,她低头还说,我得交代干净,从上头吐出来,比窝到下头放出来好受……

红卫兵笑得前仰后合,斗争会开不下去了。

给给奶奶说过大妯娌说二妯娌,七个妯娌都有外号,二妯娌叫现眼,三妯娌叫王蛋儿,四妯娌高腿骡子,五妯娌老蘑菇,六妯娌大白脸,七妯娌黑老包,唯她八妯娌大洋马个头最高。她说土改那年她被扫地出门时,正是十一月大冷的天,身下铺个草帘子,身上盖个草帘子,冷了就在街上来回走走,饿了就挨家挨户串门要饭。后来还对给给说,你有的时候谁都给,你没有的时候好人就都来了,谁都会出来给你。我一早晨要饭要回来五十多个热饼子,供俺妯娌八个一大家子吃。她们谁也要不来,她们咋待人家扛长活的来？舍不得叫人家多吃一嘴！说得给给直瞪眼。

给给奶奶不但对街坊邻居好，也对给给的小伙伴们使亲热，断不了把家里的好物件给孩儿们分发。小江和二货是给给最要好的伙伴,他们吃了好物件记不住,却记住了不少歪门邪道,最深的印象是,有一天黑夜玩儿捉迷藏。

那天,灰灰月光下,整个街上一片灰白。生产队大茅厕的破墙头子映来茅厕里多半边黑影,正好把茅坑眼挡来一个黑洞。捉迷藏正在进行,小江疯狂跑进来,边跑边不忘对茅厕一边的二货高喊,给我把门口看住,谁要进来找你算账！放心飞速地进门扔急。

小江正闹跑肚,他前几回都顺当,连闯三遭不减速,恨不得永远蹲下不起来。一阵阵急风暴雨过后,街上忽然寂静下来,四下里哪也没了声响。似乎刚安生,刚把稳脚下,给给奶奶款着小脚撵了过来。没等二货上去拦截,没等小江看清人物起身拔腿,老人家早已闯入领地,就见黑影拐角处,高大一人挡住门口黑茅坑,撅起屁股就尿——大水哗啦啦一阵阵欢叫,像倒大盆水一样山响。急得二货在外喊,小江、小江,有人进了！急得小江慌忙应战,想提裤子又来不及,吭吭吭拉着,吭吭吭地喊,哎、哎,有人儿！给给奶奶头也不扭,人也不慌,依然撅屁股我行我素,并大声大语回应道,知道！小毛狗子也算人！声、尿同时停息。

小江蹲在原位不敢造次,灾难过后,飞跑出来找二货算账。二货边跑边说,我喊了,我拦了,拦不住,她不听。

小江还在追,二货还在跑,一帮捉迷藏的娃们又在街上热闹起来。二货边跑边问小江,看见大白屁股喽不？小江嬉笑说,看我不打饱你！边追边答,没看见,光听见了。倒大盆水一样,哗啦啦山响。笑得娃们滚在地上爬不起来。

这一笑,三十多年过去了！

今年夏里,二货从外地回来探家,无意中在街上碰见了给给和小江聊天。

小江问,你奶可壮?

给给说,壮,可壮。一顿饭一个大馍、一碗稀粥,比我饭量还匀实呢。

二货听后心里一怔,自问自,这都几十年了,咋那奶奶还活着?遂关心地问,给给,你奶……

活着哩,还那么结实。给给说得很直白,让二货立在街头好长时间没了话说。

自打生产队不再组织人们下地干活儿,东门里大街上的人家陆续往外搬迁盖楼。给给家也搬到了城外住。二货外出几十年,一两年才回来一趟探家,回来走走串串探亲访友,根本和当街的老人们碰不上面。他自打记事就记得给给奶奶是地主婆,常年穿件蓝布衫,款着小脚下地干活儿,回来路上腋下还夹一大把柴火。

当天黑夜晚饭后,二货一家三口去给给家串门。给给奶奶就在小床上坐着,她身板儿挺硬朗,笑着向来人打招呼,一开口,还是自己先乐。

我说刚才听见门外咕咚响呢,来了仨!一屋子人全笑了。这仨在当地有撒的谐音,是当地一个笑话,说的是三个孩子手拉手倒挂着往井里抓麻雀,最下边那个孩子在井里看见藏着三只麻雀,大声说了个仨!最上边那个以为让撒手,结果"咕咚"一声,下边俩孩儿掉井里了。这咕咚响就和仨连在了一起。

笑过之后,二货问大奶奶,还认得我不?

大奶奶盯住来人没言声。

二货说,我是二货。大货是我哥,月娥是我娘。见老人面带微笑,二货又说,我大娘叫兰姑……

老人顿时笑亮眼睛想了起来,点头说,我晓了。兰姑我可熟,那可是个好人哩。那先,她和你娘给俺家做针线活儿、打短工、洗衣裳、缝棉袄,可是一把好手。老人字正腔圆,落地有声,俺家早先家业大,俺给给爷爷抽大烟,把个家业抽败了。日本人打进来那年就抽败了,要不……兰姑可是个好人哩。她如数家珍似的自言自语。

二货怕她耳聋,大声说,您老高寿,多好哇。

老人说,我呀?刚过九十九,小一百岁了。俺家早先是大家业,我有的时候谁都给……

你家不是平反了吗?按新中国成立前三年算成分,你家算是贫农。二货又在大声说。

老人听后笑着向二货解释,那是如今他们不懂政策,成分哪有平反那一说呢?俺家算是漏斗地主,不能算贫农。改了我也不信服他们,他们不懂行市。

给给说,我奶明白着呢,一辈子不为钱折腰。

给给奶奶赶忙接上说,穷了好。我爹早先就说过,钱少了是日子,钱多了,横竖是个祸害。你看,我见的多了,这周遭阔世界,谁不为钱打架呢?老美国跑到人家国家打,日本人跑来咱家门上打,俺妯娌八个,七个和婆婆吵翻脸,都是叫钱闹的。她们一个个活不过我,是她们舍不得自个儿手里那点儿物件。我谁都给,我如今知足着哩。说着笑着比划着。

二货坐在床一边,四下灯光比较黯淡,家徒四壁的屋里不见更多摆设,连个像样的电视机也没有。二货见年过半百的给给为奶奶揉腿,心里觉得这撅屁股撒尿的老人实不一般,大声问,吃得多不?

多,可多,山芋、饼子、小米粥、样样没断过。我还留着红袄红鞋红头巾哩,过一百岁大寿给你们穿穿看看。老人还在笑着说着。

如今,老人还活着,一百零三岁的身子骨还挺硬朗,她在东门里街上岁数最大,谁要见到她,她还会微笑着向人磨叨,她们活不过我,是她们舍不得自个儿手里那点儿物件。

银大姑

大货家媳妇有生养,不姓银,人们背地里叫她银大姑另有说处。

银大姑给郝婶子家大宝贝张罗了一门亲，这让她心欢了多日，她觉得自己不但面子上回报了郝叔家的恩情，也为日后长期稳定收入开阔了门道。原本在街上大方卖肉的工夫里更大方，秤杆子往下一压说，多就多了，多了也不多收钱哩！街上就传响了好听话，人们对大货家媳妇更是仰慕多多。

大货家媳妇给郝婶子家大宝贝张罗的是县工商局局长家的宝贝千金，这不光半个城里人传说着稀罕，更叫郝婶子连说了一万个愿意！

大货家媳妇为郝婶子家张罗亲事跑腿、磨嘴，就是为了叫郝婶子说个愿意，郝婶子说了愿意，两家会走得更近，连亲弟家的买卖也捎来了好处，谁说不叫人心欢呢？

东门里很快张扬上了，说卖大肉的和大局长家攀上亲，真是千年不遇的羊上树！说有钱能叫鬼推磨，大局长也会推磨了……接着，眼馋的说笑更多起来，有说这是郝婶子家大宝贝有艳福，俩宝贝缘分命里注定，有说大局长就是大局长，少不了命里就有天天吃肉的福气……于是，红线牵上没俩月，俩宝贝好来了如饥似渴，一天不见天不黑，天天黑天不愿意叫天明，二人甜甜蜜蜜形影不离，连大人也跟着拍手欢笑，好像老天爷也睁眼不阴天了。

这天，天刚麻麻亮，夏末清早的寒气还在凉身，街坊四邻还在黑灯瞎火里香甜黎明觉，大货家院里透过窗灯早已明亮起来。就见大锅上冒着气，灶腔里跃着火，干柴噼噼啪啪乱响，灶口一片通红。通红里，大货家媳妇没有映来满脸光灿，映来的却是多日不见的一脸怒容，那嘴，撅得能拴一头驴！

为啥呢？满院的猪杂子明证着家里日子蒸蒸日上，保大媒保得外边买卖更上一层楼，满街该仰慕的也仰慕了，该欢喜的也欢喜了，咋还在一派仰慕和欢喜中生闷气呢？她没好气地扢一勺沥青往猪头脸上一抹，并咬牙坐在小木凳上发呆。一股白烟升腾后，一声细响烫上了猪嘴。

大货扭头喊,往哪烫!那上有猪毛吗?脏娘儿们!

大货家媳妇回神一怔,既而随手把沥青勺往地上一扔,生气说,烫烂它个嘴拱嘴,烫烂它个贱舌头,活该!不解气又说,脑瓜在人家肩膀上扛着,舌瓤在人家嘴里卧着,该不叫说咋着?还能堵住不叫说咋着,活该!叫你一个管闲事老婆不长记性,活该!管闲事,傻老婆!恨不得扇自个儿嘴角子,骂自己多嘴多舌保大媒,当傻老婆当得骂不解气!

本来,好事张扬了满世界,猪杂子天天煮了卖光,哪来的闷气呢?气得肚皮鼓过了奶袋子,嘴里还骂,活该!叫你往人家欢实跑,活该!闷气实在生得不小。

可是,没人说她为郝婶子家跑的是冤枉腿。她亲弟一年杀猪杀来现款多少万,生猪由郝婶子家供应,鲜肉由郝婶子家收走,她家一年四季忙活亲弟送来的猪杂子,进项比亲弟家还兴旺,姐弟两家全是郝婶子家带来的福气,赶着给郝婶子家张罗一门亲,这不是再情理不过的事吗?再说,自己也开明,街上也走得响亮,咋就换不来郝婶子一个亲近呢?

大货家媳妇以为自己多年掏着心窝子待郝婶子,咋说郝婶子也和自家坐的是同一条板凳,要不,郝叔也不会如此给她家买卖做。可是,左思右想闹不清,该仰慕的不仰慕,不该仰慕的乱仰慕,到底是自己做错了事,还是郝婶子早就感情疏远?知恩图报换来的不是更亲近,而是暗流出一个不实在来,这让她觉得热脸贴的是冷屁股,热心肠子必须要往肚里放放。

大货家媳妇生了真气,一再认为自己受了委屈。

东门里街人仰慕大货家媳妇不是一天两天,她给局长家千金宝贝保大媒也不是事出偶然,谁都说这是件顺理成章的好事,好事没得好报,她生气堵心还没处去说。

先前,大货家媳妇给郝婶子家张罗过一个,是县中学校长家的千金宝贝,人也长得白净,身条也看着顺溜,品行、脾性哪都好,就是郝叔说了一句不愿意,大货家媳妇就跟着改了口舌,随声附和说,说得也是,当校长快当成狗汉奸了,整天教学生认准出国好;一年年也出息不上仨俩猴人儿上大学,好容易出息一个,还叫他教着往外跑。你说,管人家洋人喊亲爹,人家就瞧起你了?小奴才!郝婶不愿意,她也不愿意了。郝婶子还没动嘴,大货家媳妇商量也没商量就私下找校长把红线黑了。她对校长说,他家猪肉里……病……倾家荡产,傻小子为爹……

亲事吹得干脆利落。

吹了那个说这个,就说来了郝婶子一万个愿意。

起先,女方家并没说愿意,郝婶子家追得火,街上谁都看得清,杀猪卖肉做生意,哪个关口不得求人?单是防疫站这一关就够人喝几壶。但是,此亲只要成,受气着急就成了过去,这是天降的大喜。

局长夫人和大货家媳妇来往更多了。本来就是老同学,亲着来往没得说,加上红线一牵,关系更是近上加近。当时,老同学还抱怨大货家媳妇介绍晚了,大货家媳妇说,哪敢呢?你家全都吃官饭,他家又是卖肉的,哪敢呢!也就是那大宝贝叫人省心呗,自小就是块好材料,要不,说下天来也不敢往你家攀哩。老同学说,什么官不官的,人好就行。大货家媳妇心说,反正他家有大钱,要不,大局长家能看上?

说话间,到了谈婚论嫁的关键时候。

局长夫人对大货家媳妇说,俺闺女有房有车有工作,用不着他家再准备,图的就是个人好就行。

大货家媳妇说,说是那么说,哪能不准备哩。我可是知根知底,他家有的是真金白银,说到哪也不能亏待了咱孩子。

大货家媳妇回过头来去了郝婶子家,咬着郝婶子耳根说,我老同学说过了,人家闺女有房有车有工作,用不着咱家再准备,图的是你家大宝贝人好。

郝婶子就笑,赶着说,咋能不准备呢?又不是缺钱把孩儿倒插过去。备了哩,房子车子备全了哩。说的比唱的受听。

　　为表诚意,郝婶子当着大货家媳妇和她老同学的面,像立字据一样郑重说,我和他爹商量过了,把俺老两口现住的房子腾出来叫宝贝们成亲住,三层小楼独门独院,里外再打整打整,好着呢。

　　局长夫人心花怒放,大货家媳妇拍手称好。

　　过了没几天,局长夫人给大货家媳妇打电话,难听话甩得耳朵嗡嗡响,最后说,还是散了吧!俺闺女听大人的,说散就能散。散了,这号人家靠不住!

　　大货家媳妇就慌忙问原委,问来问去局长夫人说,你去问他家,甭在这揣着明白装糊涂。

　　大货家媳妇就跑去郝婶子家问事端。

　　郝婶子说,不是咱嘴里跑火车,是人家卦上说得明白,老子挪了窝,往后买卖上非黄不可。那咋行呢?散亲也不能黄了买卖呀?那房得换换。占卦的说,老人不能挪房,还说这灾有解。咱花钱再给宝贝买一处不就结了?又不是多大个事端,拿钱买呗。言表得轻松。

　　大货家媳妇就又跑去老同学家学舌,局长夫人说,咱找她家要房来吗,咱叫她家换房来吗?他家听信外人胡诌,说变就变,这要是卦上说俩宝贝往后日子上过不住,和着就得散伙呗?那还不如早散早安生!说得大货家媳妇直转眼珠。

　　大货家媳妇往郝婶子家一学舌,郝婶子立马慌了手脚,央求大货家媳妇快拿好主意。大货家媳妇说,既是房子惹的祸,还拿房子来解,又不算多大个事端。也像郝婶子一样言表得轻松。

　　郝婶子茅塞顿开,立马付诸行动。她家不缺票子缺权力,一心想攀上官路,常年挣钱处处求人,半辈子求官求迷了心窍,早就认准了世上只有当官好。郝婶子在街上明白说,要么大宝贝攀上官亲,要么考上那啥吃上官饭,反正非官不可!

　　这回好,果然媒上了官亲,哪能出现失手呢?嘴里说上一万个愿意是小事,行动上不能有半点闪失是大事,郝婶子早已坚定不移，她与亲家一见钟情、相见恨晚，就像上辈子就是亲家一样，心近得不能再近乎，非要大货家媳妇带老同学去县城新建的钻石小区看房不可。

那房，一看就叫人心热，一梯两户，精装修，没住过，少说也得上百万，几人看得喜出望外。大货家媳妇看房看得心花怒放，她要上个茅厕去。郝婶子真心实意来看房，还想借机再表忠心，贴上耳根小声说，我说亲家呀，钻石小区这房只是来瞅瞅，咱不会给宝贝们住哩。他爹俺们琢磨了，不能亏待了咱宝贝，不能亏待。这不，又买下一处三层小楼独门独院给他们。可是……她眼观六路放小了声音，更近了耳根说，千万别给银大姑说，她嘴角子漏风。

局长夫人纳闷儿问，谁是银大姑？

郝婶子示笑说，人们背地里都这么叫……不是，是大货家媳妇……转了眼珠不再多嘴。

局长夫人心里就明白了，老同学在街面上原来如此。她过后对大货家媳妇说，你说，为啥呢？她咋还不叫给你说呢？揣着明白装糊涂。

大货家媳妇听后先是一怔，之后怒火中烧起来，以为受到了奇耻大辱，肚子气过了奶袋子，煮猪杂子工夫里嘴也不闲着了，哎？她个精老婆不叫给我说，这是包着藏着辱谁呢？我是那端盘子吃饭嘴浅的人吗，哎？我和我老同学多少年交情谁不晓，你才几天闲工夫？不叫给我说，那房子天下明摆着，瞒得住谁呢，哎？我老同学转眼就说了。她个精老婆也不想想谁近谁远，攀上局长家高枝儿就想过河拆桥啊，我叫你拆！气恼不打一处来，气话喊来半条街。她咽不下这口气，生气今生今世浑身是嘴也在老同学面前没法解释清楚了，恨人说她是嘴角子漏风之人！

事理明摆着，你说跟郝婶子家亲近，咋人家买房却害怕说给你呢？你说街面上被人仰慕，咋郝婶子对你一百个不放心呢，你浑身是嘴说得清吗？

大货家媳妇像掉进了冰窖里，凉得浑身不自在。

这一端生了大气，那一端还在鼓里蒙着。郝婶子叫大宝贝给大货家媳妇捎话来，说是她家要请局长家吃饭。大货家媳妇窝在家里喊叫道，我才不去呢，我说话嘴角子漏风，说走了嘴咋办？高低不买郝婶子账。

大货在家喊叫她，你这是何苦？红线也穿上了，亲事也牢靠了，往后人家一个奶奶、一个姥姥，你算哪路神仙？还不觉闷，往后还想挣钱不？说得大货家媳妇立时转了脑筋。

大货家媳妇想了又想，她得忍下这口气，钱比面子可重要，她十分明确，不能为眼下的小事伤了钱道。看来，银大姑并不糊涂。

大货家媳妇安慰自己想，谁家没有小九九呢？他大局长家也好，郝婶子家也罢，哪来那多钱？吃官饭、拿工薪，卖猪肉、跑买卖，多少路数挣多少，谁都能算出来家底子。工商局局长家找个有钱人家，光是为让大千金有钱花吗？他家的房产怎么说？可是，闺女头天嫁个大老板家，二天全家的财产就能说清楚，那房是俺闺女婆家买哩，他家做着买卖呢。脱得一干二净！这是大货家媳妇横竖没想到的第一条。另一条，大货家媳妇更没想到，郝婶子家愿意娶下局长家大千金，不但为了攀官过日子、为了本家顺当挣钱，更是为了宝贝儿子今后可以青云直上走官路。可大货家媳妇保大媒却自有盘算，她叫郝婶子说愿意，为的是和郝叔一家套近乎，方便她家做买卖，至于别的就想少了，她心想，只有睁一眼、闭一眼，才能成事，管她脸厚脸薄呢！大货家媳妇说服了自己，心事扔下了，要一心抓大放小。她嘴里说着去吃饭，实际又不见行动，这使局长夫人也坐不住了，劝老同学活鱼不要摔死卖，还是睁一眼闭一眼好，大货家媳妇这才有了台阶可下。

吃饭的工夫里，大货家媳妇不阴不阳敲打说，我就愿意讲个实诚，瞅见那不实诚的就心堵。说得郝婶子箸子挑肉不往嘴里放，像欠了大货家媳妇什么似的，嘴角子上不见香甜。

大货家媳妇敲了警钟献殷勤，又指天发誓激动地说，谁好也不如郝婶子好，俺家一辈子也忘不了郝家的大恩大德！来，郝婶子,我要好好敬两杯。说过,一干而尽。

这几年,大货家挣上了大钱,家里别墅、汽车一应俱全了,她又把郝婶子那些话反倒出来,在街面上咬上了路人耳朵。郝婶子一听说就急了眼,连骂带喊地不依不饶,她咋能这么卖舌呢,当初咋着求俺来?一家人掏着心窝子助你买卖,你倒好……人心不古!我家事,我说了算。我愿说就说,不愿说谁也管不着!我就是不想叫外人知道房子有多少,那是好事吗?多少眼珠子血一样盯着,你家不怕俺家怕,你家死猪不怕开水烫,俺怕!俺那钱说出来,吓死你半条街上不见人影!早知你认钱不认人,谁要管你家谁是鬼养!

此事就算没完了。

大货家媳妇记着仇,她还要吐出先前那口气。

事不久,郝叔得了半身不遂,大货家媳妇更加张狂,连看都没去看郝叔,在街上重复骂着郝婶子那句话,俺家事,我说了算。我愿看就看,不愿看谁也管不着!

大货家媳妇趾高气扬地走在路上,她从来不晓得人们背地里都叫她银大姑。

三大爷

三大爷死后,东门里好多人都说他大嘴大脸大鼻子大眼。他活着时,没人念他这些闲话,只说他爱喝大酒、爱吹大牛。他几乎天天东倒西歪,心里总惦着找酒喝,嘴里总念着有酒喝,有人要问,三大爷,这酒能戒不?他说,拿枪杀不?不杀就不戒!而且,酒后开始云山雾罩,晃荡着身子指天瞪眼,老——小子下过九州,去日本挖煤一连挖三年不出井口,要不是小鬼子投降,大船把老小子拉回来,没准儿如今早成归国华侨了。人们就仰慕他有过骄人的经历,称他是街上的知名人物。

三大爷确实在日本当过劳工,挖煤挖得至今腰杆子还直不起来。他貌似向路人哈腰递话时,过后路人都说他是跟日本人学的那一套假惺惺模样——明着躬身,暗中无礼。

三大爷回国后才娶了媳妇,一连生了仨小子,大小子叫大骡子,二小子叫二骡子,三小子叫三骡子。小胖爹说,你连给孩儿们起名字都糟蹋光景,就不怕叫骡子叫来本家香火上烧来个绝户?三大爷说,叫个骡子就绝户了?拿你家娘儿们试试,看看谁是骡子!小胖爹被噎得直拿牙根子咬舌头。

三大爷在日本没学会睡娘儿们,学会了跟人拼酒。他说,日本人那破酒不如猫尿有劲,连喝三大碗不带头晕,老小子喝本国高度酒也比喝日本酒喝得多,不信,拿一碗试试,保准百喝无恙。

有好事儿的跑回家端一碗白酒来给他试,他顶多喝上小半碗,多半碗下肚,脚下立马开始打滑,晃晃悠悠在路上张狂起来,七扭八歪地指住牲口棚旁边拴牲口的大树橛子认真说,站好,你他娘敢叫我下窑,看我不打死你!叫我下地拉稏子,日本九州有吗,那是我老小子能干的活儿不?转身找一根玉米秸子,摇摇晃晃照准树橛子就是一通抽打,边打边骂,看你再敢,看你再敢!旁边围一大帮人看热闹,都晓得他弯腰疼痛难以负重,明知他指桑骂槐影射队长,谁也不把他的见识说穿,只笑。他便更加拉出豪情万丈的架势,摇摇晃晃指天大骂,那弯腰的姿势,像大风中吹弯的小树,总也没有直起的时候。因为队长是他街坊大辈儿,他不敢明骂,只敢借酒出气。他抽打树橛子的力气十足,不像是个六十岁开外的人。

当年腊月,生产队分红算账一直算到了深夜,三大爷分到他家全年挣来的 12 块钱时,已是后半夜了。他揣上钱就往大街上走。二骡子拦住说,爹,我娘叫等钱到手买口粮,家里断顿儿了。没有敢说天已晚……

三大爷的大眼几乎要圆到鼻尖上了,大嘴吹出来大风说,浑账!敢管老子啦?让开,浑账鬼子兵!硬是赶去饭店砸门,把酒喝上才算安生。回来路上,他一路哼着小曲,悠然自得地晃晃悠悠,如九州归来的华侨那样趾高气扬,心情舒畅到了九天之外。他好像还在恨那赶他下煤窑的鬼子兵,张嘴就骂儿子是浑账鬼子。家里缺吃的,二骡子时常去偷,他最看不上二骡子,喝过酒更会大骂二骡子比鬼子兵还坏。

三大爷无论喝多少酒,何时喝醉、喝倒,老伴儿从来不见反应,除了对三骡子护得紧,连大骡子、二骡子挨打她都很少去管,像是这男人是别人家的男人一样,好坏与她无关,也说不清出于对男人的疼爱而真心宽让,还是死了心对男人的放弃,高低就是不管,这让三大爷在家里总是顶天立地,坚持多年喝酒肆无忌惮、毫不动摇。

分红手里有了钱,三大爷往酒店跑得更欢。这天头黑前,他又从酒店里出来,扭头瞅见小偷向路边自行车上的书包里伸手,上去一把抓住小偷,开口就骂,站住,看老小子不把你鬼子兵打烂!小偷见是酒鬼抓他,挣脱出来转身就和他比划,二人顿时厮打起来。

打过,车上的书包无恙了,物主赶回来见状,不分青红皂白地一顿臭骂。

小偷说,是他偷你书包,我抓住了。

三大爷说,老小子下过九州。我看你再敢偷,我非打饱你不可!

二人同骂动手又厮打了一阵子,见自行车主人早已临远,便各自擦着嘴角也走了。街人摸不清哪真哪假,都笑三大爷酒力欠佳,指骂他老贼脸皮太厚。

三大爷往回走的路上,又拐到牲口棚旁边指住大树橛子一通大骂。第二天,人们在等队长派活儿时,他还手持玉米秸子在树橛子一边卧着没醒。那天,差些个没把他冻死。

回家后,大骡子非要没收他手里剩下的两块钱,他大骂道,老小子下九州那年你在哪藏着?腿肚子上转筋呢!敢管老子了,呸,看我不打饱你!比反抗鬼子兵赶他下煤窑还起劲。大骡子毫无畏惧,又哭又闹地和他争吵,气得他一连三天没起炕。骡子们不但不管他饭食，还扬言非把他抬出家门扔掉不可。

这么连打带闹折腾了几天，三大爷的眼和嘴忽然都变小了，等待队长派活儿的工夫里也有了良好姿态，向大伙认真说，不喝了，往后再也不喝了。那天在地里吐出来个小酒虫，这么长。拿拇指和食指比画出一个一寸来长的样子，解释说，就是这小酒虫，在我肚里闹了这多年。不喝了，肚里没酒虫。表示出一个无与伦比的诚意，人们大都信以为真。

这之后，东门里街上忽然寂静下来，没了人酒后骂街、抽打牲口棚旁边那个大树橛子，没了人听到东倒西歪的老酒鬼喊下九州的大话，街上寂得人心里甚至有些空空落落。

第二年春上，大骡子指挥二骡子、三骡子要为爹娘张罗盖一处好房，便白天黑夜马不停蹄折腾了俩仨月，打坯、备木料、淋灰、拉砖，待两间新北屋盖好后，已是夏初。大骡子脸上甚是光彩，专门上街头放炮，往门框上贴喜，请来人们在他家吃酒搞庆祝。不想，搞庆祝这天三大爷并没见喜兴，而是一人躲去暗处喝起了闷酒。那酒喝得比以往更多、更猛，醉得吓人。

三天后，三大爷酒醒了，他依然迷迷糊糊向骡子们要酒喝，说是肚里酒虫又回来，要喝酒去牲口棚旁边抽打树橛子。大骡子又与他争吵起来，他却非要抽打二骡子不可，害得三骡子和他娘一起跑去了姥姥家住。也就是一夜的工夫，三大爷竟然指挥来人把半个房子连拆带卖折腾光了。当街上传出新闻、看到现场时，木已成舟。

那几天，人们就站在生产队房上往东看，正好将他家新盖的北屋一览无余。那两间新屋东边一间好好着，隔山墙上还挂着棉门帘，西边一间的房顶却没了，房梁、房檩、房椽子不翼而飞！有人就问是谁拆的？问来问去查无踪影，连三大爷本人也不见了。人们就又到处寻找三大爷，找到时，他已卧在牲口棚旁边的树橛子一边醉如烂泥。人们自然想到了那新屋上拆下来的木料一定是变成钱、变成酒、变成嘴里的酒气飞向了高天。气得大骡子把他娘接到了自家住,二骡子、三骡子去住新屋剩下的那半间,扬言要赶出去他爹不管死活了。

三大爷酒醒之后没有回家,而是预料到很快会有人来把大骡子和二骡子抓走。因为天热,他便来到生产队牲口棚井边的大水缸前,不知是要洗脸,还是要喝水,反正是到了水缸跟前。

那水缸里常年蓄水,专供下地之前或回来之后牲口喝水使用。有人猜想,三大爷一定以为那是酒缸,一头扎进去,不用花钱就能喝个天方地圆。但人们猜想得并不正道,他没有直接扎进去,而是把头伸向缸中央在水面上照看自己的面相,哪大呢?哪也没像人们烂说的那么大啊!嘴、脸、鼻、眼,这不和常人一样大吗?以为自己看不准,又挨近水面向下探头,又往下仔细对照,还是觉得很正常,就又挨近水面仔细往下照,一头扎进水里没出来……水缸中,先是照出来的那个不堪入目的老模样不见了,接着淹没了他的头颅……当人们把他捞出来,摆放在光天化日之下时,那嘴、脸、鼻、眼真的很大了,确实比常人大出来许多……

几天后,东城街大队专门召开了宣传大会,大队干部会上说,你们晓得他为啥拆下来那新房的半间房顶吗?那半个房顶的木料是大骡子和二骡子在大队木器厂偷来的。他老人家听说后,找人拆下来把那木料还给了木器厂,剩下的椽子和屋门卖后给了拆房人的工钱,那俩门墩子他卖后买了酒喝。

王老准扭腰

　　春阳顶上树梢的时候,王老准大步拍来大货家,进门张嘴就说借火铳。

　　大货堵在屋门口像在等谁来,居高视下地笑说道,晚三春了,仰着鼻子发横也没用,堂子早把火铳提走了,你来拾个屁吃!

　　王老准疙瘩老脸立时拉了下来,以为村里大兴文化建设出现新情况,没好气儿地想发作,见堂子二姨夫面带微笑,站出来的是迎来送往的热肠子模样,肚里脏话压在舌窝没出来,随口一句,驴犊子,老子不干了! 咬牙切齿恨自己是贱货,拍大步还往里走,把大货家老猫吓得蹿到了墙头上。那猫刺眼盯他也像肚里有气,喵喵叫着笑话他是废物蛋、发神经。

　　大货笑着说,来来来,好些日子不见了,进来聊聊。转身让客。

　　王老准脏衣渍脸地扭头瞅一眼大花猫,俩红眼珠子像火炉旁的干柴,温度稍加增高就会冒出来火苗。

　　大货还在讥讽说,不干了倒好,省得成天油嘴滑舌放屁不算数。数落王老准言行不一,连说带损地甩说他回家趴媳妇怀里去说,甮在街上又喊狼来了。笑话说,去年傻杰家二小娶媳妇那回,你公鸭嗓儿吆喝了阔天世界,这又混了一年多喜丧饭,说那屁话干啥!

王老准疙瘩老脸拉得更长，头皮拱进大货怀襟往屋里钻，推大货一屁股夯在客厅沙发上，自己顺势也往沙发上一夯，脸对脸的摆开阵势又讲再也不干了。

大货笑说道，屁！自己拉了自己吃，连个大队喜丧委员都没混上，成天忙个啥劲。遂问，大队要搞新文化建设，增加堂子他们在你手下当二把手，你可得好好调教调教啊。

鸟！老子才不管呢。新农村建设添人是大队的事，关我蛋疼。要是没人请，我才不出来瞎掺和呢。有人求，我就厚脸皮干，不能躲进被窝里装孙。他的话声像碾子碾面，音小的恨不得把面碾出水来，而又碾得无声，念叨别人烂嘴，老子只骂他毛崽们太不懂事。也不顾大货家和堂子家沾亲带故，拉下脸来撕皮揭短，他为啥跑我前头来借火铳？这些年我借过多少遭，你要过钱不？

大货说，谁给过钱？说啥呢，糟蹋谁呢？口气往重声上走。

王老准的蛤蟆肚子一鼓一鼓，像是肠子气窝了十八道弯，对大队选派堂子当喜丧委员愤愤不平，大叫自己不糟蹋谁，我不干了！

大货说，不干就不干，甭拿屁股当脸使，瞅瞅你这把年纪这身肉，累病了谁管！

王老准说，没人管。反正糖尿病不痛不痒，死就死个尿。医生叫天天打胰岛素，去他尿。跷起来二郎腿，展示皮鞋上的泥草。

大货唬说道，糖尿病最后落成双眼瞎，害你空眼瓢子猪狗不如，还是小心为是。冲王老准呵呵笑。

王老准见大货家媳妇端上水来使客气，笑呵呵接水时刻里趁机捧捧大嫂的肉手，坏笑着摆手叫她老娘儿们走开，喷着唾沫星子接着海聊，生产队那时候那么穷，也没视钱这么真过，没钱就不埋人了？我这病，气的！他奶的，不出来，逼命求你出来，出来就叫人心里窝囊。裤腰大伯连连吃喝，我能不去吗？他老人家当队长，一辈子实心待咱，后老伴儿没了，咱能窝在家里装孙？

大货随声附和说不能当孙，应该当爷。

王老准喜看鞋上的泥草不捏掉，笑着说，当爷就好，老队长骂我，请不动呀！你叫我咋做？还得过去当孙。

大货又念叨生产队那些老皇历，王老准屁股上像扎了针，站起来想走又不挪步，肚里话还在连串地往外拾掇，我跑来借火铳是想堵在堂子前头，结果……

大货说，谁来我也借。王老准低头伸脖子，把老脸贴近大货鼻子，连口臭一并给大货递过去，借了你要过钱吗？我对你说，咱哪说哪了。他又把嗓门儿压低，吹出来的口臭满带热气，你左耳听，右耳跑，自当我是放闲屁。他借走说是给了你家钱，然后从份子钱里扣出来，你晓不？

大货瞪眼一蹿也站起来，扭头瞪眼看那老猫贼一样盯他，眼里要骂猫，反像是被猫骂了一句，窝囊货！老猫喵喵叫着要食吃，他视而不见又目瞪王老准。

王老准后撤一步说，看看看，说着说着漏了嘴。没给钱，你愿意吃哑巴亏，你吃，老弟不管。

大货又想发作，臭说大队选人不长眼，想骂他媳妇的外甥不是东西，气话在嘴里转了又转，还是窝在肠里没出来。

王老准说，你家的亲戚，你家的猪都不敢说，狗更不敢说，他们小贼勾着手，你叫谁劝我再干！

大货提到有人帮他记账。

王老准笑得比哭难看，疙瘩老脸此起彼伏又把嗓门儿提高，那是哪年老皇历了，人家早甩手不干了！顺手举起杯来喝口水，把脖子往前抻了抻说，人家记账那会儿是啥成色，哪进哪出一清二白，要不是有人帮记账，我能混这么多年吗？那时候多心顺，我不干了。说着，肚子一鼓一鼓退两步，嘴里还在磨叨，就是狗闯子管事儿那时候也比他们强。这帮贼货太手狠，一圈炮花二百多，一买就是半小车。放火铳比放炮不响啊？说是借火铳，谁使过？日他奶，人快疯了，败家子儿们趁火打劫！

大货大骂这些人对大队明一套，暗一套，嘴里说讲新文化建设,实际根本不懂行市。王老准说,大伙儿都在睁一只眼,闭一只眼哩,他捞他扔,关我屁疼。老队长后老伴儿一辈子舍不得外人吃她半嘴物件儿,活该挥霍他家!我不管。心里生气和嘴上解气一并往外甩,躬身连说还要忙其他,拍拍屁股扭身走了,甩给大货一肠子窝囊气。

王老准走后直接来到了老队长裤腰大伯家,这里早已是笙呐争鸣,场面热闹。一进门,一个扮相穷气的半老婆子正在灵前跪地念经,王老准见是给亡人超度,见与大队提倡不相符,想叫堂子出头说事儿。堂子歪头眨眼说,那是人家主家愿意,你不懂这如今的行市,是落后脑筋。立在门外观光景。王老准不言不声像木头了,听那半老婆子念南无阿弥陀佛。他对过去念阿弥陀佛知道皮毛,对如今改念南无阿弥陀佛连皮毛也不皮毛,自管默不作声听热闹。

这时,街上炮声稀少了,一拨人往老队长家走来。

王老准一贯坐镇指挥,窝在院里很少出门。多年来,别看连个大队喜丧委员也没混上,但他名不正却言顺,家家户户场场必到。没了撅子爹他被请去当大了,没了黑信娘也被请去当大了,人们念及他处事儿老到,肯卖气力尽心张罗。

第一拨人进门了,为首的说是娘家人,提到了俺们在教。王老准说,这好说,在教的出殡时不用哭丧,回过头来在家里念南无阿弥陀佛,这我懂。但赴丧不穿孝衣不行,当地习俗不能破。

来人见他口气又硬又死,问谁是大队喜丧委员?堂子说,我算二把手,有事儿对我说就行。来人要求不穿孝衣。堂子说,那正好,新文化建设树新风,不穿更好。王老准听后,老脸拉到了裤腰上,赶上老队长说,我家有事,我走。裤腰大伯的儿子见主事的要撂挑子,扑通一声跪在地上,连连向王老准说好话作揖。王老准说,要我干,也行。不穿孝衣都出去!口气上恨不得一句话把堂子搋扁。来人见主事的老家伙扔话落地有声,软下来口气连连说,穿,穿。也跟随说不能叫四邻看笑话,一个个蔫无声穿上了孝衣。

王老准在场上吆喝道，谁做事也不能叫乡亲们瞅笑话，大水齐腰、漫脖子没的念，就是不能没过头！你信你哩教，咱行咱哩孝，两不耽误。正说着，堂子又来递话，说是信教的娘家人又来一拨，又讲进门不跪拜。王老准说，那好说，不跪拜就甭进来，两省事。不跪拜不是咱当地人的活法儿。你去说，不管是谁，不拜别进来。堂子歪脖子扭脑袋不走。王老准说，又要行你新文化呀？滚出去放炮！出门转一圈回来对老队长说，妥了，不跪拜就是不能进门，别拿苦瓜吓唬茄子。说完让那些人又进来行了跪拜礼。

堂子又扭脖子不挪窝，说是新文化建设不是不要热闹，言外之意是要耍花活多烧票子。王老准以大压小说，大钱人家按大钱张罗，小钱人家按小钱张罗，没钱人家也不能挺尸喂狗。大把花钱叫新文化吗？臭念年轻人大手大脚趁机捞钱，心疼他们成串放炮是败家子做派，公鸭嗓接着吆喝，和有钱人家比鸟哇！那火铳借来咋不放哩？这样放炮，几万块钱也不够放。

有人大唱反调，四箱炮，点一个稳儿，叫他老狗心疼来百爪挠心！

王老准回骂道，你那白屁股是脸啊？人家是村官儿，大闹有大闹的财力，攀比你娘个大头！那人瞪眼想回嘴，王老准毫不含糊说，你瞪眼，你瞪瞪，看我不把你眼珠挖了当炮儿踩！

堂子不放火铳，也不再放炮，在街上憋了一会儿又回来，不知深浅地要买好烟。王老准说，这事由不得你。他家能省就得省，不能叫街人乩咱脊梁骨。还在生气去年没了傻杰爹那天的事。那天还没人讲新文化建设，堂子他们把脸皮掖进裤腰里，穿个破拖鞋，锁住屋门逼迫远来的女婿要人家出孝衣钱，一连要了几百块。王老准听说就急了，把堂子拉进另一屋里给他说事儿，数念他做事不能让乡亲们瞧不起，并说我是管事的，不能袖手装聋作哑。

堂子说，这是喜丧，大伙是来图热闹，你不会造热闹，少管闲事儿挡别人。攥钱不撒手。王老准干瞪眼，没屁念。

去年，傻杰家二小娶媳妇那天，堂子他们又锁了一屋子年轻人,让人家贺喜的再掏份子钱。那来贺喜的年轻人出手不凡,扬臂就甩了几个红包。王老准见到锁门就急了,三脚两脚踹开门,堂子他们早已抢上红包跑了出来。不大会儿,抢红包的又都返回来,立在院里像驴叫,打发要饭的啦!把红包甩回院子里。原来,红包里包着一块钱,全是一毛的零票儿。

王老准很解气,笑歪了嘴角念活该!笑说你以为那是开宝马车的递红包啦,有钱人更抠门儿哩!笑说指望花红包过好日子盖大楼哇,没门儿!见堂子他们把红包撕碎扔了满地,接着喊,不是来热闹吗,钱多钱少图个热闹呗,狗儿哩们捞多少是多!

堂子他们就不愿意听。

这会儿,堂子想要钱,王老准又使绊子,堂子就蔫无声把院里人往外指派。过了会儿,王老准找人挖坟坑,没人,瞪眼看那锅里的碗勺。碗勺像是回答说,瞪我做甚,他们一个个吃饱喝足才走的。王老准又派人联系火葬场买骨灰盒,又没人,随后找大货问事端。大货说,刚才还半院子人呢,转眼没了狗货!

眼看时辰已到,响器班呜哇催着要起丧,铁叫铜叫汽车叫,王老准左拉右拽凑不够人手,出殡场面要晾台,他站在院里不晓要骂谁了。老队长一家痛哭的认真细致,喜丧委员大喊了起——丧——!之后,灵床已经抬了出来,场面冷清得看不过眼,站在一边瞧热闹的墙头、门窗都觉得少了点儿什么。原来,没听见炮响。

王老准脑袋嗡一下就大了,忽然想到没人放炮,慌喊,炮呢,咋没人放炮呢?

堂子回说挖坟坑去了不少人。

王老准又急,没炮咋出殡,快找人放炮!

堂子说,不是说新文化要俭省吗,省了不会犯错误!抬着灵床出门去了。老队长家的出殡出了幺蛾子——没听见炮响!

王老准丢人丢到了家,满街筒子看上了笑话,那火铳就在街门洞靠着没人放,他把老队长家的丧事办得一团糟!

出殡回来后,老队长儿子没好气,找茬问剩下的烟酒放在了哪里？堂子说钥匙在王老准手里捏着。王老准打开一看，酒全没了，烟还剩下一条零的，数了数还有8盒。老家伙脑袋嗡一下又大了，着实往门上踹了几脚。门子好像说，踹谁呢，是我拿的吗？明明箱里剩了酒，怎么就一瓶也不见了呢？你个傻家伙，是堂子他们偷拿了！老队长儿子说，还有一千块钱对不上账，记账的说是你老人家支走了，钱数也对不上。王老准疙瘩老脸上立时掉下了汗瓣子。出殡时人多，响器班的钱他提早支走，连同那三瓶好酒横竖就是对不上账。

王老准认真回想着整个过程，满打满算8条烟，咋吸也超不过6条，咋在账上记了20条呢？他死活找不到说处，汗瓣子快把脚面砸肿了，就是账实不符。本来，堂子管放炮，一听说王老准没收到那么多烟，转而又说没炮了。王老准说，出殡没放炮，炮呢？堂子拍拍脑门儿说，想起来了，挖坟的带到坟上了！出殡时，他也说了这句话。当时，再买已来不及，再到坟上取也来不及，干脆只能不放！气得老队长当场就在院里摔了饭碗，碗碴子跳起来像是在说，这才是出殡没放炮的理由！当时，静静的出殡队伍倒是显得比别人家庄严肃穆，可街上一点杂音都没出，至少人们感到这是当今世上最大新闻。

王老准算是砸了锅，整个街上都在埋怨。人们多年信服他，从没出过差错的老江湖，竟然也有贪钱念头，这真是变了世道啊！有人说是堂子他们暗中使绊，故意给他弄难堪，有人说他是想贪钱，找错了下嘴的去处。老家伙成了众矢之的……

起丧的回来后，王老准在院里仔细回想，忽然想到忙乱中是老队长儿子把钱要走了，追上来说，不是那一千块钱支给响器班了吗？返回头来向老队长儿子发急。老队长儿子转眼就给王老准跪下了，泪说不该冤枉好人，让王老准大人不记小人过。王老准说，给一百，报销一百，给一千，报销一千，怎么就会错了呢？他头一晕，险些摔倒，转身扶住了一边的小树。扶树之后，就觉得腰上被谁擂了一闷棍一样，疼得再也不能动了。他咬牙说，坏了，扭腰了。你家好好数数钱,缺多少,我补！我去家拿。

老队长儿子跪着不起,耷拉着脑袋泪流满面。

王老准咧嘴喊叫腰疼，好多人扶他往医保站走去……他说，我先去大队部。

王老准要去大队部说事儿，是不是大队培养喜丧委员的事儿,不清楚。

中篇小说

褡裢中的肉

一

我发憷褡裢最先从对门街坊迈屋家发起，那时候岁数还小，到后来见到褡裢怕得心惊肉跳，连自己也出乎意料。

我家住在东门里南后街离城门不远的路北大门里，斜对过是迈屋家，迈屋家在路南大门里。迈屋家大门洞紧挨着生产小队队部，人们出地前纳凉、避风、遮雨都在那歇脚，等待队长派活儿的工夫里有说有笑，门洞里总也小聚着旺盛的人气。但这旺盛的人气里不见与褡裢有任何瓜葛，就连迈屋娘和我娘她们一帮老娘儿们在门洞里做针线唠嗑，也不见提起过那劳什子，至于迈屋娘进屋被门口的褡裢绊倒，生下孩子取名叫了迈屋，也没与褡裢搅和上。俺两家多年走得近乎，但从来没与褡裢有过牵挂。要说我多年对褡裢生疑、心怕，完全是自找的麻烦。

俺家姓肖，迈屋家姓唐，两家对门街坊都住四合院。

迈屋家四合院并不标准，南北长，东西窄，拆掉东屋之后，空荡荡的东墙根儿上垒了个杀猪的大锅台，我自打记事就在迈屋家院里随孩儿们疯耍。

190

一进腊月，各家各户陆续送去养了一年的大猪往迈屋家宰杀，有用小拉车拉去，有拿大绳绑着猪后腿用竹竿子敲着猪屁股慢慢赶去，也有拿小推车左边捆猪，右边柴筐里坐着小孩崽推去，五花八门各显其能，都是想图个吉利时候，街上的猪们就每天死掉三四头。

迈屋爹是有名的杀猪大把式，一年要杀半个东门里，腰里总也裹着一个用了多年的黑糊糊老围裙，肩上就披着那个让我刻骨铭心了多年、且一直挥之不去的土粗布褡裢。

腊月里忙，那褡裢有时扔在院里、屋里，有时扔在炕上、椅上，谁也不稀罕，谁也不上心注意。年后，褡裢挂在窗和门之间的北墙上，家里也很少有人再去光顾。

迈屋爹的褡裢用得实惠，半个南后街就他一人肩披褡裢在街上行走，除了炎热天，一年四季披在肩上。俺家没有这号古董，家里没有与他家身份相符的人。迈屋爹披这褡裢最合身份，那是老农民在街头老成和威望的象征。

单说褡裢，并无稀奇可言，三块粗布合成两个敞口兜子，肩前一个，肩后一个，用时往肩上一搭，装卸物件十分便当。

这样一个粗布袋子会给人带来什么惊疑呢？

可是，街东头当家子哥哥肖泽润家北墙上也挂着一个，这事让我脑袋糊涂了好多年，为此睡觉总被惊醒。

泽润大哥家也住四合院，北屋住着他娘和他傻哥，南屋原先是社务会，后来改叫生产大队部，东屋是泽润大伯肖大智和泽润叔伯哥肖泽栓家，西屋他自己住。泽润大哥没成家之前也住北屋，成家后才住进的西屋里。

泽润娘一辈子生养了五男六女，只活了四女二男，剩下的都是在两三岁时拉肚子把孩子拉死了。泽润是老五，上头三个姐姐相继出嫁，哥哥肖泽印是个傻子，还有个小妹在上学，一家人都挺安稳，日子上也马马虎虎，从没在街上招惹过是非。

泽润家和俺家一样，也没有背褡裢的合适人物。泽润脸上连个胡子都不见,生性平和,言行稳雅,板直的大个子和白净的面庞带来一个斯文举止,半个城里人都说他是一介书生,加上他一手规范漂亮的毛笔字,谁在他跟前说话都会被感染得轻声慢语。这样一个人,无论如何也不会肩披褡裢出门,而且,他家那褡裢并不像迈屋家的那样脏硬,只是象征性地挂在墙上,扁平的样子,一看就是作装饰的摆设。让我迷惑的是,那褡裢似乎跟迈屋家的一模一样,厚薄、长短、大小,连下边的毛穗穗都像出自一人之手。

泽润娘的娘家是城里西头的马家财主,大家闺秀纵然不会嫁给一个身披褡裢的粗人,更何况,泽润爹多年教书,家境条件也很富足,不像传授给后人肩披褡裢的粗人。至于泽润傻哥肖泽印,那就更甭说了,街上人们都直呼他傻印子。

傻印子小时候并不傻,街人都说比泽润还聪明,比泽润的字写得还周正大方。

傻印子十八岁那年娶了媳妇,女人就是前街的映家二妹子。人们传说傻印子媳妇杨柳细腰地梳着独根大黑辫子,走在路上,惹来半个城里的傻小们回头卖呆。

也说不清具体时候,人们都说傻印子是由木变呆,由呆慢慢变傻的。开始是人前直眼发愣,半晌没言语,后来就古怪了,自言自语低头发呆,翻弄衣裳扭看身后,再后来生产队成立之后,傻印子只做两件事,一件是背着粪箕子四处拾粪,另一件是在拾粪过程中低头捡烟头。那烟头不分长短,不分大小,捡到手就忙不迭攥入手心,然后再捡第二个,一直攒到满一小把了,才神秘兮兮躲到僻静处,低头专注地一个个认真剥开,用废旧报纸卷一支烟先夹在耳根上,多的时候一边耳根上夹一支,然后再燃一支接着边吸边走开,重新开始低头忙活。

傻印子脸上长年不见表情,谁要大喊一声,傻印子!他会吓得慌乱无措地抬起头来,瞪大双眼,惊恐万状地后退两步,慌慌张张疾步躲开、大步逃走。也许是走远之后,也许只是走在路中你去看一眼,而不大声喊叫,他就莫名其妙地自乐起来,无限神秘地低头窃笑着拾粪拾烟,至于窃笑的因由或内容,恐怕世上也只有他一人心里清楚了。

这样一个傻人是不会肩披褡裢或认知褡裢的用途及相关好歹的。自然而然,家中那褡裢也一定与他无关,如果硬往傻印子身上扯,再往上扯几代人,怕是也搭撴不上。

傻印子爷爷肖洛兴早年在河南当县令,至少在外乡做官做了二十多年,老爷子是在白霜染鬓时告老回来,他的掌上明珠是肖泽印,不是泽润大伯家的肖泽栓,那长孙从小就迷糊,爷爷全心全意教育的是肖泽印。

日本兵打进城里后,城中大部分乡绅富豪携金带眷慌张出逃,泽润爷爷便成了城中唯一的威望人物。日本兵持枪立逼维持会派人三番五次请老爷子出山,老县令无法推脱,硬上头皮当了俩月伪县长,后来以有病为托词又回到家来享受子孙。

多年后,泽润在自家南屋里还曾向人们指说过:我在这屋还见过爷爷那身县令衣裳呢,有几身还崭新崭新没穿过,好像是平分财产之后才没了踪影。

傻印子并没像泽润那样对外人说过爷爷的事端,只听人们说到他受过多回刺激。头一回受刺激是日本兵荷枪实弹闯进了他家,来人提来两盒子点心放在桌上,立逼爷爷跟在当兵的屁股后头出门上了汽车,三天之后才泥头灰脸回来,吓得他整天不敢出屋。第二回受刺激是新中国刚成立那年,迈屋爹扛着土枪,押着他爷爷在门板搭起来的大台子上低头受审,中间那几个头戴大高帽的大乡绅,在台下群众高呼了口号、台上领导讲话之后,直接被拉去城北河滩地里枪决了,而他爷爷却一个人又被放了回来,一连几天在家里病着起不来炕。第三回受刺激应该是闹土改了。迈屋爹带领许多人占了他家南屋和南院的整个大宅院,平分了他家的所有财产,他家的立柜、桌椅和所有摆设及衣物全被搬走。傻印子和他媳妇躲在西屋空房里不敢出门,连吃饭的碗筷都没有了。再后来的几年里,三反五反镇压了许多人,爷爷被吓死,傻印子不再见人,钻在屋里看大书,到"大跃进"年代,他开始发木发呆,第二年媳妇改嫁远走,至于嫁到了何方,嫁给了何人,街上人们都不清楚,他就单人成了傻子。

傻印子是一生没有和褡裢有缘的傻人,爹和爷爷也没有这样的传授,褡裢在他家挂得实在没有道理,也实在令人莫名其妙。

二

真正引起我对泽润大哥家的褡裢生疑的是"四清"刚开始那年,那时候我刚懂事,常去街东头找泽润大哥理发。

俺家也有理发推子。我爹总给我理来个茶壶盖,光光头皮上留一块长发,比傻印子还带傻气,我被爹理发理得快要疯了,总躲过爹的吆喝,去泽润家找泽润大哥理来个精神模样。

泽润比我大二十多岁,当时已经成亲了好几年。泽润大嫂没生养,家里清寡得叫人心虚。

我去找泽润大哥理发并不理直气壮,加之岁数又小得太多,以及泽润大哥见了谁也说话平和,我进门就把顽皮孩童毛手毛脚的习性往回收敛,屏住呼吸轻手轻脚往里走。

那是个深秋星期天的头黑,学生们回家无课,大人们都已出地回来,我还像以往一样屏住呼吸往里走,估计北屋正房里有人,便轻手轻撩起门帘。

当时,泽润大哥已经把北墙上的褡裢摘下来了,当我站在屋门口轻唤泽润娘大娘时,泽润大哥先是一怔,见是我一个学孩走进来,即刻松下心来,慌忙将褡裢收拾起来挂回到原处,一边说着:嗬,泽占来了。理发呀?一边收神转身向我勉强笑了笑。

我也不晓如何是好,当时刚上小学三年级,年龄虽小,但我对人的面部表情带来内心世界的变化却也能洞察出一二。我见泽润大哥神不守舍地回身打招呼,心里还有些纳闷儿:大哥咋对一个孩子心存戒备地紧张回话呢?见桌上只是放着两块半截砖,我就没再去多问,佯作任事儿没有地轻声言白:还在院里理吧。

泽润大哥边走边说:大冷的天,鸡都钻窝了,屋里掌灯看得清楚,还是进屋来吧。

我相跟着出来北屋,来到了西厢房。

一推屋门,迎面正门西墙上也挂着一个和北屋同样的褡裢。那褡裢也是干干净净,扁扁平平,看上去像是任物儿没装,也完全是个只给人看的摆设。

那褡裢充其量也就是个盛装杂物的粗布袋子,乡下人进城时背得较多,城里人中也就是像迈屋爹那样没文化、不与当前社会同步的人才会常年随伴,泽润大哥家咋能也挂着呢?在我的记忆里,我对褡裢的印象是一到大冬天,生产队没了活计,迈屋爹一准会肩披褡裢,肩扛土枪去城北河套深处携狗打野兔子。

最初引起我对褡裢注意的是这样一件事,对我而言,它始终是个谜团。

那是冬里大雪后的一个晴天,迈屋爹肩披褡裢带领迈屋俺们一大帮孩儿们去河套深处打猎,身后还跟了他家那只大花笨。那天很不景气,直到后半晌才出现了激动场面——猎物儿在雪地上疯狂飞奔。

迈屋爹不慌不忙,瞄也不瞄,转身枪口调向,随着嗵一声闷响,跳起的野兔应声倒地,待大花笨带领俺们赶上猎物儿时,迈屋爹早已快手把猎物装进了褡裢里。原来,褡裢里竟能装上一只大兔子。

野兔儿不见了,褡裢还在迈屋爹身上披着。我很想再看看那死物儿的模样,巴瞪着双眼瞅不见,心里有些着急,一行人开始回返。

下后晌,一天两顿饭也到了肚子咕咕乱叫的时候。金灿灿阳光照在河套大野上,鲜阔的野地上浮现出一丝暖后的凉意。就在俺们大伙儿无意间往回赶路,没人有心再去趟找猎物时,突然又有一猎物儿自报家门飞逃起来。

迈屋爹没有防备,慌忙举枪又怕伤到身边的孩崽,转身慢了半拍,枪响后,那猎物继而拼命狂奔。

眼见猎物飞快逃远,迈屋大吼一声让大花笨追兔。

迈屋爹紧喊:回来!谁让它追了?

迈屋紧说:不追就跑远了。

迈屋爹阴了长脸厉声说:老子说过多少回了,家狗不是细狗。它顾上跑,顾不上咬,顾上咬,顾不上跑,根本抓不来兔子。叫它瞎追,回来白糟蹋老子俩干粮!

正说着,迈屋高喊:快看呀,咬住了。咱家大花笨咬住那野物儿了,慌忙跑了过去。原来,那狗咬住的是一只老兔子。

再后来就是俺们一大帮孩崽抓兔子牵狗,兴致勃勃往家返了。

回到家,迈屋爹把褡裢往地上一扔,迈屋娘还没把褡裢拾起来,他家大花笨前呼后拥也往褡裢跟前凑。

我和迈屋在院里想仔细巴望大人咋样剥兔儿,蹲围在褡裢旁边观看迈屋娘细心拾掇。迈屋爹就坐在屋门槛儿上叼着烟锅子抽烟。

这时,我娘在迈屋家街门口喊我回家吃饭。我还没迈步,就听见迈屋爹大吼一声:过来!吓得我冷不丁立马站住了,以为自己出了啥错。

只见,迈屋家大花笨兴高采烈地摇头摆尾趴在了迈屋爹跟前,也不晓迈屋爹从哪找来了家当,就听砰的一声闷响,那大花笨一声惨叫,口吐鲜血,倒地身亡了。

我赶紧往前跑了两步,想去看个究竟,见迈屋爹也不抬眼皮,也不管院里其他动静,无动声色地又在阴着脸抽烟,我吓得立马又站下了。

瞬息间,似乎整个院里一片死寂。迈屋大气不出,扭头斜眼,示意我赶快走开。迈屋娘也蹑手蹑脚把褡裢里的另一野兔掏出来,悄无声息地小心拾掇。

天快黑了,死狗瘫在地上一动不动。我头也不回地往家跑,路上还在心惊:是大花笨偷了嘴吃,还是偷看了褡裢里的野物儿?本来咬回猎物立了功,理应赏块饼子吃,咋迈屋爹反倒狠心把它打死呢?莫非是那傻狗违背迈屋爹的意志给主人带来了难堪?甭管咋想,反正那个陪伴俺们玩耍的大花狗死了,这让俺们一帮小伙计伤心了好一阵子。

那是我头一回看见常年装家当的褡裢里,竟然能装下两只野兔子,但我并没由此引起其他联想。我一直没弄明白大花笨到底在哪招惹了迈屋爹。迈屋爹以冲天的怒气,无动声色地杀死一条家狗,令人对他十分畏惧。

时间不长,又一件事让我对褡裢加深了印象。那回是前街的呼延百族爷爷身披褡裢来迈屋家取刀口肉。

杀完猪,吸过烟,后生徒弟们开始围着屠台忙活吹猪刮毛,白白嫩嫩一头大猪亮在锅台上,那被刀捅过的猪脖子上,惹人眼目地裸出一个鸡蛋大小的刀口子,刀口上还在不停地往外浸血。

刮净了猪毛,接着就是把猪身翻得四脚朝天,把猪头割下来。在割猪头的过程中,迈屋爹会小心翼翼把刀口周边的血肉慢慢割下来,大约也就有半个拳头多。这就是人们俗说的刀口肉。街上谁家也不在意这点肉。这已成了前、后街和东门里杀猪大户一条不成文的规矩,人们杀过猪的刀口肉,都会让前街的百族爷爷拿小铜碗端走。

百族爷爷个儿不高,满头白发下的白脸上架着一副老式眼镜,我自小就晓得这老爷子脾性好、会治病,多数时候是见他嘴还没张,笑声先到,这也许是其在街上极有威望的一条因由。据说,那刀口肉是百族爷爷做药丸时当药引子用的,但只是听说,从没看见过摆弄。

让我亲眼所见的是,百族爷爷这天来得晚了些,已有好几头大猪被断头,好几块刀口肉放在了锅台旁边的瓷碗里,快把瓷碗堆满了。

当百族爷爷笑模悠悠来取肉时,迈屋爹阴着长脸说:大伯,今儿这肉可不少,全留着哩。说过,伸手递碗。不想,老爷子激动得手一滑,一大碗血肉全掉在了地上。旁人还没看清原委,两三条大狗早已扑了过来。眼见老爷子动作迟滞没有驱狗招法,但他机灵地抻下肩上的褡裢往肉上一盖,一屁股坐在了地上。这一切都来得太快、太突然。迈屋爹随手从大锅下的灶腔口,抽出一根烧火棍向大狗砸去,院里连狗带人都躲开了,唯独老爷子一人没起来。百族爷爷自那天被人架走后,再也没有起炕,不多时日便命归了西天。

这件事,我确实看了个满眼。

当时,在交接刀口肉的过程中,老爷子满心欢喜,倒地没起根本与迈屋爹无关。可百族爹过后不分青红皂白找到迈屋家,非要迈屋家赔钱不可,逼迫迈屋爹拿出钱来才能算完。迈屋爹阴着长脸不动声色,连眼皮也不抬。百族爹走近一步,指住迈屋爹鼻子说:想要赖呀,把我爹害死要耍肉头哇,到底给钱不给?

迈屋爹拧好鞭梢,甩开鞭穗子瞪眼说:你爹取肉多少年,找抽啊?突然举鞭子咬牙。吓得百族爹连退几步闭嘴眼呆,令在场的许多人莫名其妙。

老爷子那个褡裢过去是干净的,那天不晓是谁把刀口肉鬼使神差地拾了进去。这些都是我亲眼所见,褡裢里又一回有人装肉。装了肉,就引来了祸害。

从此以后,百族家和迈屋家的关系就不那么顺当了,反正百族爹也不会做药丸,也不再往迈屋家去取刀口肉,百族便时不时变着法儿向迈屋家使坏。

我听说,有一回百族上街赶集,见迈屋姑父的剃头摊儿上有个瞎子坐下来剃头,赶巧迈屋姑父往一边店里小便,那身上裹了围布的瞎子就坐等师傅回来。

百族见此送来了偷手的机会,悄无声息趁过去,拍拍瞎子脑袋示意他低头洗头。瞎子以为师傅回来了,乖乖地低头等洗。百族呲着大虎牙,顺手就在小灶上的脸盆里舀一瓢热水浇在了瞎子头上,烫得瞎子噢噢大叫。百族按住脑袋又一瓢,那瞎子一蹿跳起来,一脚就把剃头挑子踢翻在地,百族趁机偷偷溜了。

迈屋姑父回来见瞎子大喊大叫乱踢乱砸,忙问咋回事?瞎子破口大骂:我瞎你也瞎啊?欺负伤残孤寡,老天爷叫你家八辈子后人不得好死!

迈屋姑父被骂得莫名其妙,当天买卖也黄了,还生了一肚子气。

这些都是火气青年脑门儿一热干出来的闲事,其实,两家大人并没有大打出手。虽然迈屋家和百族家都是贫农,都在街上挺着腰板儿走路,但迈屋爹在城里新中国刚成立那阵子更神气,在贫民团独揽大权,说一不二,因为百族爹当过几天皇协军,贫农也有污点,找上门来要钱不敢那么硬气。迈屋家至今不富,但他家在街上说话总占上风确是实情。

迈屋哥哥出屋成亲这天,我也跟着忙活去了,先是一大早起来和迈屋一起往新娘村里送食箩,后来又跟着百族他们闹新媳妇。到了下后晌,百族说:走,跟哥转一圈儿。也没说去哪,拉上我就回到他家拿了一杆土枪,背上粪筐就往外走。

我问:往哪呀?

百族说:去了就晓了。

俺俩一起来到了河套深处的小树林里。

金色夕阳下,树林内外染来了一层橘红色鲜景,无数只麻雀压在树枝上唧唧喳喳叫个不停。百族让我背着粪筐跟在身后,自己猫腰端着土枪往树鸟跟前凑。

枪响了,麻雀掉在地上一大片,有的弹腿吐血,有的还在半飞半跑地四处逃命。

当我跑来跑去抓住伤鸟往筐里装时,发现那筐里竟然有一个粗布褡裢,我脑海最先闪出的就是百族爷爷倒地那一幕,这肯定是那个曾经装过刀口肉的褡裢!我没敢言声,却也没敢多看那褡裢一眼。

百族说:把小雀儿装进褡裢里叠起来,别让飞喽。

这是我头一回手摸褡裢,我很不情愿地把褡裢从粪筐里提起来,往里装麻雀的瞬间还在思忖:麻雀肉算不算肉呢,这肉会不会带来什么后果呢?

回来后的当天夜里,生产大队组织基干民兵值班巡逻治安,我也跟着大人们一起熬夜。黑夜饭后,躲过娘的吆喝,我又跑到生产队部去值班,赶在和百族同一个班上,俺俩一同百无聊赖地等上一班执勤的回来。

当地人成亲的当天有个不成文的习俗,白天闹洞房时一定要破窗,要把新糊的窗纸全部打碎,破到里外都能见人为止。这叫破"疮",意思是把自家的脏脏病病全破走。

出屋成亲这会儿已是11月底,他当兵的体检和政审都已全部过关,连新军装都发下来了,当下成亲,为的是走前再给他奶奶一个喜兴。

白天闹洞房的后生们走后,黑夜就是了中年人闹事的时候,不论大汉们,还是老娘儿们,一个个偷偷摸摸趴到新房窗根儿上,屏住呼吸偷听新郎新娘炕上折腾。

出屋成亲就在他家西屋里,新房的破窗上挂了一块窗帘布。

后半夜,值班的相继回来之后,百族估计听房的人们已经走开,便吆喝我跟他去执勤,说是先往外头转转解解闷,实际我晓得他要听房去。我盯住他问:就咱俩啊?怯身想止步。百族说:咱俩咋啦?人多还不方便哩。走吧,哥叫你大饱眼福。扯上我就走。我壮上胆子跟百族出了门来。

开始,百族还带我煞有介事地往城墙马道那边走,转了不到一袋烟工夫,百族带我来到了出屋家街门口,他站下来回头说:走,看看听房的走了没?我对伸手不见五指的四下里十分心虚,蔫无声紧随百族身后,生怕有个怪物过来掐我。这时,迈屋家街门关得贼死,百族憋出屁来也没推开,这说明,闹洞房的确实已走光,他回身对我说:走,从墙头上跳过去。俺俩又转到东边跳墙进了院来。

院里极静,但并不太黑。大花笨被打死后,他家没再养狗。远处星光灿烂,明明稀稀中不知哪来的光亮,眼前并不像街上伸手不见五指那么沉暗。百族在前头探虚避实地走,我疑神疑鬼地紧随其后。当百族蹑手蹑脚刚靠近窗台,脑袋、脖子刚递向窗根儿要去听房时,只听"我叫你"一声大喊,一大块黑物猛力从窗口飞出来,狠狠砸在了百族额上。百族啊呀一声惨叫,双手捂住脑袋半蹲半坐地倒在了地上。接着,又有黑物一块接一块相继从窗里飞出来,咚咚响着砸在了百族后背上。百族双手捂头,倒在地上连声哀叫,哎呀,别砸啦,是我。窗里还在往外飞着黑物,传出来的声音是新郎出屋在大声喊叫,砸的就是你!我叫你,我叫你!还在往外飞投。眼看百族被砸得大声惨叫,我以为砸着了他的双眼,吓得赶紧拉起他往外跑,边跑边还听到屋里人在大喊大叫。

原来,前头听洞房的听不见折腾,急过之后,三番五次用长竿在窗口上往洞房里搅和,搅得新娘哎呀、哎呀惨叫。出屋开灯见新媳妇臂上露了血,关灯急眼就藏上了阴谋,做好了用干煤泥砸人的一切准备。前边听房的大闹之后把牛牵走了,后头百族这倒霉羔子却赶过来拔橛儿!百族哎哎呀呀跑去俺家叫我娘为他包扎伤口,直到第二天才看到脑门儿上张扬了一块大纱布。他两眼肿得眯成了一条缝,街上有人碰见说,百族啊,看你好哩,听房咋把纱布听到脑袋上了?捂鼻子弯腰笑话他总算是长了一回大出息。

这些祸事回想起来,我认准百族挨砸一定与把麻雀装进褡裢里有关,并开始产生肉与褡裢引来祸害的联想。

三

我认为,麻雀肉,也是肉,那肉装进褡裢里便隐下了祸根。

百族那天黑夜跑出大门之后,顺手撕下了迈屋家街门口上的大红喜字,并慌慌张张往脑门儿上糊,慌乱中抹得满脸像刀口肉一样血糊着,老远看到十分醒目。那喜字是泽润大哥所写,遒劲有力,周正大方,完全展示着写字人内秀的气质和稳重的为人。

多年来,街上无论谁家红白喜丧,都会叫泽润大哥到场帮忙,要么喜事上写帖子,要么白事上记份子,人们认准泽润大哥就是个写字周正、办事牢靠的人。

按说,他家成分高,成分低的人家有事应当避讳,但人们并没对他避讳过,而是随用随叫。泽润大哥也同样善待自己,有叫必到,有求必应,四季平和的脸上既没笑容,也没怨愤,像一面平湖里的水,风吹过后依然平静,帮完忙回家,从无声响。

出屋当兵走后,出屋媳妇的户口从村里迁来城里。虽然百族和出屋两家不住一道街,但同在一个生产队干活儿,人们每天都在迈屋家街门洞等队长派活儿,男男女女有说有笑等待队长一拨一拨把人分走。

等待派活儿的人堆里,慢慢开始有女人向身边人神秘兮兮递眼色,努嘴让人随自己一同偷看百族在出屋媳妇面前眉飞色舞的喜兴劲头,留意出屋媳妇对百族说话娇声细气的柔媚眼神,更有多事的闲事包儿,还咬上了出屋媳妇和百族好上了的舌头,连我这样的小孩儿都听到了许多传说:

……听说,头晌他俩在高粱地里,那啥……

……听说,昨儿黑夜浇地,他俩在一个垄沟改畦子,那啥……

再后来,人们连自己的话也起了疑心,那啥,要说两人好,咋没在田间地头瞅见过人家眉来眼去搂搂抱抱热眼的事儿哩?

人们就在舌头上大嚼男欢女笑的新鲜事端,还说后来二人见面像是谁也不认识了谁一样, 躲躲闪闪总也不在一起打头碰面了。人们不抱怨自己私下里咬耳根子,倒抱怨谁也没在屋里、院里成双成对逮住过。这些,都是和褡裢毫不相干的闲事。真正与褡裢有关,并因在褡裢中装肉引来祸害的事,我又遇见了好几回。

头一回是入秋后的一个正晌,人们聚堆儿打伙地围在迈屋家街门口瞧稀罕。

当时我正在俺家大门洞里吃晌午饭,听见动静就端着饭碗跑了过去。只见,迈屋家大门洞里,一只大花猫正蹲在门洞墙根的水道旁边,全神贯注地斗一条长蛇。那蛇花绿身,深绿头,足有一米多长,半截身子竖起来,一动不动地盯着对方,二者相互对视,谁也不敢走开,谁也不敢进攻。民间传说这是龙虎斗,是有祸事来临的不祥征兆。

猫和蛇相互对峙得十分到位,虚张声势的场面分不出孰强孰弱。如此张狂殆尽之后,每当那蛇软下身来妄想逃跑,大花猫便忽一叫追上去,蛇又直身伸头,猫又快速躲闪。这么来回折腾了几匝,那蛇渐渐减少了进攻,那猫便用前爪来回敲打蛇头,左一爪,右一爪,不大会儿便把那蛇打得再也抬不起头来。

眼见那猫要去咬住蛇头结束战斗,迈屋爹不知从哪走了过来,他突然从裆裢里掏出一条小鱼扔在了猫的眼前。老猫见到小鱼,转身扔下长蛇,叼上小鱼跑走了。长蛇尚未逃走,迈屋爹拾起地上一块半截砖,咬牙砸了过去,那砖不偏不倚正好把蛇头砸了个稀烂。蛇头上砸出的眼珠子、牙齿和舌头血肉模糊成一片,惨不忍睹。我的饭说啥也吃不下去了,刚塞进嘴里的半口菜差些吐出来。迈屋爹拾起地上一根树枝子,挑起还在来回卷动的蛇身,一扭头,一瞪眼,吓得孩儿们全跑走了。他阴着长脸往院里快走了几步,连树枝子带蛇,一并扔进了猪圈里。

我端着饭碗转身往回走,想到那扔进猪圈里的血蛇将被大猪吃掉,想到后来的场面更加惨不忍睹,心里不免又勾连起那裆裢里装了鱼的后果。那鱼算不算是肉呢?会不会再招惹来新的祸患?我不由内心为之一震,想到那血烂的蛇头就头皮发麻,更不敢再想猪圈里的大猪吃血蛇的惨烈场景了……

第二回是月余后的一个黑晌,远天红霞早已散尽,出地回来的人们陆续往家走。我放学后,早已打回来一大筐猪草回到家里,就听见街上吆吆喝喝乱腾起来。

我好奇地跑到自家街门口,老远就看见一头小灰驴子从东向西跑了过来,后边还有人追着喊着叫人们赶快闪开。驴的脖上套着套,说明刚从拉车套上逃出来,还没卸装。

迈屋爹是多年的车把式,他赶车习惯坐在车辕上甩大鞭子,甩得满街山响。凡是他使过的牲口,个个极端顺从,从没给他出过难题。

有一回,一头新来的大青骡不听使唤,迈屋爹把那骡拴在树上整整抽打了小半天。他一连抽断三根狗皮鞭梢,光着膀子抽得满头大汗。旁边围观的谁也不敢说劝,一直静观他打得不再动手为止。

今儿个好像出了邪性,小驴子不顾一切向前狂奔,根本对后边的吆喝无动于衷。

我见小驴子跑过来,慌忙躲进自家大门里,等小驴子跑过之后,二返脚跑上街来还瞧稀罕。

这时,迈屋爹已跑过自家大门,跑到了俺家大门口,他气喘吁吁追驴去了,肩上的褡裢扔在了他家的街门口上。

我从小就有眼力见儿,见此情景,主动跑到迈屋家街门口拾起来褡裢,想进家交给迈屋娘。刚拾起来,无意间瞅见褡裢里装了半袋子串地虎。这小畜生学名叫啥不清楚,跑起来极快,谁要抓住后尾巴,它会把后尾甩断逃生。此时,我看见袋里的串地虎,吓得一下子就把褡裢又甩回到地上,转身往迈屋家门里跑,把迈屋娘叫了出来,让她自己拾走。

这是我第几次看到褡裢里的肉物已经记不清了,还没等我回到俺家街门口,那小灰驴子早又顺路跑了回来,后边还跟了一头更大的青驴。

眼见两头壮驴奔向迈屋家东边的生产队部,我也跟着跑过去瞧热闹,当我看见小灰驴子被人捉住拴在树上时,后边追上来的大青驴早已直起身来,前腿搭在小灰驴的后背上,肚下一根又粗又黑的大长棒直直地向小灰驴使劲往前顶,害得小后生们直在一旁手捂裤裆。人们都在喊叫着大青驴加油使劲儿,前头的小灰驴却一动不动。只见,后边的大青驴一挺一挺地还在用力。

这时,迈屋爹满头大汗提着鞭杆子跑了过来,他见大青驴在向小灰驴交配,用力拿拳头推打大青驴的后犊子,用拳头捶打不解气,又伏下身来用肩扛大青驴的后犊子,合力推大青驴向小灰驴肚子里来回抽动。这么又打又喊地折腾了不过一小会儿,大青驴突然后退了下来,那抽出的大黑棒的圆头上还在往外冒白水。那白水像牛奶一样奶白雪透,落在地上就滚沾上了粪草。

迈屋爹顺手把大青驴牵在了手上,对一边的生产队长说:你还傻愣着等死啊,还不赶紧去牲口棚给人家端一簸箕豆面来!

队长憨笑着向后退身,不大工夫就端了面来。

人们还在围观。迈屋爹这才从围观的后生眼里看出了成人的难为情。他阴着长脸无处发作,见一边的傻印子蹲在碾盘旁边低头窃笑着抽烟,啪啪甩过去两鞭子,眼见傻印子双手捂脸倒在了地上。

天已擦黑。傻印子被打得多轻多重我没看清,他家成分高,他又是个傻人,人们只是觉得好笑。傻印子倒在地上哎呀哎呀打滚儿,没有一人上去看他的伤势,而是都在笑指他打滚的姿势和头上沾草、身上沾粪的狼狈模样。

过了会儿,人们慢慢离开了,傻印子还在地上佝腰捂脸躺着。我见傻印子伤势不轻,飞快跑去泽润大哥家向大哥学舌。泽润大哥听后急慌慌赶了过来,当他扶起傻印子,看到他满脸血糊时,不由紧张地反复说着:好家伙,眼角出血了。遂扶住傻哥坐在碾盘上,生气地说,天黑还不回家吃饭,这不是自找罪受啊!我看不过眼,打抱不平说:眼珠子都快打出来了,得让他家带着往医院看看。就听见泽润大哥在黑暗中愤愤说:谁惹得起他家呀!言语里夹带了极度的愤懑,好像两家人早就有着冤仇一样,又无法明说。随后,扶上傻哥慢慢往家里走。我站在黑暗中没有走开,呆呆地回想傻印子挨打与褡裢里装了串地虎是否有关?我这次对褡裢的看法又深入了一步,认为只要褡裢里装上肉,肯定就没有好果子!

　　果不其然,泽润大哥家的祸事刚过,迈屋家也随后跟来一个。

　　第二天一清早,天已大白,日头儿还没映上街面,我刚起身穿好衣裳准备去打猪草, 就听见后院邻居迈屋姑姑家有人大声高喊:快来人啊——上吊啦——! 令人毛骨悚然的号叫声响彻半个街筒。

　　我紧张地穿上衣裳,紧随哥哥飞快翻过墙头,不顾一切奔了过去。当我和哥哥跑到屋门口惶恐无措时,后头迈屋爹和生产队队长他们都已赶来。半袋烟工夫不到,人们聚来了半院子。

　　迈屋爹不顾一切奔上去,抱住迈屋姑父双腿就往上推,其他人连忙把铁锨从房梁上拽下来,吊人的绳子随之脱落。迈屋姑父并没睁眼,也没伸舌头,脖上勒出一大块青紫的淤血。人们分秒必争往城南县医院送。大约到了半前晌,人又被拉回来,说是早已气绝身亡,不再有救。

　　我内心一直十分恐惧,这应该算是第三回了,褡裢里装了肉,四邻五舍、周周边边就有撼人魂魄的故事发生。难道那褡裢里装上肉,真就有了不祥先兆的特异功能不成? 我真的对褡裢有些惊悸不安了,合上眼,就以为那物件在头顶上飘动!

　　迈屋姑父平日多数时候是在街上剃头,虽然挣钱不多,终归每天都有进项。听说他的死与"四清"工作队进住东街有关。不知是谁向他言白了一句,工作队整过"四不清"干部,接着就要整你们这些街头小商贩。你们算作资本主义尾巴,早晚都得彻底割掉,保不定哪天就叫你成了四类分子呢。天天叫你扫街、挨斗是小事,天天叫你低头认罪靠边站,你咋着再去厚脸皮见人? 这一句传言还没来得及向迈屋爹去问,迈屋姑父就上吊了,走得无声无息,干净利索。

　　我虽然年纪尚小,却想到了迈屋爹那褡裢里装了一堆不吉利的串地虎。这不是太离奇了吗? 难道串地虎也算是肉类? 褡裢中装上肉,就和祸害有了内在关联? 这简直令人诚惶诚恐了!

　　那天,傻印子被打之后并没去医院看眼,而是连续十多天没出家门,至于他的受害是否与褡裢里装肉有关,我心里翻倒不清这一切,反正是又把一团疑惑压在了心头上。

自打迈屋姑父吊死,我有多半月黑天没敢出门,连黑天到院里上茅房都觉得身后有个黑影跟踪,脑海里总也抹不掉上吊死人那一幕,也不敢念想和同伴们捉迷藏了,害怕迈屋姑父那血脖子吓人景象再次出现。

半月后,傻印子上了街来,左眼落了个小疤瘌,看人好像挤着眼皮睁不开,格外费力的同时带了明显残疾。

泽润大哥一句话也没向外人说过,只是那句谁惹得起他家呀的话,狠狠砸在了我心上,让我留下了难以磨灭的印象。我有时就瞎想,莫非他两家的褡裢还有什么瓜葛不成?就此,还专门跑去他两家进行了对比,见那俩褡裢的模样真的如出一辙,内心更加迷惑,更加感到惊悸不安。

四

说话间城里已经大面积开始了"四清"运动,人们先是在生产队定阶级成分,后是在街墙上看到阶级成分连贴三大榜。迈屋家三代清贫,自然公布在贫农栏里的头榜上,俺家定出来的是下中农,俺爷爷早先开布店,俺爹多年在学校教书,家里说穷不穷,说富不富,只能占在下中农栏上。泽润大哥家三榜都是高成分。迈屋爹带头向人们宣传他爷爷当县令那块屁股上的臭屎,他老爷家是城西有名的大财主,他娘应当算作富农分子。从此,泽润娘戴上了四类分子帽子,天天到大队部接受训话,然后扫大街,接受强行管制和劳动改造。

泽润大哥好像对此事并没多大反应,脸上从没有过任何不满的表情,街里街外也没见过不满现象,下地干活儿时也与旁人无话,时常躲开人群独自一人闷在地头上,中途歇工时分,手里拿一本旧书孤单单坐在一边茫然地翻看,或在地上画字、薅草,既不见烦恼,也不见喜兴,好像心里很静。

"四清"的前一阶段先整"四不清"干部,有贪污现象的退赔完后,挨整的挨整,下台的下台,接着就又开始重新划定阶级成分。

泽润大哥家又被定为富农,泽润大伯家也定成了富农。泽润大伯家的泽栓大哥遇事就迷糊,社员大会上躲在昏暗角落里睡大觉,事不关己地也不插嘴,也不抬头,只有泽润大伯一人在与工作队理论。他抬高嗓门儿大声辩解:定成分得按新中国成立三年户主家的生活状况论,这是国策,也是你们工作队亲口宣布的标准,谁也不应乱来。我爹这一大家总共十四口人,二十四亩沙土地,按人头均分,顶多只能算个上中农,加上俺家根本没有雇工,怎么能定成富农呢?

话没说完,工作队还没解释,迈屋爹最先站起来反驳,他阴着长脸大声责问:你爹在河南当县令,欺害老百姓怎么不说?日本人来了当伪县长,为日本鬼子当奴才害过多少人?你当你爹是老红军走过长征啦,说话这么气粗!非得是你亲自杀几口子才算是大坏蛋呀?这街上谁家最富?你家不是富农,谁家是?那不见笑容的长脸上扔出来的话语斩钉截铁。

迈屋爹对别人家评定成分很少发言,此时话音落地有声,极有煽动性。他不容泽润大伯再多言白,振臂高呼:打倒反动派肖洛兴!打倒富农分子肖大智!他不说……

人们跟着高呼口号。第三句他不说三个字呼出后,大伙儿以为还有下文,呼了半截儿戛然而止,闹得许多人莫名其妙地举着胳膊乱骂我他奶奶!

这么折腾了多少回,泽润大伯天天找工作队理论。结果,社员大会上最终公布的三榜里非但没有降低成分,反倒因他态度恶劣,宣布戴上了富农分子帽子。这真是天大的意外。重新评定成分中,因为泽润娘多年在街上没是非,行走得人缘也好,被摘掉了富农分子帽子,不再受训,也不再让扫街,而泽润大伯反倒被批斗了多日之后,宣布让去扫大街了。

　　泽润大伯咽不下这口气,回家指骂儿子是三杠子砸不出屁来的窝囊废,大骂侄子肖泽润光会封着葫芦嘴念书写字,到了正经事上就没了脓水。

　　泽润大伯心里窝火,一天大街也不扫。工作队长找他放话说,再不扫,派出所立马就来抓人,强行四类分子接受劳动改造。工作队长谈话在头晌,黑晌时分街上就传出了泽润大伯在河套深处小树林里上吊的消息。

　　那天,我也跟着跑去了河滩地里瞅稀罕。密匝的槐树林里根本找不见大树,汗流浃背走了老远,瞅见远处一棵大槐树上高高吊着一人。那人不像迈屋姑父上吊那样面目平静,而是口吐紫长舌头,双翻着鸡蛋一样的白眼珠子骇人魂魄。让我真正目瞪口呆的是,泽润大伯肩头上竟然披了一个粗布褡裢!我几乎要被吓晕了,晕怕的不是死人的狰狞面目,而是那可怕的粗布褡裢!怎么会呢,泽润大伯平日下地或赶集上街从来没用过此物,这恐怕满街人都会知晓,可他为什么死前披上了褡裢呢?这太恐惧了。褡裢里是否装了什么物件?到底与他家有着什么恩怨上的联系?我把此事一并串想起来,吓得魂魄都要从骨髓里飞出来了!

　　人们对吊死鬼躲躲闪闪地不断指点,谁也没有关注肩头上的粗布褡裢。这个疑问,我对谁也没问过,甚至对自己的猜想也怀疑是多疑的心病,这让我对褡裢有了不可磨灭的恐惧心理,甚至害怕那褡裢本身就是鬼魔。

　　泽润大伯殡埋后,他家的成分依然没变。大队专门开会公布泽润大伯的上吊是自绝于人民的反动行为,必须将反革命分子帽子给他戴上,叫他永世不得翻身。可是,不管外人怎么折腾,泽栓却没定为富农,原因是他在日本打来的第三年就被抓到日本当了劳工,直到日本投降才被送了回来。

　　泽润大哥家的富农成分使他家的日子极为难过。他娘已经老没了体力,傻哥本来就傻,左眼半睁半瞎成了摆设,家里一切都对他指望不上,而我去他家看到的任物儿不见的屋墙上,依然挂着那款粗布褡裢。这让我理发都坐不稳板凳。我多疑地把泽润大哥家的褡裢和迈屋家的褡裢认真对比了一番,看看这俩褡裢外表上到底有哪些不同,多次在心里比对过后,非但没发现不同疑点,反倒更加使自己心疑不安起来。

夏末天还热。星期天上午,我找迈屋各背书包一起去大街副食店里打酱油和醋。

副食店里只有四五个人排队。我在前,迈屋随后,当我刚往近前站稳时,忽见眼前的白头发老头儿肩上搭了一个小巧的白洋布褡裢,我顿时心里一怔,慌忙让迈屋站在自己前边,瞠目呆视那老头儿,我就想:大热的夏天,肩上披哪家子褡裢呢,真是天大的怪事儿!

看见褡裢,我的五脏六腑简直要颠倒位置了,装着瓶子的书包不停地来回倒手,心里七上八下地猜想那褡裢里千万别装上肉类,妄想天下安生一回。谁知,那老头儿竟然还真的买了一小块猪肉慢慢腾腾装在了里头,我心里发急了,恨不得跑上去踢那老头子一脚。但我更多的还是害怕,一心顾盼那老头儿买完之后赶快走开。当我长出一口气,慌忙去掏自己的瓶子时,前头迈屋转身说他的书包不见了。

我脑瓜子嗡一下就大了,书包哪去了?顾不上自己再买,急忙拿上俩瓶子转身和迈屋一起追出门来……刚才前边那个肩披小褡裢的白头发老儿却不知了去向!

附近街上一个卖冰棍儿的小姑娘还在叫卖。别处人无踪影。我当即断定,书包一定是被那个突然不见的老头儿偷走了。

追不见贼人,我又返回副食店里打了酱油、醋。把迈屋俺俩的四个瓶子装在一个书包里,忐忑不安地和迈屋一起往回走。

一路上,迈屋一直在抹泪,我好说歹说全不管用,他好像身子都在哆嗦。到了家门口,我先把自己的书包和瓶子放进家里,出来对迈屋说:不吃劲,我送你回家。见迈屋拧着身子不挪步,边拉他边说:没——事儿。上回我爹在俺家院里亲眼看见我摔了一瓶醋,一句话也没说我,又掏一毛钱,叫我再买一瓶!那比打我还长记性呢,我爹真没打我。

迈屋一手抓一只瓶子狼狈不堪地低着头,恨不得把脑袋扎进裤裆里,跟在我屁股后头大气不出往家走。

此时天已近午。迈屋爹已从地里出工回来。他见迈屋如丧考妣跟我进了院来,一眼就看透了儿子的软肋,编着绳子的糙手并没停下,阴着长脸大声冲迈屋吆喝:过来!你那书包丢哪啦?接着就风一样刮过去,一巴掌搂在了迈屋后脑勺儿上。只听到那俩瓶子咣咣当当就碎在了地上。迈屋一动不动,两眼平视远方,两腿岔开,黄臭屎尿立刻从裤衩里一块一块掉了下来。好一阵子,迈屋任屎尿顺着大腿慢慢往下流,又一阵子,迈屋哇一声大哭,哭声惊天吓人,吓得我调头就跑,进家连我爹我娘都没敢说一声。

我无法解释那老头儿褡裢里装肉与迈屋挨打是否有关,但从此对褡裢产生了刻骨铭心的恐惧却不言而喻!

五

"四清"粗线条结束后,接着续上了细线条,工作队转战清理阶级队伍,深挖资本主义老根。细线条还没挖到根上,文化大革命兴起,先是城里学生们批斗老师,后是学生们成立革命造反派,两派之间越发打得不可开交,双双都找驻地老百姓做后台,东门里大队就由呼延百族牵头成立了革命造反团。

生产队的造反团与机关、学校的大不相同,农业社根本不认造反那一套,只要你不出地,队里就不记工分,不记工分分不了粮和钱,天大本事的人也没多大蹦子可扑。百族的革命造反团只能在出地回来之后进行夜猫子活动。

东门里造反团在与学生们几次短兵相接之后,百族选择的是支持"红旗指挥部",反对"八一八"。"八一八"造反团的革命小将听说后,不分青红皂白,组织上二三百红卫兵,浩浩荡荡跑去生产大队部就把那里砸了个门裂窗开,等到大队干部组织社员赶来救场时,学生们早已跑光。至此,百族很快在生产大队部挂了名号。

此时,百族毫无察觉,仍然趾高气扬地组织人马扩充势力,黑夜抽烟抽得百无聊赖了,想起来泽润爷爷当过二十年县令,家里一定藏有古董,便纠集愣头儿青们前去泽润家抄"四旧"。

这时已是深更半夜。泽润大嫂怀孕接近临产。百族带人闯进泽润大哥家敲门喊人时,两口子早已黑灯睡下了。

泽润大嫂多年不孕,她与泽润大哥成亲还有一大段麻烦,当年她家成分低,泽润大哥家成分高,家里大人死活不依,泽润大嫂连一件新衣裳也没穿就跑来与泽润大哥成了亲。

百族他们进屋后毫不客气,翻箱倒柜地四处寻找,把箱里所有的衣物翻了出来。因为土改平分那年泽润家已被抄过一回,当年连个马扎都没剩下,哪里还有什么旧物可抄呢?最后任物儿也找不见时,有人指着西山墙上的粗布褡裢说,那里藏了值钱的物件没有?

百族双眼一亮,呲着大虎牙纳闷问:泽润呀,你家这褡裢不是长年挂在北屋吗,咋又挪到西屋来了?

泽润没言声,也没其他表示,回应了一个不理不睬。

泽润大嫂起身穿衣的当口里,接上话茬儿说:咋啦,那褡裢也妨碍你们造反呀,看看里头有物件儿不?

泽润大嫂不像泽润那样躲事做人,她娘家是贫农,哥哥在大队当干部,她说话从来都没有过低声下气。

百族指着褡裢说:摘下来看看。叫一个戴红箍的小毛头去摘褡裢。

泽润大嫂此时已穿好衣裳下了地,挺着大肚子挡住说:百族,看在你姑父早走的份儿上,你积点阴德行不行啊?你甭在这给鼻子上脸,我看你小子敢摘下来看看?你要不摘,算你爹娘生养了孬种!你要敢摘,赶明儿老娘我把这肚里货生到你家炕头上,叫我大娘亲自伺候我坐月子,你信不?

吓得百族连连向泽润大嫂赔笑，连连退步走了出去。

这是我哥哥回来向我娘学舌时，让我听到的新鲜事儿。我哥哥当天也跟百族去了泽润大哥家。他把百族想看褡裢挨骂当笑话讲给家人听，却不知道我早把褡裢记作了是泽润大哥家生疑骇心的物件儿。

也是该着百族这傻羔子犯倒霉，他压根儿就不该产生想看泽润大哥家墙上那褡裢的念头。也有人猜说是他翻腾了泽润大嫂的嫁妆箱子，惹来了主家大怒，妹子向当大队干部的哥哥告了状，也有说是"八一八"造反团红卫兵里在县上当干部的爹娘们做了手脚。反正在他们走后的第二天，街上就发生了两件雷心的事：一件是泽润大嫂早产生了个瘦小的男孩儿，另一件是当天黑夜东门里大队以街上放电影为由召开全体社员大会，会上让所有人大吃了一惊。

当时，大队部的前街中间挂好了电影帐子，有说有喊的男女老少都在争抢看电影的好地盘，电影帐子两边挤满了人。因为银幕正反两面都能看，所以招致来整个街筒子被围挤得水泄不通。

当大队干部在喇叭上把人们吆喝静下来之后，喊话的声音并没带有任何反常：百族来了没有，呼延百族来了没有？

黑压压人群里听见有人大声回答：来啦，来啦，在这哩！

喇叭上又喊：到放映机这边来一下，到放映机这边来一下！

工夫不大，有个黑影自人堆中挤了过去。那人好不容易挤到了放映机旁之后，还没等再往放映机灯下走，也不晓从哪冒出来几个身穿蓝制服、头戴大檐帽的公安民警，上去就把那人抓了起来，还没等他挣扎脱开，早已有铁铐子把他牢牢铐住。两边四个警察分别架住他的胳膊和肩头，使他一动不能动。

这时，喇叭上换了一个人的声音，好像那人手里还拿着一张纸，大喊道：现在，我代表县公安局宣布，正式逮捕东门里大队社员呼延百族，把他带走！

刚才还乱如蛙坑的满街之上，顿时鸦雀无声。

这么骇人魂魄地沉静了不足片刻,就听见百族大声喊:还叫我说说不?我得说说!

刚才宣布的那个声音又在喇叭里大声说:带走,你是破坏军婚罪,马上带走!

百族是在闪开的人群让开了一条通道被带走的,直接押进了监狱。那场招人稀罕的电影我也没了心思看下去,总觉得走了百族心里空落落的。

百族被判刑两年。看来他与出屋家媳妇偷情确有此事。到底是迈屋爹发现后向出屋去信让部队使了招法,还是"八一八"造反团的爹娘老子帮助儿女做手脚,给东门里造反团头头下了暗手,谁也言白不清,而在我的记忆里,完全是因为百族让人翻拽泽润大哥家的褡裢自找了麻烦才引来了祸端。但我这回并没事先见到褡裢里装肉,也没见到百族亲手动摸那褡裢,至于百族家后来的日子怎么过,人们并没关心,人们关心的是迈屋奶奶第二天就死了,街上传说是被出屋媳妇活活气死的,谁也没见人死的场面。

迈屋奶奶出殡这天,出屋从部队赶回来,还带回了一个一尺多高的毛主席身穿绿军装的陶瓷半身像,我也跑去看过了。人们在守丧的当口里,一个个都去西屋瞧新鲜。

泽润大哥一早就来到迈屋家帮忙,他坐在院门边一个破桌旁边动用毛笔,周边围着人观看灰瓦上那些带着墨迹的头枕北斗,脚登南山之类的大字。泽润大哥哪也不看,谁也不说,好像这院里没发生任事儿一样,他丝毫不为杂乱场面心动。

我心里对此有一种说不出来的味道。

不知咋回事,泽栓也来了,他晃荡着皮包骨头的瘦身东瞅瞅、西看看,在毛主席像前巴瞧了一阵子,又闲云野鹤般地挤到打牌的人堆儿里看热闹。

泽栓的迷糊脑袋完全突出在外表上,瘦身像个常年吊在树上的打枣竿子一样随风晃荡,保不定哪一会儿被大风吹到地上倒下再也起不来。

　　泽栓年轻时沾上了抽大烟，抽得家里人谁都在防他乱偷。日本人打进城里那年冬初，他偷走爷爷的老羊皮袄换了大烟抽，过后不敢回家，便坐火车漫无目的去了省城。下火车饿得眼花缭乱走不动，蹲在一个饭馆门口等好人来送他口饭吃。

　　这时，过来一个胖老头儿，见他蹲在地上冻得发抖，便问：小伙子，哪里人呢？

　　泽栓有气无力地回答说，是临河县东门里南后街……爷爷叫肖洛兴……

　　胖老头儿听后立马改了口气，热心说：哎呀呀，是临河县的肖洛兴吗？见泽栓点头称是，赶紧说，我和肖县长可是老相识啦。他当县长那俩月，俺家可是沾过大光哩。恩人呢，可是找见你们了！快快快，我给你安排找个事儿干。

　　泽栓也不盘算真假，连连感激不尽地言表遇上了好人，跟着胖老头儿先吃了饭，后又剃头洗了澡，之后还换了一身干净衣裳穿上，天黑前，迷迷糊糊跟着人家进到一个兵营里，等他反应过来是上了当时，那老头子早已无影无踪。

　　泽栓是被日本兵端着刺刀押上的闷罐火车，在火车上也不知过了几天几宿，下车后说是到了日本国。人家拿枪逼他下煤窑挖煤整挖了八年，把个大烟瘾也挖掉了，反倒因祸得福没有糟死下去，实际他被拉去的是本溪煤矿。

　　后来，街人开玩笑说：泽栓呀，你也算是留洋回来的人物，能讲几句日语不？泽栓不以为然地傻笑道：尿！老子下九州进的是煤窑，说的是黑话，管他日本鬼子鸟用！笑得半街筒子人跟着开心。这么一个迷糊脑袋在守灵当口里，只能在人堆里被人们取笑。

　　迈屋奶奶年近八旬作古，这在当地算作喜丧。守灵的人们通宵达旦地抽烟打牌，一直热闹到另一拨看夜的过来替换才收场。老人停尸在北屋正房里，西屋是出屋小两口住着，打牌的都在迈屋爹娘住的南屋里热闹。后半夜，有人倒在一边睡觉了，泽栓懒懒洋洋转来看去，不知怎么就瞅见了北墙上那个土粗布褡裢。他见过婶子家那个褡裢，又想到了他爹上吊那会儿肩披了褡裢，还见泽润兄弟的西山墙上也挂了这样个褡裢，迷糊脑袋忽然若有所思地悟到了什么，就在人们不注意的当口里，以上茅厕为由跑出屋去，在院里的玉米秸子上扔了一棵烟头。

天还没亮，迈屋家大院里忽然跃起了冲天大火。那火势来得极凶，随着晨风一起而就，根本容不及旁人抢救。幸好玉米秸子并不多，大火只把旁边那棵香椿树烧了个焦头烂额，其他地方没有受损。难道说这是泽栓在褡裢上对迈屋家的报复？

人们都说迈屋家祸不单行，老太太上天需要火助，谁也没有细追起火的缘由，更没有人联想到褡裢引发的祸端。

此事是后来听泽栓对我亲口学的舌。如果不是后来我为他家找成分帮忙，他掏着心窝子说了实话，恐怕至今迈屋家那把大火在街上也还是个谜团。

六

中国与日本国建交后的当年年底，我高中毕业后当了兵，心里总觉得有个什么异物在瓜葛，我是带着褡裢里的所有不解之谜离开的家乡。因褡裢而发生的事端与我和我家没有任何利害关联，加之十几年的部队紧张生活和几年也不回家一趟的实际情况，及回家后又东走西串地在家里住不上几天，围绕褡裢所发生的一切疑惑，也就被我渐渐甩至了脑后。

对我再次勾连起来关于褡裢后事的，是在改革开放后的第九年春天，也就是回家探家的第二天，泽润大哥找到我家来，说是有事求我帮忙。

此时的泽润大哥家和俺家已经不住同街。泽润妹妹早已出嫁。泽润娘和傻印子也已相继过世。生产队解散后，东门里搞规划，泽润大哥家的旧址规划成了学校，他家早已搬去东关一带的新区，也是平房小街，住房的式样也没更多改观，而俺家的境况却比泽润大哥家好着许多,盖了二层小楼,与省城的居住条件相差无几。

关于泽润大哥家的老底,我还只是停留在我娘平时唠叨出来的那点印象上。我所了解的泽润大哥八岁上学,排行老五,读过四年书;泽润娘自小在娘家过富日子,到了婆家不会带孩子,过不了几年死一个,死得满街女人都在躲她。我娘曾对我说:你大娘一辈子安稳老实,一点脾气也没有,死了孩子着急几天就安生下来,而且,孩儿们的吃穿她也做不周到。

听我娘说,泽润奶奶是个强量女人,是泽润爷爷的第三房媳妇,一辈子没有过生养。土改闹平分那年,贫民团还没动手,泽润爹事先逃跑了。后来,泽润爹听说泽润奶奶被关起来,立逼老人交代家里藏匿了多少财宝,不说就叫站在院里受冻,他不忍心后娘受罪,主动跑回来替罚,把泽润奶奶换了回来。

泽润爹被关了几天就又被放出来,之所以没受整,主要是因为日本兵打进城里后,聘任他当伪教育长,他窝在家里吃巴豆拉稀,装病没去上任。日本兵把他抓去后,见他确实整天拉稀,就把他放了。

泽润爹在历史上算是没有污点,而土改平分那年,迈屋爹不依不饶整他家,主要还是揪住泽润爷爷当过伪县长的辫子不放。

泽润大哥之所以多年不敢找生产队说理,也是因为他爷爷当伪县长差一点被八路军镇压掉。至于他家的日子,连我娘也说他家一年年平日里从没吃过白面,日子虽不清苦,青黄不接时也吃不上干粮,也是闹不清为什么迈屋爹对他家狠整不放。

泽润大哥是在一个黑夜饭后到我家找我的,听说我探家回来一直忙,心里又憋不住,就在黑天来我家,进门几乎没有更多客套便进入了正题。

泽润大哥说得十分激动,是我从未见过的另一番模样,边说边还伤心地停顿下来,对多年憋在心里的苦闷倾诉得十分详细。他说新中国刚成立那年贫民团见他有文化,想让他当文书。他回家一说,娘就掉下泪来,劝他说,好小崽,别在外跑事儿了,咱家成分高,安生着吧!能过平安老百姓日子就算烧了高香。

后来,铁路招工,学校招教员,娘也都用安生着吧一句话,把事端打发了。加上傻哥和妹妹无人照管,泽润大哥就一直窝在家里干农活儿。

泽润大哥内心最大的痛苦是他家成分使他一辈子在街面上抬不起头来,而且还影响了泽润大嫂娘家许多侄男旺女的前途。

泽润大哥说着说着哭上了,哭得十分痛切,根本控制不住内心的伤情,低头不停地拿手一遍又一遍擦脸,泪水像是从心底涌出来一样,映得眼瓣血红。

我见泽润大哥心痛得几乎诉说不下去,却又不知如何安慰,就拿来毛巾让他擦擦脸,然后又为他茶杯里续些热水,转移一下视线。

泽润大哥接着说:改革开放第三年,报纸上和广播中传出平反昭雪,起先也是没在意。真正在意的是,有一回路过县委会门口,见到不少人找县委会上访,说是县里专门成立了平反昭雪办公室,有冤诉冤,有屈申屈,县上都能做主解决,这才想起了大伯上吊前与"四清"工作队理论的情形,认为咱家没有雇过工,平分土地那年泽栓大哥根本没在家,弟妹们死了几个,人数计算不正确。如果本家过去剥削过街人,理应受到惩罚,可俺家确实没对街人进行过盘剥,不应是富农成分,所以我才到大队部去找。大队干部说上级根本没有布置过此类事,阶级成分都是"四清"时连登三榜锁定的,没听说还有人能找回来修改成分,说是县里的平反纠错办公室,主要是为"文革"时期的冤假错案解决问题,根本与阶级成分无关。

说到此,泽润大哥脸上一片茫然,好像内心已经平静下来,但他眼里已然含着泪水,接着说:我还是不死心,又专门找去县政府,把状子直接递了去。如今三年多了,我等啊,等啊,一直没有音信,这才着急过来,问问老弟在部队的战友有转业在县里管事的没有,能不能帮大哥解解这冤情?

我听后十分震惊,在我心目中,泽润大哥就是族家中安稳的一位老大哥,至于他家成分问题,并没引起过任何关注,就像街上其他人也没在意过一样,大家主要还是因为他家过去确实没有盘剥过谁,他家的成分问题,根本没在人们的视线和言谈之内。再说,许多成分高的年轻人,也都是跟着家中老人论定,泽润大哥也不例外,似乎他一生注定要被人遗忘一样,并没有人为此事打过疑问,更何况,他根本不是想出风头超过别人过日子的那种人,县城解放那年他才24岁,又能怎样剥削别人呢?

在我心目中,泽润大哥并没挨过整,只是生产队的集体活动或往县里开会,或让后代上学、入党、当兵什么的没有他家的事,完全没想到40年间,他内心存压着这么大痛苦。

泽润大哥的哭诉让我十分动心,第二天,我与他一起去了县政府的党史资料办公室,找到了一位高中同学。那同学还真知情,回说确实见过肖泽润和肖泽栓的成分材料,县政府早已批下来了,应该去镇政府找找,那里应该有存档。

镇政府离县政府并不远,步行也就几分钟的路。我俩边走边聊,其间还提到了他家自新中国成立以来从未杀过猪,搬家以后也没有再与同街更多人来往的事。

东门里的南后街上人家并不多,半道街是酒厂和酒厂的库房,按住户说,他家还算是离迈屋家最近。泽润大哥说他家多年从未杀过猪,言外之意是搬家后再也没与迈屋家有过来往。

我们到了镇政府后,谁知那些材料就在当班人员办公桌抽屉里放着,说是管事的那人突然去世后没有人进行交接,事就放下了。

当泽润大哥拿到平反材料,看到纸上清清楚楚盖着县政府的大印时,扑通一声就给镇上那人跪下了,头碰在地上浑身抖动起来。

我十分意外,连忙把他拉起来,认真看那材料,只见上面写着：

城关镇：

　　你镇报来东街村肖泽栓、肖泽润户要求纠正阶级成分的请示，通过调查了解，该户符合纠正农村错划阶级成分的规定，经县研究决定，由现在的富农成分改为中农成分。望接通知后，通知本户，并在适当场合由村委会予以公布。

临河县人民政府

一九八七年七月二十二日

　　40 年过去了，从 14 岁他家被平分抄家，到如今 54 岁整，泽润大哥一生最好的时光竟被一个"错"字打发了，这到底是咋回事呢？

　　回来的路上，我心里仍不平静，仍然自理不清当年划定阶级成分到底以什么为标准，为什么在他家成分问题上出现明显差错？难道阶级成分说改也能改吗？更何况，如今已经不再唯论成分，孩儿们入学、当兵之类的大事也都不再受影响，改过来并没多大用处，可泽润大哥对改过来成分看得比生命还重要，听说能改成分之后，兴奋得几天几宿没合眼，放下手头的一切也要把事情落到实处。

　　泽润大哥边走边说：为此奔波三年多了，跑断了腿，磨破了嘴，最难的还是大队这一关。当年主事的都已去世，俺家人口又没有文字记载加以佐证，最后实在没了着落，我找到了县里最有名望的王律师，他让我拿新中国成立初期的土地房产所有证上的人口做说明，这才迫使大队部管事的松了口。泽润大哥还说，去年为此事还把二小拾掇了一顿。

　　泽润大哥俩孩子，头大的已高中毕业。因为生产队名存实亡，城里的土地都已卖掉，有的盖了商品房，有的盖了工厂，社员们各行其是，各奔东西，人们没有劳保，也没有工作，他家大小子就在表哥的钢管厂里打工。二小正上初中，虽然脑子灵，手脚勤快，可就是在学习上坐不下来。

这天，泽润大哥指着墙上的褡裢对二小说：给你说过多少回了，你见过背褡裢的几个人有文化？爹把褡裢挂在这，就是要提醒你稳当下来重视学业。

二小反驳说：褡裢和文化有么联系？爹说话叫人听不明白。

泽润大哥说：背上褡裢就叫人东走西串，心上像长了草。你见过哪个背褡裢的稳当坐着？

二小说：那爹没背褡裢，不也是整天东走西串往县里跑成分呀？还不如跑买卖挣点钱呢。买不起彩电，给家里买个自行车、洗衣机也比东跑西跑强。

泽润大哥有些生气，大声说：大人的事，你少管。爹就是要你安下心来珍惜如今的时光，不要学习迈屋家那样一户人家。咱这街上谁不晓？他家出屋小学没毕业就成了家，迈屋也是小学没毕业成了家，迈屋妹子还是小学没毕业也早早出了嫁。他家祖祖辈辈没出过一个文化人，出屋当兵复员回来，还不是因为没有文化才留不在部队？你可不能……

二小说：那有什么不好？没文化的人家多了，迈屋家比咱家活得自在……

泽润大哥说不清为什么，怒发冲冠跳起来，按住二小就打。

泽润大哥说：那天真像是着了魔，越打越气，鬼催着我一样，把几十年怨愤全撒在二小身上，打得他两天两宿没起炕。我就像个畜生，气得浑身哆嗦，你嫂也没拉拽开。说着又落下泪来，我那哪是在打二小哇，分明是在打自己这一辈子的窝囊。老弟呀，你哥太窝囊了，明明咱老人是好心好意，却让他家欺负了这么多年！40年啊，天理不容！是我不争气，没有骨节的孬种活在这世上啊，泪水止不住顺着脸腮流。

这让我听得越发糊涂。泽润大哥在抱怨谁呢？说得哪也对不上哪。但见他边说边激动地抬袖抹泪，也不顾路人如何看他，激动万分的本身,说不清是刚才收到通知的延续,还是仍然对二小生气。

泽润大哥接着说:打了二小也是后悔,但不打他,在哪也出不来这口恶气。他不但不听老子说教,反倒替迈屋家在那无理搅三分。他要再替那一家人说话,我非打死他不可!说得我心里更加疑团百出。

本来是个难办的事,谁也没料到半天工夫竟然跑来了结果。我以为泽润大哥一定会请我回家吃饭,没承想,他却直接往生产大队那条街上走,边走边说:反正天还不晌,咱到大队部去找找当班的,让他们在喇叭上广播广播,让社员们也早知道通知的实情。

我说:此类事恐怕做不到点炮儿就响,涉及组织管理,怎么也得把通知交到干部手里,人家开了碰头会才能有说法。

果不其然,到了大队部,广播员说不敢私自做主,须得支书批条子。

泽润大哥让我先去忙走串,自己一人去找大队支书。

第二天头黑,我哥说泽润大哥被支书家的大狗咬伤了,得赶过去瞅瞅。我也说多年没去过泽润大哥家了,顺便也去看看家境,就在晚饭后与哥一同来到了泽润大哥家。

七

上午与泽润大哥分手后,吃过午饭我去迈屋家坐了一会儿。我早就想去儿时的好伙伴家走走,准备把些旧衣物送过去。听说迈屋父母去世后,他家日子一直清苦,头年迈屋媳妇脑溢血去世,仨孩儿都还小,迈屋也没再娶,孩儿们整天拖累着也没法外出找活儿,便在街上、门口闲歇混日子。

进家后,迈屋家的境况比我想象的还要凄惨,屋里最值钱的是个旧挂钟,连个黑白电视机都没有,炕上还是十几年前的老样子,没有炕被,裸着的炕席上撂着一撂脏棉被,枕头上没有枕巾,枕皮上的黑垢显示着枕头至少多日没洗过。

我回到家之后，叫侄子给迈屋家送去了许多日用品和旧衣物。

进到泽润大哥家，院里院外明显不同。虽然两家同一时间、同一条件下拆盖了新房，规划的样式和小院的大小也是同样，但泽润大哥家的院里整洁有序，门口还摆了一些花盆，屋门本身也干净如洗。

进屋后，坐下来尚未问及伤情，我一眼就看见泽润家新屋的墙上还挂着那个粗布褡裢，那褡裢并不显陈旧，好像是重新翻做了的一样。

又见褡裢，我内心一惊，怎么还挂着呢？多年过去了，又是拆房，又是搬家，咋没丢掉呢？瞬间似乎我又被勾回到多年前的不安状态，内心像是被重锤敲砸了一下，甚至手脚都被惊得一阵阵发凉。但这次毕竟不是多年前了，我不光是军官了，有了敢说敢为的资历，更主要是泽润大哥已经卸下了那个沉重的成分包袱，没了任何堵心的事端，可以敞开心扉去说了。

我很快调整回来心态，在我哥问过泽润大哥伤情之后，毫无顾忌地直接问：大哥，咋还挂着这褡裢……

泽润大哥见我问得好奇，平心静气地回问：怎么，你心里记过这褡裢？就剩一个了，上回搬家你大侄子弄丢一个，气得我把他拾掇了一顿。

我哥冲泽润大嫂笑着说：嫂，家里丢了、少了哪样物件儿，全是你当家的没把好，怨不着别人哩。说得大家都笑了。

我若有所思地问：这褡裢……

泽润大哥仍没过多在意，半靠半躺在被子上，手里也端一个热水杯，显出无奈的样子说：一言难尽啊，不说也好。说点儿别的吧，咋说也是过上安生日子了，今儿咱不提那堵心的闲事。

他这一说，反倒让我更为好奇。我对泽润大哥含糊其辞的回答十分在意，明显感到大哥话里有话，或说大哥或多或少隐瞒了什么。我心想，这是咋回事呢？这么个前后只有敞口兜子的粗布袋子，金子银子藏不住，柴柴草草裹不严，没人谈它还倒好，一谈它，自己心里反倒慌乱起来。莫非这平常的不能再平常的褡裢里，还藏匿了多大事端不成？便更进一步追问道：小小褡裢里说不定装了多少用项呢！

在座的我哥不知内情，只是莫名其妙地静听下文。泽润大哥还以为我出于对褡裢多年不见的好奇，只是问个新鲜，就说：嘛物儿也没装过，挂着也没用。多年了，是个习惯……

我就把问伤势、问家长里短的话题转到了褡裢上来，一五一十把自己多年心中的谜团向在座的两个哥哥和泽润大嫂一一学舌，惊得三人互相瞪眼。泽润说：那是你自个儿心理产生的错觉，其实，谁也不晓咱家挂这褡裢的实底。你就是真正注意过俺家这褡裢，也说不到点子上。我连忙说：我说的全是真事，不会有假，那些事都是我亲历过的，只是到如今我也解释不清。大哥这一说，我更糊涂了。

我不说不要紧，这一说，反倒触到了泽润大哥的痛处，他眼含泪花低下了头，似乎被我的述说捅开了闸门，再也抑制不住内心的激动，手握水杯，低头闷闷地痛哭起来。

泽润大哥一哭，在场的几人更加莫名其妙，也都为这样一个从来就心底平静的人突然如此激动感到意外。那哭声像是从腔底多年的重压下慢慢挤出来一样，让人听后也随之跟着滴血般暗流伤感。

好一阵子，泽润大哥慢慢抬起头来擦了擦眼泪，说：既然如此，我就向你们道道实情吧。此事连你嫂和大小、二小他们在内，我对谁也没说过，还是我娘给我念叨的那个小事儿。我奶和我爷爷只对我爹和我大伯说过，泽栓大哥有可能知道，可他从来也没对谁说过。咋说呢？浑身是嘴也言白不清，只能是咱自家的一面猜测。他停顿了一下，叹口气说，反正这40年的冤枉也存上了，如果没有这褡裢上的祸端，或许俺家也不会是今天这样个日子哩！

在座的人几乎屏住了呼吸，屋里的空气似乎要凝固下来，鸦雀无声的同时，人人都在静听。

泽润大哥说过又停下来，心里好像平静了一些，劝我和我哥喝口水，自己也喝了一口，低头像对着炕沿唠嗑一样，漫不经心地往外翻讲多年前的老事。

那是日本投降后的当年腊月里，人们都在为摘掉亡国奴的帽子搞庆祝，泽润爷爷就在杀猪后的日子里在自己家里摆设了宴席。当时，南后街上并没多少住户。如今的酒厂，当年是冯家大宅的后院，正门在前大街，南后街上迈屋家和泽润家隔街相邻，行走得还算近乎。迈屋爷爷会做饭，当年也算得上是城里有名的好厨子。当过县令的泽润爷爷把迈屋爷爷请来家里做厨师，里里外外整忙了一天，家宴开得格外顺当，双方都挺满意。

客人们走后，泽润爷爷在兴头上对泽润三奶奶说：去，捞两方子好肉让大师傅带上。意是愿意叫大师傅的家人也跟着红火红火，就在迈屋爷爷身披工具褡裢往外走的当口儿里，叫三奶奶给他往褡裢里塞两方子好肉。

当时，迈屋爷爷十分慌张，一手捂着褡裢前口往外走，一手挡住三奶奶慌忙推托：不要，不要，家里有，家里有。脚步根本没停。赶上三奶奶是个热心肠，非要拽开褡裢往里塞肉不可，她见前边袋口被手捂住，便疾快上去拉开后边的袋口往里装。谁知，里边早已鼓鼓地装了一大块肉，再看前边，前边袋里也像是鼓鼓装了一大块。

三奶奶莫名其妙地困惑了，急忙住下手来，脱口说了一句：哎，里头有了。似乎是在表示欠妥的同时向泽润爷爷递眼色，示意大师傅早把自家的方子肉偷偷装进了褡裢里，正要着急溜走。

泽润爷爷深知街规上的利害，如此行为传出去，本人一辈子抬不起头来是小事，全家人丢人现眼跟着吃亏才是大事，遂急忙顺坡赶驴说：是吗，有啦？有了就好，那就甭装了。叫三奶奶松手让路，不再强求。

迈屋爷爷先是慌张,后是尴尬,但也没有厚脸把肉掏出来,便皮笑肉不笑地点头哈腰走开了。

这都是瞬间发生的事情,也就是三奶奶看了一眼的事。过后,泽润爷爷反复叮嘱三奶奶说:这可不敢往外声张,说出去没脸再去做人了。

事端就此被压了下来。

街上多年传授着这样的老话,叫做坑蒙拐骗不能偷,吃喝嫖赌不能抽。意思是说偷和抽(抽大烟)是在街面上伤人最大的利器。如果一个人在街面上落下个手脏的名声,他及他一家人将终生在街上没了人缘,就像抽大烟的把家抽败了一样,他的信誉也就一贫如洗了。就是这么个简单小事,后来却给泽润家带来了苦不堪言的灾难!

泽润大哥说:我爷爷当时是好意,后来也没在任何场合和任何事上怠慢过他家。他家本应在划定成分上知恩图报帮咱一把,不想,反倒把我爷爷当伪县长的事硬扯到成分上来,硬要用这一条把俺家打成不能回岸的落水狗。人家政府定成分,完全是要按新中国成立前三年生活状况定。我爷爷当县令是哪年的事?怎能和划定阶级成分挂上钩?可那时候迈屋爹是贫民团骨干,谁敢不听他的话呢?他家没文化,我爹一辈子教书先生和他根本吵打不清。咱就一忍再忍,一让再让。新中国刚成立那几年,街上还没把阶级成分看得那么重,糊涂的泽栓哥还劝我说,什么成分高不高的,咱又没偷没抢过,凭双手吃饭,成分顶个屎用!可谁也没想到后来阶级成分这么重要,到"文革"那年头把家都让人封了。为成分,我大伯搭上了一条命,俺家错划了40年,政府如今给咱纠了错,谁能想到就是为那两方子肉哇!

我终于明白了他家墙上一直挂了褡裢的因由。我内心再一次闪出了褡裢里装了肉,就会带来祸害的念头。但我仍然对褡裢里一旦装肉就会出现这样、那样的事端迷惑不解,认为墙上这褡裢里一定藏有什么秘籍,不由自主地脱口说:那你家这墙上的褡裢……

泽润大哥说:这褡裢是俺家被定为富农之后,我爹从集上买回来挂到墙上的,里头任物儿没装过。

那这褡裢……我并不相信自己的耳朵,还在刨根问底。

泽润大哥说:我也说不清为嘛常年挂着它,反正是我爹挂到墙上后,我也就没去摘过,觉得这好赖是个让人看见会想起来点什么的物件。挂着呗,又没别的妨碍,或许总会叫人有个念想。

我还是心有迷惑,自言自语说:那就挂着它……

挂着呗。你说咋办?总不能去找人家迈屋爹吧?咱要说人家偷了肉,谁信?谁逮住过?人家要是反问咱,你爹你娘瞅见俺爹偷肉,为嘛不对着乡亲们说出来?再说,你叫俺吃了肉,俺凭什么恩将仇报去整你家呢?咱咋说,咱哑口无言啊!

那这褡裢……我自己都觉得近乎让人心烦了,问得近于偏执,实际上,我并没有再要追问下去的意思,而是想说,是否还有必要再常年挂下去。

挂着呗,谁晓是咋回事,反正是个叫人长记性的物件。泽润大哥说得比较轻松,我爹教了一辈子书,曾郑重对我说过,这事咱跟谁也不能说,说出来咱就是了坏人。街上随便有人问咱,他家又不是富豪乡绅权势人物,你有啥可怕的?为什么不把他揭发出来?你那叫包庇坏人哩!你那叫诬陷好人哩!你那叫无中生有!你那叫欺负穷人!你那叫无事生非!你那叫自找倒霉!你那叫……死无对证的事,谁说出来谁才是坏蛋!

我随后又问:那为嘛我 10 岁那年来理发,瞅见你在北屋方桌上偷偷整理过那褡裢?

泽润大哥回说道:那是我好奇,用俩半截砖装装试试,看看褡裢里能不能装下两方子肉,啥也没有多想。你想,他家也就是整俺整得最多,咱只能往这方面猜测。人家又不是整咱这一户,有钱人家都挨过整。再说,我爷爷也确实当过伪县长,年轻时候家里受整,我心里总认为应该整,只有害怕,从没有过怨恨。这是后来政府叫诉冤,我才想起来问问改成分的事。要不是政府做主给咱落

227

实了政策,这不得冤枉一辈子啊!那天我摘下来褡裢,是你赶巧瞅见了……说着,他又伤心地落下泪来,似乎那泪水是伤痛的身心堆积出来的最后力量,把多年的无奈打心底里翻出来,变成涌泉去深切无声地往外淌流……

泽润大哥水杯里的水似乎已经凉了下来。

我心想:也许迈屋爷爷根本就没向迈屋爹说过什么,迈屋爹狠命整治泽润大哥一家,他天生就是那么个没文化的二赶子,更谈不上懂什么政策不政策。他就是个手狠心硬不讲道理的粗人。他也许还一辈子蒙在鼓里呢!但此事有个不容置疑的事实是,泽润大哥家的冤情也是因为褡裢里装了肉而引来的祸端!

我又抬头看了看墙上的粗布褡裢,从内心里更加对这该死的破布袋畏惧三分,这说不清的无形之物,真是令人不寒而栗了!

泽润大哥自言自语说:挂在这,有时候我就是愿意看看它,不过就是想看看……

物件儿

一

改亮奶奶有个万人瞩目的珍宝匣,这在临河县整个城里家喻户晓。匣的式样、大小,凡是当年见过改亮奶奶出嫁的人都说见到过,至于匣内装有何物,价值多少,恐怕谁也言白不清。反正城里人在改亮奶奶出嫁当天就都嚼上了舌头,且传得那叫邪乎,半个城里人猜测之余,也都对改亮奶奶娘家有钱而大为惊叹。

要说改亮爷爷家早已富声百里,临河县城半个东城里的豪宅旺地都归他家所有,光城南一带就放债多达三十多个村镇。

改亮老爷爷肖洛升号称肖半城,长得歪瓜裂枣,却娶了十四房妻妾,膝下二十五个千金全已出阁,九个少爷八个成家,当年光是外府晚辈就达二十多口。

如今,肖家在家的有六个妯娌,改亮奶奶嫁过来算是老末——九妯娌。

九妯娌出嫁这天正值中秋前晌,风和日丽的天气晴空万里,高深的蓝天上像是谁家娘儿们糊了块新尿布,把个清澈鲜透的阔天世界映衬得哪都舒展大方。

当天,天没亮,娘家陪送队伍就浩浩荡荡穿过滹沱河大河套,入过北城门,早早在城中四明楼附近集合齐整。一辆辆双套枣红大马车上装着银边金角的大红扣箱,晶亮刺眼的大红烤漆让人眼花缭乱,不用掀看就会估摸到里面少不了装得全是金银珠宝之类的贵重物件。

长长车队穿过四明楼,刚拐进东门里,便腾然气派停了下来。每个车上下来五男二女一组人马,四个青头大汉抬一扣箱开拔之后,箱前少妇领路,箱后童男童女紧随。据说,这童男童女是箱前少妇的亲生儿女,大小相差一两岁,全家人来陪送嫁妆,为的是给新娘一方吉利来个齐全门户。陪送队伍耀眼气派,崭新的气象和有序的渲染,比正在发白的东方天际还要敞亮,整个盛装景象比当年县太爷走马上任还要张扬。

这时,东门里大道两旁早已挤满了人。人们老远就瞅见扣箱从车上卸下后,不见尽头的陪送队伍不再蠕动,单等婆家来送见面礼。

通常情形下,穷户人家陪送少,抬箱的人少,押箱的童男童女也少,要不来个像样的见面礼就不肯开步,抬箱的有意磨蹭着王八步,一会儿要来烧酒,一会儿要来洋布,反正越张扬越好,直到闹得大执事亲自来作揖求情才算罢手。富裕人家大不相同,整箱整捆的见面礼及时送来,显过富足后,陪送队伍很快就会起步开拔。

陪送队伍开步在前,浩浩荡荡大马车紧随其后,再往后才是新娘的细木轿车。

这时,马车队伍更长了,场面更为壮观,长队从四明楼开拔后,先前的大箱早已在肖家大门口停下来,后边抬箱的竟然还没起步!

此刻,细轿车附近最为热闹,响器班故意压慢脚步,一心想见新娘的孩崽们跟着轿车潮头般挤跑。

陪送队伍在距肖家大门不足半里之遥时,门口早已放起了大圈的鞭炮。只见整个街上炮响笙鸣,烟雾四起,婚庆场面好不热闹。

押箱的童男童女很快爬到扣箱上, 装出个不让抬箱的架势。这在当地叫做压坠儿,意是给人以厚重压财的联想。婆家这边送上彩礼后,箱子才会抬进家来。

今儿这管事的大执事是大婆婆。

大婆婆执事多年、里外周全得哪都会顺当气派,其根本原因在于她会临场发挥、用人得当。当年,三儿媳王蛋儿出嫁那天,其爹娘死烂不讲理,非要多扯几帐子好布,六儿媳大白脸的爹娘恨不得把闺女当金子卖,全被大婆婆一一摆平。

老爷子把大婆婆尊为群芳之首,让其大权独揽张罗婚庆,谁也没料到老当家的竟然使出一个闻所未闻的奇招。她把六个儿媳叫来跟前,气量过人地宣布道:今儿这喜事办好办孬就仗你们妯娌几个出见识啦,看看谁最会持家过日子,既省钱,又顺当,拿出最短的工夫把陪箱请进来,为咱肖家壮壮大门面长长脸。叫妯娌几人攀比真本事,看谁最能出人头地露两手。

妯娌六人你瞅我、我瞅你,便后娘打孩子——暗自使上了劲头儿。

头一个出场的是大妯娌,外号刁馋。她个头高,块头大,一看就是个放响屁、说破话的粗人。人们背地里呼唤刁馋,并不是妄想她长来个多么美妙精致的面相,或说她人品刁赖行踪无常,而是她常年嘴叼烟卷,馋鱼馋肉。比如说前天晌午,三婆婆家刚炖好一锅肉,她放下孩子就奔了过去,进门死屁股粘在炕沿上没话找话,喜出望外地眼不离锅,变着法儿留下来横吃了一顿,临走还捎上一碗。要是白天吃不上这口鲜香,她会馋想得半宿睡不安生。

这么个馋嘴大烟鬼,使出的头一招就是跑到席棚大灶上拧下俩大鸡腿,口水不断地走到门口大箱前,看也不看周围人群,举肉吆喝:下来吧,好物件哩!边说边朝箱上挥动。

童男童女不抬眼皮、不动身,比刚饱食过山珍海味,吃了定心丸子还镇定。

刁馋笑逐颜开地又向后边押箱的高喊：看呀，大雁腿，天鹅肉，吃一口满嘴香呢！馋样百出地向众人使笑。

后边的红男绿女也像前边的死木疙瘩一样雕在箱上，不见任何反应地坐如盘山，连众人替大妯娌香遍了口舌也不见任何效果。

刁馋头一个败下阵来。她以为押箱傻孩儿起早摸黑走了大半夜，冷饿赶路必会见肉眼开，没想到死鬼不识活肉。眼看再喊无济于事，她又手捧鸡腿返回来，心想，谁家娶亲送礼不是整箱整捆地送物件呢？让我一家一户出大堆物件为娶弟媳妇吗？大婆婆纯粹是瞎出主意。转而又思忖，要是叫老娘我遇上，先把大肉陷进肚里再说，咋说也不能叫牙口、肠子受了委屈。她认准大鱼大肉才是天下最好的物件，谁不认吃喝，那才是货真价实的傻瓜蛋呢。

第二个出场的是三妯娌，外号王蛋儿。王蛋儿姓王，肥嘟嘟小脸儿与肥嘟嘟小屁股一样招人眼乱，小模样像小屁股一样，碎步调动来四下里的人们全跟她心痒。王蛋儿不光能说会道，穿戴上在城里也有一号。她的衣裳在哪都招人惹眼，张扬出来的模样比谁都齐整，走在路上，满街好事儿的闲事包儿跟着眼馋。

王蛋儿手提两件大红斗篷，碎步生风往外走。见大妯娌败阵，她暗自欢喜过后，胜券在握地进入角色，先满面笑容地张扬了一圈儿，后又朝箱上大喊：快看呀，大红绸子蚕丝里儿，要多暖和有多暖和，不用穿袖，不用系扣，要多方便有多方便。看呀！挥动在人群上空，香气袭人。

大妯娌见三妯娌趾高气扬地招摇，扭头对旁边的四妯娌狠狠说：狗尾巴熬白菜，当真自个儿是块子肉哩！你快看，头年冬里我妹来俺家走亲戚，外甥女冻得泥鼻子哈啦，她明明对我说小斗篷给了娘家兄弟媳妇，咋这会儿又变出来了？看看这小精人，纯粹一个傻蛋！

王蛋儿还在言亲说好。大妯娌看也不看向四妯娌揭发说：她兄弟盖房要来借住几宿,她撅嘴使脸对我说,咹?傻兄弟就没念及过当姐的半点儿难处。你说,我嘴又笨,说话又实在,这要一个行走不周,出下乱子算谁哩?咹?她呀,把死人说活也不能叫亲兄弟来住几天!

　　大妯娌见箱上的傻榆木疙瘩像事先吃了谁家呆饼子一样毫无松动,又是禅身佛目眼皮也不抬,连咳一声也不见就把三妯娌打发了,高兴得随口就说了一声:活该!

　　三妯娌由热变凉往回走,一脸喜兴全挂在了屁股上,一走一扭,表白不尽的心里别扭。出门时她还想:甭看这斗篷是剩余物件,要不是妯娌们争高下,说下大天我也不会翻出来无端打发给他一个押箱的外人!

　　第三个出场就不分名次了。二妯娌在天津,八妯娌在西安,四妯娌天生火爆性子说不清哪会儿往外发泄。刚才香妮子娘无意说了一句:谁晓那新媳妇嫁来会生养不?她听后又腰伸臂地大骂了一通。这样个风火之人先出场,必定没好戏。五妯娌外号黑老包,黑面黑嘴近似非洲本地人,一看就会让人想到十天半月没洗过脸面。她那宽大裹脚布,顶风臭三里,这样个场面没法提。七妯娌老蘑菇矬粗短胖,蔫里蔫气地仨碌磕碌不出个响屁来,叫她出场更是糟蹋年景、耽误工夫。三妯娌败阵后,出场大任理所当然落在了六妯娌肩上。

　　六妯娌外号大白脸,人俊手巧,白皮子嫩肉,脸上常年像浮了一层珍珠霜,白嫩胳膊不小心裸出来,比新出土的白葱段儿还滋润,火阳下,哪个野汉偷一眼如此冰清玉洁的细肉,都会驻足卖眼觉得没有白活一回。她那满溢秋水的杏仁眼,招蝶引凤的尖鼻梁,分明出来的水鲜大白脸,滋润来半道街上干活儿的野汉们卖眼发呆。这样个白面细人,待人却一律贼黑。刚才三婆婆抱着孙子叫她出门,没等近至跟前,她飞一样把桌上的好吃物件匿进厨里,嘴里急说:这就来,这就来。却又把桌上归置来个自然景象。她不光一辈子舍不得自个儿手里那点物件, 对大妯娌端肉回家这样的事,至少记恨三婆婆八年。街上谁家有个红白喜丧指望她出钱凑份子,那才算瞎了贼心,她宁肯跑腿儿流汗也在所不辞。只要不掏腰包出银子,磕头叫娘她都干,那才是货真价实的酸菜包、一毛不拔的铁公鸡哩。

六妯娌出场依然故我,手持自制的大金福字,以为糊弄一番就会把人吆喝下来。

此时,天已大白,艳阳跃过广袤的地平线,喜在树梢上笑看婚庆的热闹场面。

六妯娌在光天之下,使尽娇艳手段也没把人吆喝下来,倒是在对面骄阳的火照下,清清楚楚让野汉们一饱眼福,彻底贪欲地馋看够了那张水晶晶的大白脸。她倒是无精打采地回去了,瞧热闹的汉子们却一睹为快,笑浪掀天!

大白脸丢丑回去后,七妯娌老蘑菇拿来个精致的小铜壶在门口比划了一阵子,嘴里像噙了块冰核,唔嘟了小半晌也没见吐出半口水来!五妯娌黑老包最终没见出山,一定是妯娌们众口一词坚决反对,害怕"锅底黑"糟污了喜庆冲天的热闹场面。

于是,四妯娌高腿儿骤子跃步出场了。她既没拿吃,亦没拿穿,而是耍上了膝下无子的光杆子劲头儿,拿来个金贵的小闹钟比划。这闹钟在当时绝对算得上稀罕物件儿,甭说穷户人家,就是半个城里也藏不下第二件。此宝绝对是大户人家的身份象征,谁要不器重如此稀贵的好物件,那才叫不懂世面的老土鳖哩!

高腿儿骤子一出场,热闹场面顿时安静下来。

箱上那童男童女睁眼瞅瞅,见不是家人的指派所盼,闭目养神又把架势扯回到原位。寂静场面忽然更加热闹。

这可急坏了小执事们。

眼看东方天际已阔,后边大队人马一个也没进来。头一个大箱就在门口压了多时,如此下去,甭说头晌叩拜天地,恐怕天黑也不能开典婚庆。

焦急时刻,大婆婆把六个儿媳叫来跟前数落说:看看你们这点见识,老娘我出个主意,想叫你们在乡亲面前露鼻子长脸,你们倒好,出了啥物件呀?吃呀、穿呀,耍光杆子劲头,还给人家送壶、送表。那不叫送壶,那叫送糊涂;那不叫送表,那叫送钟(终)哩。傻孩子们!笨不?看看笨不,唉?端坐在堂屋太师椅上毫不失当大的威风,粗声吩咐近身听差的小执事说,去,拿几吊铜钱往箱前晃荡晃荡,愈响愈好。

小执事走后,大婆婆抿一口茶,又把茶碗放回桌上不紧不慢说:谁家聘闺女、送嫁妆、押箱子进礼不是给现货?这不是再平常不过的事呀,咋在咱这儿就生了邪性呢?世人都说见钱眼开,见钱眼开。这不是上了古的俗话儿吗?有钱能使鬼推磨!钱串子才是最有用的物件哩。你们分文不出就想平下事端呀?新鲜见识往哪去出哇!

正说着,第一个大箱已经押进院来。

接着,又送出去几大吊铜钱,又几个大箱抬进院来。

此番大事,大婆婆用了不足半个时辰就嘱办得利利索索,整个院里摆满了金杠银箱陪送物件,五彩纷呈的红绸子绿袄更显得无比阔绰,婚潮又逐一浪……

二

娘家陪送进院后,众多马车相继赶进了另一宅院,响器班在前开道,紧随其后的细轿车终于耀眼在街头上。

只见,细轿车未到肖家门前,也不晓何时冒出来两个惹人爱怜的妙龄丫环。众人无不惊奇,两个纤纤女子一人手抱一个银边金角的梳妆匣,衬托得整个场面更显大方。

马车停下了。大炮开始大放。众多烟花热闹来了烟雾升腾、雷声喧天的辉煌场面。突如其来的鞭炮声压过了尖细响亮的唢呐声,欢闹的人群中更显轿车的红火与风光。

人们翘首以待的新鲜场景终于出现了。

　　新郎官躬身敬目地恭候在街门口,紧盯车身前门挡帘,恨不得一头扎过去,立马掀开红盖头,一睹新娘那朝思暮盼的真容。但见枣红大马英姿飒爽,仿佛慢行在云里雾里……门帘撩开了,新娘在娶亲、送亲的侍奉下,头遮朱红盖头,身穿大红绸缎袄裤从车上缓缓下来。

　　新郎官一见到纤纤如笋的细长小脚,不禁提到嗓眼儿的心又回到肚里。刚才他一早起来赶进村里去接新人,直到眼下还没睹上所盼一面。按照习俗,新郎进到新娘的闺房后,新娘才开始更衣、出门。通常情形是,新郎在几个大汉的护送下冲破层层围闹的人墙,奋力闯入新娘家,有的从邻居家房上绕进去,有的通过邻居家翻墙而入,反正闹女婿的人们早已把街门、屋门围得水泄不通,一旦新郎闯过来,必被截住闹来个昏天黑地,或被女人们往脸上抹红涂黑闹没了模样,或被小伙儿们东拉西扯抱住,拽开双腿围绕大树转圈。毕竟三天没大小,谁闹都行。由于来闹女婿的人越多越好,新郎闯进闺房之后,必须抓紧回逃,根本没有瞄一眼新娘的工夫。他是费尽九牛二虎之力才从新娘家逃出来,一路奔波往回跑,再身披大红绸子,头戴扎花礼帽,等待新娘的款款到来。其实,新娘在新郎心中的模样全是媒人舌来的印象,只有入了洞房、掀开盖头红那一刻,才会知晓新娘的俊丑。这样一种不安心境等在门口,必然无比紧张。万一娶来个大麻子加矬地钉呢?就像五哥当年娶来五嫂一样,媒人说是村上百里挑一的俊人,个头、身段、模样、修行,哪样都叫人听来耳顺,谁也没料到,掀开盖头红,迎面递来的是个锅底黑!谁见了都会情不自禁地想到非洲当地人,笑颜惊呼见到了货真价实的黑老包。五哥撞墙罢饭折腾了小半年,家人无不笑话他挑拣的不在理儿上,直到生了孩子才算安生下来。如果眼下也碰上个"意想不到"可就麻烦了!

　　这会儿,所有街人连同新郎官大松一口气。新郎看到了新娘如笋的小脚,修长的身段,妖娆的行姿,款款的碎步,那碗大的黑髻里一定盘了长长黑发,油光细亮的头饰展示着开了脸的梳妆,不掀盖头红也能辨来模样的一二,新娘必美无疑。这让所有家人无不心花怒放,新郎自己也像吃了定心丸一样不再紧张。

新娘的娘家离新郎家不过几十里路,钱多势大,在临河县董门村早已是驰名大户。新娘的三个舅舅在天津做大生意,家里光是拳大的元宝就有满满三大间壁墙,家中珍珠、玛瑙、翡翠、玉石及各色古董应有尽有。

婆家这边也是大户,高大门洞两旁的青石雄狮早被擦拭得晶晶亮亮,高高房角上的镇宅麒麟、扬威石狮脖里全系了大红绸子布,平阔的影壁墙上原有的砖砌福字已被大红喜字遮住。挤来挤去的人们见新娘下车来,不由自主地让开了一条窄道。

在新郎官的前引下,两旁紧抱梳妆匣的两个丫环快步跟上前来准备过门,就在人们全神贯注新娘的走姿和新郎的傻相时,谁也没注意到何因何由,只听"咔嚓"一声响,新娘右前方捧匣的小丫环重身摔倒,连同怀抱的银边金角的梳妆匣一同摔在了地上。

匣里所有的陪送物全甩出来,抢撒了一地,货真价实地让围观众人大饱眼福。地上金光灿烂的金项链、银项链、珍珠项链,金戒指、银戒指、玉石戒指,金耳坠儿、银耳坠儿、钻石耳坠儿,金镯子、银镯子、翡翠镯子全见了天日,琳琅满目地大展异彩。

不及人们反应过来,六妯娌大白脸最先挥动双手高声大喊:我这天呀!说不清是对宝物的惊讶,还是对宝物甩了一地的心疼,不由自主地声音高了八度,都快躲开,谁也不许靠近,快把物儿们拾起来!快呀!也不晓她在指使谁,像雏鸡围住大虫一样,不知所措地拉出争抢架势,号召妯娌们赶快过来护卫。

说时迟,那时快,反应最先的是新娘左前方的大丫环,她捧着匣子跑到小丫环跟前蹲身去捡,见自己抱着匣子无法下手,又慌忙起身转回来,左右为难。

此时,小丫环哭哭啼啼已从地上爬起来,跪地就往匣里收拾地上的物件。

婆亲和送亲的人此刻也都慌了手脚,想帮忙尽快收拾,又要搀扶新娘小心慢行,而婆家一方的六个妯娌反应最快,个个情不自禁冲上去,自动围成圈子,严防外人跪地哄抢。

就听见新娘操着河北边的细长口音,像是在盖头红里专门向大丫环发话似的,蔫声说:甭慌哩,把这匣子给我。看看孩子磕着了没有?言语上并不慌张,也不掀盖头红看看四下惊乱的场面,也不叫大丫环收拾地上的物件,而是接过她怀抱的梳妆匣,指使她先把小丫环扶起来查看伤情,然后又紧抱梳妆匣,动作上任事儿没有一样随娶亲和送亲一行人莲步前行。

此刻,眼前每个细节都被街人入目在心。人们清楚地看到,新娘紧抱着梳妆匣,横竖不撒手,生生把想来帮她抱匣的女人晾在一边,埋在盖头红里继续说着:叫他们收拾吧。咱走,甭管我。生怕有人把匣子抢走似的,赶紧柔声嘱说着,拾不起来就甭要了,自当咱没带来。小心身子骨儿别碰坏了。拣拣过来吧。丝毫没把地上的物件当回事,自管往门里走。让人联想到她怀抱的物件才最金贵。

六个妯娌早已自动分工。大妯娌刁馋扭头把香烟吐向一边,不顾一切抻开大臂,疾快地挡住挤来的人群,一边指责小丫环毛手毛脚缺少小心,一边厉目急眼地寻找掉地的宝贝,手指地上物儿让三妯娌快往匣里拾掇。

六妯娌心疼地高叫:哎呀呀,可惜了的,镯子摔成两半儿了!

四妯娌高腿儿骡子来了火爆脾气,瞪着眼珠子指住刁馋身旁的人群高嗓门儿吆喝:都往后退,往后退,谁要踩坏了匣子,小心叫他一家子抵命!隔着尚未迈步的新娘和伴娘,指点大动作把人吓得不由自主往后退。只有五妯娌黑老包和七妯娌老蘑菇,埋在护亲队伍一边当着摆设,一边又想上去搭把手,眼睁睁站着直眼卖呆。

如此插曲只不过片刻工夫,周围立刻恢复了娶亲仪式的原状。

大丫环帮小丫环把匣子收好后,立刻跑回来接了新娘手里的匣子,紧随新娘寸步不离。

此时,热闹人群早把眼珠子盯在了梳妆匣上,轮番向前拥挤观看,不晓是在目睹美女丫环,还是在目睹丫环怀里抱着的宝贝物件。人们大都在新鲜和纳闷儿,咋那该装梳子、篦子的梳妆匣里,摔出来的全是金银首饰呢?

当大白脸心疼地高喊过镯子摔成两半,妯娌们都在毫无保留地帮助收拾时,她已疾步上去把那碎物儿拾在了手上,一边心疼地吹拍尘土,一边小声嘟囔说:没碎,粘粘还能使唤哩。也不提装回匣里,也不提还给送亲的娘家人,而是手握碎物儿随人群若无其事地往院里走。

这一幕,刁馋没在意,高腿儿骡子、黑老包和老蘑菇都没瞅见,唯独小精人儿三妯娌王蛋儿映了个满目,堵了心上。

当新娘拜过天地、入过洞房,全部送亲队伍散尽之后,王蛋儿却在回走的路上,佯装满不在乎地向大白脸说:他六婶子,那翡翠物件应当还给人家九妯娌哩。

大白脸听后气得脸色铁青,恨不得一口唾沫啐到王蛋儿脸上,遂冷口儿笑说道:是哩,三嫂子。我说把它拿鸡蛋清儿粘粘,兴许还能当个压箱子摆设儿。反正也不能戴了,我也是说拿回去把它粘牢靠了,赶明儿再给咱弟妹送过去。一句话把王蛋儿顶得直翻白眼。

第二天,新娘见过老人之后,最先接受的是大婆婆对一大屋子妯娌们数叨家规。刚好二妯娌也从天津赶来,头天成亲的大忙场面没腾出来工夫说话,这会儿让随从当着家人,把新娘在天津的舅舅们捎来的物件给了新娘。

大婆婆说:谁的物件拿谁屋里交代,甭在我这摆列。

九妯娌也怕引来大伙儿分心,随即轻声说:那就先把大箱抬走,给我这个。手指二妯娌贴身抱着的精致小铜匣子。

二妯娌吩咐随从把匣子递了过去。打开看,竟是满满一匣子金条。

新娘打开铜匣的这一刻,一屋子人盯着那匣浮想联翩,似乎都想到那是一匣子好物件。果不其然,新娘杏眼一亮,桃面含羞地轻手又把匣子合上了。但人们并没看透新娘的心思:这回可好了,还没给婆家人备个像样的见面物儿哩,这回可好了。然后无动声色地接着静听大婆婆传授家训。

大婆婆见人们都在眼馋九妯娌手里的物件,抓紧收场说:我也没更多絮叨了,往后咱这家里又多了一口儿,你们妯娌之间和睦着走动才是,往后日子上谁也少不了会用着谁,互相照应着才好。起身表示散场。

九妯娌见人们要走,急忙大起胆来红着脸说:娘啊,没了嘱咐,我借空儿给咱家人发个见面礼儿吧。说着,亲手拿出匣里的物件要给大伙儿分发,闹得满屋子人顿时眼欢心乱起来。

新媳妇最先走到大婆婆跟前,伸手就递给两根金条。那闪闪发光的晶明物件油光发亮,一下子把在场的目光全吸了过去。新媳妇不慌不忙又掏出来一根,转身又向旁边婆婆手里递。这说明,在场的人人有份儿。这出人意料的出手大方,让人们立刻瞪眼屏住了呼吸,以哑静场面示意着心中的奇异,似乎都在急不可耐把物件渴盼到手,而眼神中又似乎都在认为,这新媳妇一定是个不会过日子的败家材料。

三妯娌王蛋儿最先心潮澎湃,她抻脖子瞪眼地差些个没惊叫起来,急忙捂嘴吸气的同时,静观后头场面如何进行。

大婆婆起身连连推托说:你这孩儿,物件还没进家就这么散发,快收拾起来。以为新媳妇不过是给家人摆摆富有样子,诚恳又把金条推了回去。劝说新媳妇不要犯傻,等她把捎来的物件数清了再说。于是,屋里的气氛顿时热烈起来,人们纷纷劝说新媳妇不要脑子发热,小心做出来日后犯悔的傻事。不承想,九妯娌非但没听说劝,反倒想也不想,真心实意非要把金子散发了不可。

旁边一直企盼自己也能分上一份的三妯娌,生怕大婆婆带头推托而错失这白捞一金的大好时机,急忙插嘴说:娘啊,接下吧。

大小也是咱肖家新媳妇一份心意，接下吧。笑向大伙媚一眼，示意人们都来随她劝说。

大婆婆心思上就有了活动，一边接金子一边说：这可不行，刚进门就这么破费，这可不行。

九妯娌丝毫不听说劝，硬是转着圈子挨个分发。大婆婆分到的是双份，其余婆婆人手一份儿；天津二妯娌远路辛苦，也分到双份儿，其余妯娌也是人手一份，最后手里还余三个。她翻开空箱亮给大伙儿看，把余下的三根金条放进去，笑着说：也给西安八嫂留一个，我自个儿留俩，一家子都有了。喜兴地合上匣盖子，叫随身大丫环把匣抱上，像任事儿没发生一样，又心平如镜地坐回到原处。

一旁婆婆们、妯娌们一心眼热手里的金子，翻来覆去仔细把望，谁也没注意到大白脸那心疼得叫人心颤的遗憾模样。她实在想不通，九妯娌看都没看，连与娘家人商量都没有，就一人做主把一匣金子送了人情，恨不得上去指问这刚过门的傻媳妇，咋你连手里都没热乎一会儿就都散尽了呢？暗骂这败家的二百五说不定在娘家是哪样个傻物件！

大白脸将粘好的镯子带了来，她见人们拿到金子起身要走，顾不得再去多想，抓住时机有意当着三妯娌的面说：九妹呀，你看，这是昨儿个掉地的那个翡翠细物儿。我把它拾起来粘了粘，看不出来破过，模样还是个整物件，我这是专门来还给你。说着，拱手递上去，也装作无意给众人摆列出个既大方，又不爱小的气度。

九妯娌满目含羞笑笑说：哎呀，六嫂，看你细致哩，坏了也就坏了，自当咱没有过，不要了。六嫂看着稀罕，愿意留个念想儿就留着，反正也不能戴了，摆个样子也好看。硬是推送给了大白脸。气得一旁袖手急心的大妯娌、三妯娌脸上顿时没了喜兴，心骂这刚过门儿的傻物件是在明摆大方，暗买人心！

回娘家那天，几个妯娌早早过来为九妯娌送行。人们见新媳妇大包袱、小包袱早已拾掇利索，大丫环和小丫环也已收拾上细软,在街心大马车上候着开步,却有意热情相送,非要进屋来给新房暖了热乎气儿再走。

除了二妯娌、五妯娌和七妯娌,其余妯娌各怀小九九,一边说着要好好瞅瞅九妹这新娘摆来的陪送物儿,一边都在暗自寻找那个没掉地的梳妆匣放在了哪里。

妯娌们见梳妆台上本应成双成对的梳妆匣单摆了一个,且摆着的这个裸着一块掉了红漆的白木,一目了然就会结论出曾被磕到过地上,而另一个曾在新娘怀里死抱过的匣子却无影无踪,不由对那匣的下落更加上心。这说明,那个无影的匣子比摔在地上的这个更为珍贵。既然九妯娌对二妯娌从天津捎来的一满匣金条都不稀罕,随手就送了人情,那个藏起来的匣里装的一定比金条、银锭还要珍贵,至少装的也是翡翠或钻石之类的宝贝物件。至此,谁人也找不见,谁人也心照不宣地四处暗找过,谁人也探不到那匣的半点儿踪影。

通常情形下,河里跑了的是大鱼,自己得不到的是好物儿。人们对见不着的宝贝匣子越发疑心珍奇。于是一传十,十传百,凡是见过九妯娌出嫁的人都说见过那宝匣。临河县的半个城里人都会说,九妯娌家里珍藏着一匣贵重宝物,那宝物一定比金子贵得不是一星子半点儿。

三

嫁来婆家多日之后,街上的人们还在不忘打探那匣的下落,有人旁敲侧击询问宝匣的同时,还问九妯娌为啥把大把金条散发给旁人? 九妯娌笑着说:我又使唤不清,多了也是压箱子占柜。再说,一人使唤一人喜,一家子使唤一家子乐。你说一人乐着舒坦,还是一家子乐着舒坦呢? 说来问话人一个大红脸。

人们虽不再打问金条,却在暗里对宝匣的下落不肯歇心,明知问不出结果,却都还问。改亮奶奶说:都说咱这儿是燕赵天府之地,可咱城里大厨连个八宝粥都没见过,怪不? 答非所问,遂吩咐厨子上街买来豇豆、莲子之类的材料,配比着熬一锅八宝粥分给各家吃,婆家这厢就都知晓了九妯娌在饭食上甚是讲究。

实际上,九妯娌自小到大既没上过锅台,也没做过针线,一应日子上的事端全是雇人来做。她在娘家吃穿用项上应有尽有,顶多是绣花、插花,一连几天也不出屋,进到婆家后,除了摆弄娘家带来的那点手艺,还学会了做虎头鞋,辛苦做来一大堆,挨家挨户给妯娌家的娃送去,通常是坐在炕沿上说说闲话,唠唠嗑,一笑了之。大白脸心疼地问她使了多少材料子,她一五一十说过一笑,并不关心花项上的细端。

九妯娌嫁来的当年腊月初,四妯娌给肖家扯来一宗买卖,说是要把娘家那边的棉花张罗来城里倒卖。虽说城里距高腿儿骡子娘家只有30里地,但那地处三县交界的穷乡僻壤棉花买卖异常红火,与城里差价也大。此事一张罗,两个亲家一拍即合,联手要把倒棉花的生意做进城里。

当时,城东马家要筹款做大买卖,想把城根儿上的大宅子全盘卖出。肖家想倒棉花,又想趁机置办大宅子用作花场,家里的银子明显紧缺。

当天,大婆婆叫来儿媳们在堂屋里动员大伙出钱凑份子,要求人人表白个心意,没钱的拿嘴皮子添主意也行,人们便各揣心事动上了心眼儿。

儿媳们坐定后,各怀一胎闷不作声,都怕自己闹大了动静引火烧身。大白脸和小王蛋儿分别坐在四妯娌两边,旁若无人地连看也不看谁一眼,低头不抬眼皮,心里一再大骂高腿儿骡子缺心少肺,痛恨这不会生养的光棍娘儿们只顾自家买卖风光,不顾拖家带口人家的死活。

好一阵子过后,大婆婆委婉地说:既是各家日子紧巴,我就先把老九家媳妇送给的这俩金条献出来,也算是凑个心意给咱家出把力。想带头把改亮奶奶分给大伙的那些金条敛回来。

其他婆婆们虽说内心不情愿,但顾忌面子也紧着随应,多多少少也都体面掏金掏银。

轮到儿媳辈分儿出手时,大妯娌最先笑着说:九妹子给我那金子早换成碎银吸了烟,吃了肉,悉数使唤了。我也是天生嘴馋不争气,吃喽,吸喽,有钱手里就把不下。合手拍掌不肯出血,笑话自己过日子不会计算。

三妯娌随后说:咱家买卖越做越大,花项上也越来越多,指望咱女人这点小家底子还能流出来多大个脓水儿?多咱一金,少咱一银,根本就管不上多大用场。男人们买卖上的事,女人家就不该干涉。瞄一眼不动声色的大婆婆,接着说,再说,谁家也得备下点用项,保不定哪天灾灾病病有个急需应酬。也不管身边的四妯娌高兴与否,故意甩难听话,看也不看她一眼。

六妯娌大白脸满腔赞成王蛋儿的主张,佯作若无其事地随后说风凉话:叫男人们折腾呗,打咱女人的小算盘算哪家子本事?不买那马家宅院,老天爷照样从早转到黑!言外之意是说该咋过咋过,甭听男人们瞎张罗。也是不管身边四妯娌的脸色阴晴,也好像故意甩给谁听一样,不看她。

五妯娌黑老包和七妯娌老蘑菇始终闷着葫芦嘴,脸上也挂带了不愿意出钱的表情。

四妯娌早听出话里藏话,面对冷嘲热讽毫不犹豫,站起来大声说:这又不是赊粥、下赌注,扔出去回不来了,置房置地又不是白给了外人,谁家过日子不往大处走哇!

大白脸毫不相让,立时快嘴顶一句:谁愿多出谁多出,没人拦着。八张嘴过日子,咋说也和两张嘴不一样,有就多出呗。

眼见要大吵起来,改亮奶奶连忙转话,冲大婆婆笑笑说:我说娘啊,我往俺娘家拿点儿银票来,别发这份愁了,等咱赚回钱来再还也就是了。

四妯娌也不示弱,坐回原位傲慢说:我也算一个,我也往俺娘家去借。

大妯娌趁火打劫笑着说:好哇。大伙儿都拆来银子,咱老人家也就避过这一难了。

大婆婆见其他妯娌都想挤对四妯娌,赶紧说:可不敢说往娘家拆借,置家是男人们的事。我见你公公他们手头紧,才想到了咱女人家的私房钱。我不是叫你们往娘家拆借,是想说,咱女人家能出多少出多少,反正也是私房钱,平日里也不在用项之内,拿些个出来,总比不拿好。拿话不软不硬把王蛋儿和大白脸她们不想出血的精明盘算顶了回去,也是暗盼九妯娌能像上回分给大伙金条那样,把她出嫁那天紧抱的宝匣拿出来先让家人用用。

不承想,九妯娌只字不提宝匣,而是立马叫大丫环把铜匣子又拿来,取出仅有的三根金条说:八嫂那一个也甭留了,都给家里派上用项,多少是个心意。并答应婆婆转天叫娘家人送来银票。说得满屋子火药气味顿时消散一空。

过后,九妯娌说话算数,转天就把银票送了来,肖家很快置来了那片大宅。

从此,肖家开始大批倒卖棉花,并在当街开设了棉花店,而家中女人们不解的是,九妯娌宁肯派人跑去娘家借贷,也不肯暴露那个曾在怀里紧抱过的宝匣。给婆婆和妯娌们的印象是,哪怕是献出来再多,她也不肯动用匣里的物件。这让家人对她的梳妆匣更是猜心四起。

棉花店开张的第二年头秋,九妯娌生下了改亮爹,取名肖功实。这年,她正好十九岁。

九妯娌嫁来肖家前,媒人说得天花乱坠,说是嫁到城里大户人家当头房大媳妇,男人是个又俊又会置家的小少爷,附近村里多少个大家闺秀都攀附不上,她就满怀希望嫁了过来。

嫁来肖家没俩月,九妯娌发现男人是个没正行的浪荡公子,整天游手好闲屁事不干,除了打麻将、看戏,就是下馆子逛街,最大本事是串门子找后娘要钱要物耍二皮脸。本来后娘就多,他又排行最小,自小被后娘们宠得懒赖无度,总在各家各户横吃竖拿。

久而久之,大家都是惹不起,躲得起,有事没事尽量不招惹他。他在家人眼里起根儿就是个赖种。

九妯娌嫁来后,二皮脸不再找外人要吃喝,而是依恃媳妇娘家底子厚实,依仗媳妇是个不重钱物的善心女人,吃喝玩乐得越发放荡。

说话到了九妯娌的大儿子五岁、二儿子两岁的时候,临河县城南西柳树发生了一次农民暴动。

这次暴动是临河县地下党组织的一次临时行动,虽说暴动失败,全部人马逃跑成功,却大大引发了城里大户人家的恐慌,就此也引来了肖家大家族的快速分崩。

当时,九妯娌的公爹这边算一大股,公爹弟弟家算一大股,两大股分家还算顺当。轮到公爹这一股的兄弟九个分家就多了麻烦,虽说二妯娌男人二宝红和八妯娌男人八宝红成家在外,不再分家里土地,但房子一定要有,以备回乡探亲至少有个住处。

当地的四县八乡分家规矩上无不是抓阄认股,自碰时气,谁家也是抓哪算哪,好孬自担,肖家分家也不例外。轮到王蛋儿男人三宝红抓阄时,他犹豫再三才下了手,最后还是抓到了那个倒霉的多半垧河滩地和城里靠边的粉坊、卷子坊几个小铺门面,像棉花店、盐店,甚至杂货铺这样的铺面,他家一个也没摊上。

分家还在进行,王蛋儿却扭着小屁股来到了现场。

按说,分家是男人们的事,轮不上女人掺和。王蛋儿天生就带着爹娘的心肺,事事要占上风头,就是跳进井里也要找个高坡站上。抓阄过后不足半袋烟工夫,也不晓从哪听来的风声,她以送烟为由闯进来,若无其事地走到三宝红跟前嘀咕了几句,转而指说九少爷家分了好地,棉花店、盐店都占大股是偏心,当即不分轻重喊叫起来,进而又腰蹦高地大吵大闹。

满屋的家人族人、乡魁街首及中证人聚集在场,严肃场面活生生被一个女人搅得一塌糊涂。

老公公正襟危坐一忍再忍,烟锅子左手倒右手,右手倒左手,心火拱上来,压下去,压下去,拱上来,终于由小变大,无法按捺,猛地从椅上跳起来,上去就给了三宝红一耳光,指鼻子大骂:树大分枝儿,抓阄自碰。上了古的分家规矩,咋到我家就犯了浑账?哪来个没调教的刁民跑来撒泼!一阵子拳打脚踢把三宝红赶出了分家场地。

本来三宝红吃亏没处撒气,转眼又被爹老子拾掇一顿,被打出门来的同时揪住王蛋儿头发,就把她拽回家来,进家二话不说,一顿拳打脚踢就把精明婆娘拾掇了个疯头鬼脸儿,直打得王蛋儿三天三宿没能起炕。

王蛋儿哪里受过如此委屈,滚在炕上大哭大闹,一直到第八天刚能下地走动后,非但没有收敛,反倒更加不依不饶再找大婆婆评理,认为抓阄分家太不公允,九股她家分得最脏,是老公公串通大伙儿欺负老实人,偏向九宝红是亲疏不当。

大婆婆耐心向王蛋儿解释最早棉花店就是老九家媳妇救的急,赶巧又叫碰上,也算老天爷行了公道。这事儿怨不得谁,你就认吃"自碰"这点儿亏吧。

王蛋儿想不开,三天两头找大婆婆,非要讨回来公道不可。

九妯娌听说后,找到大婆婆笑说自家那城南30亩水浇地捎种不过来,不如让给三嫂家,叫他家捎种收租,不必着急。

之后,九妯娌私下找中证人按分单字据写了补充说明,记明那30亩地改换门庭的赠与事项,王蛋儿这才顺坡赶驴收了场。至此,三宝红也不打老婆了,王蛋儿也不找大婆婆理论了,日子总算安生下来。

安生日子里,大婆婆碰见九妯娌心疼地数念她不该叫三妯娌蹬鼻子上脸,让给她家那么大好处。九妯娌笑着说:有几亩地够吃就行,多了也是打理不清。

此话说过没半年,王蛋儿还是心气不顺,开头是整宿睡不踏实,后来就鼻子里往外流血,城里看不好,又跑省城讨教名医,最后实在没了指望,奔进关帝庙里虔诚拜佛,赶往五台山叩头求香。

三宝红痛悔自己不该重打老婆,对王蛋儿再行百依百顺却为时已晚,最终王蛋儿还是瘦来了满脸褶子,说话像裹着枣核一样慢了半拍,连嗓门儿都变得又粗又哑把不准了腔调,让外人一听就是个缺了心肺的傻物件。

王蛋儿被人呼唤叫傻王蛋儿了。有时路人碰见她,故意叫她出谜语。王蛋儿就擤一把鼻涕抹到前襟上,眯着小眼儿粗声比划:粗一大把,长一大拃,四外匝围着毛,裹在裤裆里耍。打一地里物件儿。

人们猜不出谜底,前仰后合地哈哈大笑,都说她的谜语对不住牙口儿,太下作。

王蛋儿眯眼儿哑嗓儿回说道:这不是地里的玉米棒子呀?傻王八羔子往哪瞎想!

人们轰然大笑,笑过,又央及她再来个不俗的。她就拾起袄袖又抹一把稀鼻涕蹭到前襟上,双手抄进袖筒里,眯眼儿哑嗓儿说:白天软跌跌,黑夜硬撅撅,听见狗咬,拔腿就跑!打一屋里物件儿。

人们猜不出来,又都笑她太粗俗,光记着女人夜里那点思盼。她又耐心解释说:那不是门扇上的门闩呀?看你们傻王八羔子这点丑见识,一辈子忘不下男人裆里那点物件!傻着欢言笑语,依然流露着当年要强户儿的精明。

年月到了九妯娌的大儿子快要上学读私塾、二儿子也已脱手四处跑耍时,家里发生了大变。跟随九妯娌出嫁的丫环已经相继出阁,家里杂活儿大都由当街的二百五娘和香妮子娘一帮用人来干,九妯娌男人九宝红把地租给佃户之后,家里进项越来越多。由于棉花店、盐店股东收入也多,大把现钱花不完了,九宝红开始张狂挥霍,由赌染上了抽(抽大烟),家里日子急转直下。这二皮脸不但很快把棉花店和盐店的股份偷着卖完,紧跟着还动上了用城南40亩好地捞本儿的心思。

当时,九妯娌并不知底。九宝红整宿不回家,九妯娌也就不再有生养。

为了防止二皮脸夜间出走,家人煞费苦心。每到天黑,公爹就派人插紧胡同二门,防着家贼出门惹是生非。

肖家宅院十分庞大,分家后,一个长胡同隔成相连的四合院,各家既是分住,又是合体,关上门是小家,敞开门是胡同,胡同二门直通大院,各家走串很是方便。

先头数日里,九宝红都是将门闩浸上水,门轴抹上油,轻把二门拉个小缝挤身出去。后来家里盯得紧,二门加了锁,门杠上增了铁栓,他便绕到后院,穿过长工房,从猪圈棚上翻墙跳入东院胡同,绕街钻进斜对门香妮子家的烟窑赌场,过足烟瘾后,盼三盼四地在麻将牌上使手段。

一连俩月,九宝红晚出早归,向九妯娌诺言一定要把棉花店、盐店捞回来。眼看家中真金白银掏光输净,仍然不见反手迹象,九宝红更加捞本儿心切。

九妯娌生气说:我从娘家带来的那点私房全叫你偷光输净了,自当我没有过。你要是给家里置房子置地叫我从娘家借来办正经事,我二话不说。可你胡造六造地不行好,我没脸再向娘家人张嘴去要。反正房钱、地钱是你肖家的,你非要挥霍一空不给后人留下点活命指望,你就自管去造,老天爷有眼短了你阳寿才好!死活不再出钱出物供男人糟践,叫男人死了心思少打她娘家和她宝匣的主意。

九宝红嘴里说着不再乱来,跪地发誓要改邪归正,每到事儿上就又身不由己,继续白天昏睡,夜深去赌。

眼见家中没了可赌的物件,他又偷把地契揣入怀中,照先前手段去捞血本儿。

他家分来的好地,除了白给了王蛋儿家那 30 亩,其余还剩两块,一块 60 亩在城东南老尚庄附近,一块 40 亩在城南西柳村附近,都是肥沃的水浇地,一亩少说也换来不少现洋。

九宝红来回进进出出整捞了半冬,到腊月初,眼看 40 亩地契快要全部输光时,他才真正慌了手脚。明理不必细说,最后地契过户给债主,必有中证人执笔修改分单文书,家喻户晓的事,挨打受整的日子必有无疑。

谁知,地契尚未输净,公爹早已握住儿子把柄,当下叫来老大、老三几个兄弟把九宝红捆绑起来,吊在大院的老槐树上拿狗皮鞭子对他狠命抽揍。

一阵子疯狂过后,大白脸最先慌忙跑去向九妯娌告急,她款着小脚拉拽九妯娌边走边嘱咐:咱爹问你留下死口活口,你可千万说成要活口。你哥专门嘱咐我,叫你给他兄弟留条命,千万别让自个儿走到寡妇路上。

果不其然,半路上就碰见用人来唤九妯娌赶去大院听命吆喝。

进到院里,周边世界一派恐慌。院中大宝红、三宝红弟兄们顺成一排跪在房墙下,无一人胆敢抬头动手动脚。

九宝红双手被捆,狼狈不堪地吊靠在树身旁,上身裸着大片血印,水湿的头发耷拉在脸上,硬硬的冰碴已把脖梗划破。

大婆婆威震四方坐在院中的太师椅上为老爷子助阵,身后几个小婆婆站在椅后敬畏无声,院里人都怕鞭子抽向自己,一个个闭声息气地等待改亮奶奶赶来救场。

自打嫁来肖家,九妯娌在肖家门里和整个东门附近极有人脉,半个城里人都知晓她善良大方,从不爱财惜物儿。张家灾灾病病,李家红白喜丧,她都会不计回报地送去银两、给个接济,连孩儿们穿剩的衣物、玩儿剩的耍物儿,都会毫不犹豫地送给用人或街坊邻居,顶多言语一句:拿上吧,在哪派上用场也比闲在家里强,省得压箱子占柜哪也满当。就把余物儿打发了。不光是公婆说她实诚,妯娌、晚辈们也都敬重她三分。她在公婆眼里、街坊邻居心里很有分量。

公公见九儿媳赶来,怒声问道:来得正好,给句痛快话,要死要活任你挑。要死,我吊他一宿,活活把他冻死在院里!要活,你后半辈子就还跟着他个畜生受罪受屈过。

九妯娌对如此场面早已经历过多回，哪回都是被打之后，二皮脸男人痛哭流涕跪地求饶要痛改前非，哪回又都自食其言，接着去赖狗吃屎。

九妯娌对败家男人早已死心，满不在乎地说：好赖是条人命，留下个活口儿吧，兴许往后还会有改。见公婆无动于衷，遂跪地求说道，俺家分单上还有城东南老尚庄那60亩好地，全交给家里，叫哥、嫂们各家分种吧，留下也是叫他挥霍喽。俺娘儿仨有我娘家接济，光我自个儿的物件就够享用一辈子哩，往后日子尚愁不到哪。

公爹这才扔下皮鞭，挥手让家人把昏死过去的九宝红抬走。

谁知，说者无心，听者有意。九妯娌无意间"光我自个儿的物件就够享用一辈子"那句话，满院子家人听了满耳，人们对她藏有宝匣宝物越发深信不疑。

回到家，九宝红一连数日半死不活。半月后，败家男人刚刚拾回点气力，就又反目瞪眼向九妯娌吐扔浑话，责问她为何把自家的60亩好地全让给别人？

九妯娌回说道：我要不把好地让出来回个诚意，你一条不值钱的狗命还能保下不？你说是命贵，还是那不会说嘴光会招祸的地贵？你说要那分家得来的物件有多少好处？除了招惹老人生气，就是叫老人把你吊起来抽打。你把它让给别人，不就再也没有灾祸找你了？舍物儿保下条狗命吧。你要是惜物儿不惜命，赶明儿我就求咱爹把地契要回来，叫你卖了抽了大烟。抽没了地，再叫人把你吊起来扔命去！

九宝红沮丧地说：既是不要地，那你把匣里的物件拿出来，也叫我派上点儿用场，活来个直腰的模样。

九妯娌说：你休想！那匣是我爹娘亲手交给的传家宝，叫我传给后人享用哩，说下大天来也不能叫你一个懒虫糟蹋。我这裘皮大衣、狐狸围巾，家里这鸭绒被子、鹅绒铺垫都拿去卖了、抽了吧！我不稀罕！

九宝红就在家里翻箱倒柜找宝匣子，找不见就又打又骂犯浑施暴。

九妯娌珍藏的那宝匣只有传说,谁也没有再真正找见过。

四

卢沟桥事变后,日本鬼子打进华北,很快逼近临河县城。大户人家收拾金银细软慌忙外逃,多数人家顾不上了种地、做买卖,心神不宁地打探如何躲灾。婆婆们有的逃郑州,有的逃洛阳,肖家大院转眼间没了往日的兴旺。

其他婆婆逃走后, 公公和大婆婆要五宝红全家护送逃往西安。临行前,大婆婆把九妯娌叫到屋里问她不走的理由,九妯娌说她带着俩孩儿太累赘,男人又不顶用,出去也是受罪。大婆婆就说:事到如今,娘也不跟你打圈子绕弯子了,是不是舍不得丢下那宝匣才不肯出走哩?你到底真有那宝匣,还是假有宝匣为娘家人支撑门面?都说那匣里物件少说也值咱半个家业,是真不?

九妯娌既没点头,也没摇头,只是心平如镜地盯着大婆婆微微一笑。

不等九妯娌回话,大婆婆仍然亲着说:不说就不说吧。娘也不管是真是假,心思上总愿意叫你多加个小心。娘心里明镜儿一样,你待谁都一片善心,只要你手里有物件,咱这一家子谁都会跟上沾光。不走也好,咋说家里也得留下个顶饿的。你可千万把宝物藏牢靠,说不定哪天会成了咱肖家唯一的指望哩。说着,眼泪汪汪握住九妯娌双手,示意一家人走后,叫她把家中大梁挑起来。

九妯娌劝婆婆自管放心走, 说那宝贝物件儿早就匿下了,不会有半点闪失! 说得大婆婆热泪盈眶,不住地点头擦眼。

大婆婆走后,四宝红也跟着过路的抗日小分队跑走了,九妯娌娘家那头也传来纷纷出逃的消息,两家的买卖也随之黄了。

当人们都在不计成本变卖家产慌张出逃时,大白脸家两口子却一反常态,趁机收买了不少便宜物件儿。她见九妯娌不外逃,便来九妯娌家讨教藏物的主意。

九妯娌给六嫂让过座,捧碗热茶递她手上笑着说:要么是变卖成金银珠宝埋到地下,要么是变卖成好地囤在手里。反正谁也把地背不走,谁也往天上匿不了物件儿,无非是在地盘上打主意。

大白脸杏眼一亮,手捧热碗茅塞顿开,随即盯住九妯娌的眼神试探问:我说他婶子,这么说,你那宝匣也埋了?

九妯娌笑看她一眼,压下腔调说:早就埋了。嫁来咱家的当天黑夜就埋了。要不谁也没见过呢!大白脸寻思那宝物一定价值连城,佯作有意无意地问:卖了不就安生了?九妯娌笑说道:你买呀,谁买得起?再说,爹娘给的宝贝,一辈子都得守个牢靠。有宝贝撑着,一辈子就有享不完的清福,谁肯卖了哩。说得大白脸恨不得当下把那宝匣弄到自己手上。

九妯娌藏财的两句话,让大白脸豁然心畅,她顾不得闲心再聊,放下茶碗,款上小脚,立马回家把自家所有的财宝分头埋在了地下。

日本兵没费一枪一弹占领临河县城后,中央军南逃得比兔子还快。东北军53军的吕正操指挥所率691团,在高腿儿骡子娘家的梅花镇阻击日军南进,对日本兵进行了顽强抵抗。

当时,日本兵手握短刀鬼哭狼嚎地往镇城墙上攀,691团官兵誓死不降,激战一天,毙伤鬼子八百多人,迫使鬼子退回了城里。

第二天,抗日队伍动员梅花镇老百姓赶快南逃。全镇少数人家听了说劝,多数人家并没在意,认准自家没向日本兵打过枪,存想日本人不会伤害到哪里。没想到,日本兵组织5000人队伍迁怒于梅花镇,狼心狗肺大发兽性,从后晌沿着镇西挨家挨户往东屠杀,到天黑时分已杀绝46户人家,杀死一千五百多口人。高腿儿骡子娘家人全被杀光,她家的房、地、棉花店及街上的铺面也不晓归了谁人。

高腿儿骡子听说家人断绝后,哭得死去活来,非要回去料理后事。在家的几个妯娌也随着哭劝，要她小心为是，提醒她日本兵正在娘家那边大打出手，去了也是白搭性命。

九妯娌说话最管用，劝说四嫂把心想开些，不能指望作禽兽的做出来人事儿，被小鬼子害了命，不值！高腿儿骡子就听劝无意强走了。

过了没几天，高腿儿骡子找到九妯娌，说她想把自家的耕地和铺面全卖掉，带盘缠往西安爹娘那边找个活路……

九妯娌不明白四嫂的心思，劝她小心为是，并说如今兵荒马乱的又不晓四哥逃去了哪，卖不卖咋说也得有个商量，恐怕卖不上好价钱。

高腿儿骡子说这是四哥的主意，价钱随行就市就行。

九妯娌见她主意已定，说六嫂家正在四处收地买房，反正多少也没外人，不如卖给六嫂家，分单地契改写也方便，说句难听话，过后要是后悔了，赎回来也好有个商量。

此事说办就办。大白脸听说后，喜得嘴角都咧到了耳角上，明着无限大方，实际连分家时的一半价钱也没到。

谁知，高腿儿骡子走后时候不长又回来，说是公婆没找见，接着在家单门子守寡，也不提出门找人了。这使在家的妯娌们都很纳闷儿，对她把自家的耕地和铺面便宜卖给大白脸并不后悔心存疑惑。虽然时常见到有人给家里捎信儿来，却谁也不晓暗中四宝红已经让高腿儿骡子和八路军队伍联系上。高腿儿骡子说是去西安找公婆，实际真正去了哪，谁也摸不清底细。街上人们只晓得她娘家没了依靠，也不再像往日那样去邻居家高声大嗓串门子闲聊，至于她到底是真心愿意关门独过，还是暗里另有盘算，谁也言白不清。

日本人打来临河县的第二年夏里，驻扎在城里的日本兵营里出了一次亡人事件，不晓是谁，至少毒死了十多个日本兵，没死的也都转移到他乡。

那一回，日本兵在城里进行了大搜查，挨家挨户砸门子，翻箱砸柜的没有一家幸免。

当时,香妮子爹在警备队当小队长,他家和高腿儿骡子娘家沾着远亲。高腿儿骡子没找到公婆回来后,与他家明里暗里多有来往。搜家那天,日本兵对高腿儿骡子家特别关照,看都没看就走了。街上人们都清楚,高腿儿骡子暗地里给香妮子爹送好处,这烟那酒的没少打发那流氓痞子。

高腿儿骡子明知香妮子家多年开烟窑赌场,在城里结交的都是些三教九流痞子货,明知九宝红就是在他家折腾光了家产,却还在与他认亲戚、套近乎,连肖家妯娌们都骂她丢人败兴,往后不会落下好报应。

日本兵营亡人事件最终并没有查出结果,最后杀了俩伙夫,认定是夏季食物中毒而不了了之。实际是高腿儿骡子暗中做的手脚,好在没人怀疑和发觉。

是年中秋,高腿儿骡子找九妯娌帮忙,求她藏在家里蒸干粮,说是娘家亲戚要有派场。

九妯娌怀疑四嫂帮香妮子爹为日本兵效劳,推说家里没有粮食而不肯帮忙,后来见高腿儿骡子十分着急,一再向她解释说,如果是为汉奸出力,何苦还去掖着藏着?遂不假思索动起了锅灶。

自打九宝红抽大烟卖光家产之后,九妯娌身边就没了用人和扛长活的可使唤,一切活计上都由自己学着动手。她学会了使针线、做饭,学会了上街赶集添置日常家里的杂用。俩孩儿也已经长成个头,出力打杂帮忙搭手样样可行。当九妯娌蒸出成堆的干粮,由俩儿子帮忙把几大布袋干粮偷偷运到城外之后,她才发现那玉米地里竟然隐藏了大批过路的八路军队伍。

九妯娌见高腿儿骡子与队伍上的人十分熟悉,恍然醒悟到她多次出走事出有因,明白了她向香妮子爹套近乎的真实意图。

回来的路上,九妯娌扭着小脚边走边问四嫂:咋没见嫂和谁来往,就搭扯上这么多人哩?四嫂回说道:无非是为了打鬼子。要不把小鬼子赶紧打跑,啥时候咱也过不上安生日子。

　　九妯娌一连帮四嫂蒸了多日干粮,至于八路军哪天把日本兵赶跑她没琢磨过,但她确实明白了高腿儿骡子把耕地和铺面换成金银干了哪样事端,也对四嫂的吩咐尽心尽力,守口如瓶。

　　八路军队伍离开没几天,不晓是谁向日本人告了密,硬说高腿儿骡子娘家亲戚串通共产党,还说她男人投奔八路军队伍对抗日本兵,二话没说就把人抓进了宪兵队。

　　在家的妯娌们为救高腿儿骡子心急如焚。城里百姓早就知道,宪兵队人进鬼出,押人不出三天就得丢命。这让所有家人惊惧不安。无奈之下,九妯娌去找香妮子娘商量,求她叫香妮子爹帮忙救人。

　　九妯娌与香妮子娘交往最多,日本人没来之前,香妮子娘一直在她家当用人。日本人打来后,孝敬香妮子爹的怕死鬼们成群搭队地往她家钻,但她家的日子并没见多大好转,尤其是九妯娌与香妮子娘同命相近,一个是嫁了个烟鬼赌徒,一个是嫁了个地痞无赖,两人到了一起总也有话可说。

　　香妮子爹从不管家,光有本事叫香妮子娘一个接一个生养,一连生了五个孬种,最小的也都快成年人了,一个也没把媳妇讨上。

　　香妮子娘生养不下闺女,给最小的傻羔子起了个闺女大号。其实,香妮子是个地地道道的带把儿货,秃眉少眼的明明白白一个傻小子。

　　平日里,九妯娌只要找不见九宝红,随便向香妮子娘一打听,就能把人捞回来。

　　日本人打来后,九宝红整天蓬头垢面地佝偻在后院的牲口棚里,只有吸一口大烟才能站起来行走。没人给他烟吸,他像烂泥一样瘫在棚里活受罪,有事找他时,叫他吸一口有个支撑,事后又回到棚里接着等死。家人并不关心他的死活,九妯娌总向外人说:自当没有他。他不再偷物败兴祸害别人,日子再难也比惹是生非强。

九姌娌从香妮子娘那打听到了高腿儿骡子并没押在宪兵队，而是押在了警备队香妮子爹手里，这让她十分意外。

街人谁也没想到，香妮子爹那老痞子见高腿儿骡子卖了家产，手里一定有不少银两，便以日本人的口气把人绑走，目的是想诈钱。

九姌娌过后又找香妮子娘出主意救人，香妮子娘说：他一辈子狼心狗肺认钱不认人，谁还指望他能办来个人事儿哩？

九姌娌心里就有了主意，返回来找六嫂详细说明只要有钱，四嫂就有指望放出来。她要六嫂把自家的后院儿也买了，给多给少看着计算，能把四嫂赎出来就行。

大白脸当然不会错过如此既捡便宜又送人情的好机会，没经几手折腾就把后院儿地契攥在了手上。

九姌娌把换来的银子悉数孝敬了香妮子爹，那老痞子转天就把人放了出来。

高腿儿骡子出来后，在街上四处张扬沾了香妮子爹的光，向那老狗又示好，又送礼进贡，还舍脸求他张罗警备队管事的来她家吃顿谢恩饭。

白露的前一天，高腿儿骡子找到九姌娌含泪说：九妹子，你是咋着出钱掏心窝子把嫂救出来，嫂心知肚明。既然警备队抓了我，城里没法再住，不如出去躲躲。你那宝匣小心才是，实在不行就换成金银，或埋到地下带孩子出去躲躲，风声小了再回来。

九姌娌说：我哪也不躲。死是早晚的事儿。不怕死，天下就没有大灾。嫂就放心走吧，咱这家业总不能留给他日本鬼子享用，有我看着哩。

高腿儿骡子激动地说：那咱一家人就不说两家话了，实话对你说吧，我已叫大哥他们赶快逃了。不能叫这帮狗汉奸再安生活着。九妹若是当真不往外躲，嫂也不把你当外人，把剩下的屋院归给你家，也算是顶了妹子卖后院赎人的花项。说着，低头流泪把自家的房产地契放在了炕沿上。

九妯娌赶忙推脱说：留着后院也是叫他爹卖抽了大烟，救人赎命也算派在了正经事儿上。坚持房产地契不能要。她见高腿儿骡子执意留下才走，便又说：那九妹替你好心保管，啥时回来，啥时再还给你们。

妯娌俩相互推让了一阵子，依依不舍地抱头痛哭。之后，高腿儿骡子留下地契之类的财产文书，头也不回地走了。

后晌，高腿儿骡子完全变了个模样出了家门。她梳妆打扮得格外齐整，像是脸上搽了雪花膏，头上抹了香水油，挎着篮子上街去买酒、肉，逢人便说：是哩，得好好犒劳犒劳香妮子爹他们，还是咱同街乡亲走哩近，要不是他们救我，保不定这会儿早见阎王了。显得比往常更加亲热。

过后，街上传说她是用了女人手段，才把香妮子爹那帮警备队的头头儿和那个日本小队长馋进了家里。

当人们第二天见到大批日本兵包围了高腿儿骡子家，又从她家抬出来七八具尸体时，才醒悟到高腿儿骡子下老鼠药害死了那帮当兵的。

高腿儿骡子逃走后，日本兵找肖家算账，先是拿手榴弹把她家炸了个稀烂，接着绑走了六宝红和九宝红。二人这一走，再也没回来。街上少数人言白不清下落，多数人都说是第二天日本兵正好往日本国送劳工，二人转即被拉去日本当了劳工。

九妯娌虽说天天恨那不争气的败家废物给她带来祸害，但真正到了失去男人的份儿上，却还是心痛不已。终归是结发之人，她夜里伤心地哭，街上外人谁也没有察觉到过。

九宝红走后，家里只剩下九妯娌带着俩儿子单过。单身女人没进项，全靠出租公婆的商铺有收入。大嫂和六嫂她们虽然对肖家财产归九妯娌独用有成见，见这娘儿仨没有其他依靠，如此减轻了各家管人的负担，也就睁一眼、闭一眼。日子很快熬到了日本投降。

五

日本投降的第二年秋初,解放军打下了临河县城。头俩月,人们搞庆祝,清理伪军、除汉奸,到了秋末冬初,街上突然传来要闹平分、搞土改,还没听准实信儿,成群结伙的人们已经闯进来肖家大院里。

当时,肖家在家的男人有大宝红、三宝红和七宝红,女人有大妯娌、三妯娌、六妯娌、七妯娌和九妯娌几个妯娌及所余后生。

人们前晌先把肖家和马家所有家人陆续押到肖家花店大宅里,全部跪地凑齐之后,头晌又押去城西高台子庙上,在临时新搭的木台上接受大会批斗。

会上,马家老爷子头戴高帽被五花大绑着跪按在木台中心,肖家男人们也全部头戴高帽跪在一边陪绑,在家的女眷家人也齐跪在台上陪斗。

大会场面让人心惊肉跳,人山人海中不断有人上台激愤诉苦,然后主事的总结发言。最后,马家老爷子以大汉奸大恶霸的罪名被宣布立即枪决,接着就把人拉去城北河套里,正午时分便命归了黄泉。

当时,人们只顾赶去河套旷野观看枪毙犯人,谁也没注意到肖家弟兄三个当即被宣布押进了大狱。

大妯娌见自家男人被押走,起身就往台下跑,想跟着看把人押到哪,九妯娌见大妯娌起身,也想随即跟上,便急忙去拉身边的七妯娌。七妯娌浑身哆嗦着站不起来,她边拉边说:快走吧,七哥他们叫人押走了,别再磨蹭。一手拉不起来,又搭另一手,拽七妯娌赶紧追人。

三妯娌王蛋儿见三宝红被押走,顾不得与九妯娌和七妯娌言语,也慌张往台下追人。

九妯娌拉着七妯娌刚起步,六妯娌大白脸随后跟了过来,几个女人追赶不上押人队伍,越落越远……

此时天已过见午,人们都要回家吃饭。妯娌几个见追人无望,又赶紧往回走。

回来后,街头挤来不少瞧热闹的人,近至家门口,所有肖家人大吃一惊。贫民团正在执行政策,要把肖家男女老少通通扫地出门。肖家各家各户从大门到屋门全上了大铁锁,财产一律归公,任何人不许再进家门,至于哪吃哪住自找出路,不许有任何反对的言行。

这让肖家所有人茫然无措。

大妯娌最先不安,她难受的并不是家里的物件儿被人封走,而是眼下手头没有烟吸,烟瘾折磨得顾不得再有其他念想。三妯娌王蛋儿虽然着急,却给人一个满不在乎的印象。她把鼻涕抹上前襟,嘴里说不清是在骂谁:脏鸡巴操哩锁住门子,俺家鸡窝还没放开呢,把鸡们憋死,快叫我回去放开鸡窝! 一蹦一蹿地认真比划,却没离开原地半步。七妯娌老蘑菇随着大流儿不言声,六妯娌大白脸最先坐在地上痛哭起来,以至于后来哭倒在地上,招致家人都来拉她,眼见自家所有物件儿全被封走,她死活转不过这个脑筋。那是多少物件,多少年的心血呀,说个归公就都归公了? 她像被利刀剜心一样想着那些从没舍得动过的新绸缎、新首饰,以及还没用过的锅碗瓢勺……

九妯娌此刻却少有的平静,似乎她家根本没有宝匣那回事,也对失去家里物件不以为然。她找到香妮子大哥在街上指点说:我说,天都过晌了,咋说也得叫进家做口饭吃,总不能把人饿死在街上吧?

香妮子大哥抬高下巴说:没见马家老爷子叫枪崩了? 全县都在镇压大地主,你追上门来找死啊? 再多说,全都绑进狱里!

九妯娌说:孩儿们也叫饿着呀? 俺们先去我四嫂家歇歇脚,她家房子不能也收了吧?

香妮子大哥说:谁说不收? 谁说四宝红不是大地主了? 不行,不行! 上头有规定,谁敢捣乱,通通绑走! 香妮子爹被高腿儿骡子毒死,小痞子们正要找肖家出气,这会儿总算等来了解恨的机会。

九妯娌说:要绑你就绑。收了别人家的我不言声,我四哥家的房产地契在俺家放着,谁也不能收走。见香妮子大哥转眼就没了在肖家干活儿的模样,向他瞪眼说,我家四哥当年参加的是八路军队伍,四嫂也是共产党。共产党不能收走自家的物件儿,这房子谁也不能平分!

平分不平分,不能由地主老财说了算,滚一边去!香妮子大哥出口伤人。

九妯娌不再言语,转身要去高腿儿骡子家做饭。其他妯娌见九妯娌豁命与贫民团顶牛,吓得眼皮也不敢抬,一个个蔫无声跟在后头无所适从。

当天,除了不让进门,没等来任何结果。天黑了,饿了一天的肖家人也都不晓溜去了哪儿,只有改亮爹和改亮叔叔依偎在娘的身边没有走开。

九妯娌见冷饿难耐,叫俩孩儿分头找来两片破草帘子铺在门台下,二人坐一盖一,自己一人起身往街西走去。

天已大黑。街上已不见行人,往东不远是东城门,往西不远是四明楼。眼下谁也不敢再与肖家人靠近,连个走串去处都没法选定,她款着小脚漫无目的往西走去。

自从嫁来肖家,十八年过去了,黑夜一人出门上街还是头一遭。过去人们都是往她家走串,求她施舍接济,很少她往别人家串门。她对这突如其来的变故没有任何防备,转眼工夫连口吃的都没有了,往哪去讨要呢?她走到四明楼跟前停了会儿,不由自主又返了回来。当天夜里,她与孩儿们依偎在街门口,盖着破草帘子窝露了一宿。

天亮后,一天一夜没吃没喝的娘儿仨,首先想到还是去找饭食。

九妯娌见改亮叔叔坐在草帘上抹眼泪,数念说:抹泪就能抹来个馍吃了?大小伙子袖手坐在街上,没人可怜你,只能说你没出息。有娘在,天大的事也能闯,等着！说着,又一次站起来,拢发整衫径直往城外东关街走去。

暖阳尚未出现。远天已鱼肚样发白,街上炊烟四起,整个城郭上空笼罩着蒙蒙的雾霭,远处还偶尔传来一声狗叫。

九妯娌出城往东关街去走家串户,穿过护城河的小石桥,街上一派寡静。她想去敲门,但看到前头本已打开的街门又都关上了,心口不由得冷若冰霜。她并不知晓政府在政策上要人们与地主老财划清界限,也没多想能否要到饭食,只是一心惦着不能让俩孩子饿死。

九妯娌困惑地往前走,忽见有家街门轻轻打开,转即一个破衣老汉警觉地向门外巴望了一下,慌忙招手示意她赶快进门来。她在门口还没顾上言语,那人赶紧把她扶进门,就手又把门关上,回头哑声说:是九嫂啊,咋早起一人进东关哩？没等九妯娌回话,那人又说,快来家暖和暖和。说着,把她带进屋里。当那人得知她一天一宿没进饭食,是出来给孩儿们要饭时,慌着给她热了一碗菜粥喝,然后,又塞给几个菜饼子让她揣入怀里,开门巴望街上无人之后,赶紧让她走出来。回来的路上她还在纳闷儿,这是谁家呢？是在西柳村地里收过麦,还是在南尚庄地里割过谷？怎么也记不起来是哪户人家,反正是见过面的。

九妯娌要来干粮叫俩孩儿吃过后,老阳儿已经高过了树梢,街上开始有人行走,身上也渐渐开始回暖。

没等娘儿仨离开破草帘子,贫民团已经来人开始进行分房子分地。

肖家人们又相继回来了,聚在高腿儿骡子家街门口,无精打采地没有话说。

大妯娌饿得最惨,一天一宿没吃没喝就站不住了身子,半死不活地靠坐在门阶旁,肥头大肚成了泥胎,狼狈得连头也抬不起来。

大白脸向九妯娌哭丧着脸说:妯娌几人谁也没要来半口饭,

家家关着街门叫不开,连口凉水都没要上。说着掉下泪来。

九妯娌见妯娌们家家都还饿着,二返脚又往城南的南关街上去要。她很快要回来满满一包袱干粮,若不是大侄子跟去帮手,一人抱都抱不回来。

刁馋再也没了挑食的心思,不顾烂菜饼子凉热软硬,抓一个就啃,狼吞虎咽地边吃边说:咋俺们半块干粮也要不来,你能要来恁多哩?

九妯娌没言语,心说,当年人家来扛长活,你们咋待人家来?我是咋待人家来?我那财物往外打发了多少?你们手把手揽在怀里舍得给过谁呢?笑笑说:我手里有的时候谁也给过,这会儿没有了,谁也认我。我遇上的全是好人。人家给多给少都是个心意,咱知足。说得刁馋也展开了眉眼,不管不顾又吃了几个。

大白脸一口也吃不下,全把干粮给了孩儿们。她一直以为这是在白日做梦。自从日本人打进城里之后,她家冒着被杀的危险把钱变成了物儿,置办了大量房、地,日本投降后,又设法把物儿变成了钱,出售房、地换回了大量金银珠宝,自个儿一辈子不敢露富,钱财上舍不得花,物件儿上舍不得用,贫民团说收走就收走,咋说也咽不下这口气!她不甘心自家的物件全被收走,更担心埋起来的钱财被人发现挖出来,曾多次小声嘱咐九妯娌,千万小心不能把地下的物件儿说露了马脚。

九妯娌宽慰她说:物儿都在自个儿身上带着哩,多有多使,少有少使,没有了反倒省心。收他就收,又不是收咱一家。自当没有过。劝她多余操心。

大白脸着急说:站着说话不腰疼。你家都把房、地打发了个光光溜溜,我家呢?有就是有,没有就是没有,好不容易攒下的物件儿,咋能说没有过呢?我可不能明明白白装傻。说得九妯娌无言以答,只好改口劝大白脸吃口干粮。

当天前晌,贫民团来人找肖家妯娌们训话,要她们老实交代自家的金银财宝藏在哪,不许瞒报。

大妯娌知道自家再没更多值钱的物件，怕人们翻出来九妯娌的宝匣丢了肖家的指望，有意引火烧身转移视线，叫香妮子大哥先递来烟布袋，找块碎纸片卷个烟卷抽上，然后捏着烟卷说：俺家的物件你们都收走了。我一辈子好抽好吃全打发了肚皮。不信，就往俺家去搜，搜出来多少全拿走，我保准不拦。

三妯娌王蛋儿蹭一把鼻涕抹到前襟上，眯眼哑嗓说：谁家也比俺家强。俺家分家抓得那脏鸡巴烂地，八辈子也不值钱。有本事你们早点把俺他爹放回来，我可不能这么一辈子活守寡！她不提找金挖银的事，驴唇不对马嘴地叫香妮子大哥为她找回来暖炕的男人，弄得这小子站在路上哭笑不得。

大白脸神不守舍地靠在南墙根儿上抹泪，装一副可怜相转移目标，泥手抹来抹去，以求用苦相分散银子上的联想。她心急如焚，却又自若坦白。

整个场面尴尬了好一阵子，贫民团像事先商量好了一样，丝毫不被大白脸的可怜相所动，对其他妯娌不再多问，专找大白脸的麻烦，非要她说出来自家钱财藏在何处不可。

东门里早已家喻户晓，大白脸面白心黑，一辈子舍不得叫别人吃她一嘴物件儿。她家明着对外装穷，暗地里把钱财深藏了多少，谁也估摸不透。她死嘴不言语，香妮子大哥借机流里流气动手动脚。本来白皮子嫩肉就叫男人们馋涎欲滴，这会儿正好来了摸弄她的大好时机。

只见，香妮子大哥盯住大白脸奸笑说：你要不说，扒光衣裳在街上冻着。说着，伸手要撕扯衣衫。

大白脸往后躲闪着，更加哭叫得可怜。

九妯娌护上前说：你个毛崽连当街的大娘都不认啦？为钱撕扯，脸皮也不要啦？谁家物件儿也匿不到天上！该往哪找往哪找，甭在街上大白天撕扯祖宗门面！彻底把视线移向了别处。其实，她也不晓各家金银到底匿在了哪，如此一说，也只不过为了搭救六嫂，没想到，一句话让贫民团茅塞顿开，大队人马立即赶进肖家大院挖起宝来。

挖宝进展得很顺,且后来找到了规律。凡是肖家房产,包括后来买的马家那大宅,无论是大门、二门,还是屋门、街门,只要在门框处,每个门台儿两边都有一个大元宝埋着。元宝上个个裹着油布,扯下油布简单一擦,雪白刺眼。

满街的人们都在抢挖,半天工夫挖出了不下上百。这连肖家妯娌们都出乎意料,恐怕肖家后人全都不知情。当年九宝红贫困潦倒,如果知晓家里埋着元宝,至少不去偷卖地契。

挖宝挖到第三天,所有房前屋后全挖遍,有的房子连地基根上都挖出了硬土,大多数还是门台儿下挖出来的那点银子,其他地方不见异端。

同街的许多人心疑不解,虽然想到了日本兵来后,大户人家确实携带不少家财出逃,但就肖家势力而论,一定还有大财没走,如果九妯娌没宝匣藏着,她肯不外逃吗?尤其是像大白脸家这样的大财主,全家不走,一定还有大财隐着。

于是,贫民团又派人把肖家几个妯娌赶过来,要她们如实交代,必须指认财宝藏在了哪,否则,一律受过。

一连几天吃睡在街头的妯娌几个,污头渍脸地在大院里惨相百出,一个个撅嘴无话,生怕大难落在自己头上,并暗怕九妯娌的宝匣被人挖走。几天里,妯娌们谁家也要不来饭食,全靠九妯娌一人串家唱户讨要,之后匀给各家。虽说谁也没吃过饱饭,但毕竟还有饭食果腹。如果九妯娌手里有钱,几家的日子就能有个依靠。因此说,只要九妯娌的宝物能保住,往后肖家一大家子的日子就有指望。

见妯娌们不交代,贫民团挨家挨户挖得更细。轮到大白脸家,人们寸地不落,没想到,不到半晌工夫就发现了惊天秘密。

当第一个大黑坛子从大白脸家东墙根儿上挖出来,满满一坛银子亮在了光天化日之下时,在场的人们无不惊诧。

大白脸顿时瘫坐在地上号啕大哭起来,嘴里不停地说着:我都说过了,俺家谁也没往地下使过手段,我也不晓是谁埋在了俺家。谁能抬得动呢?赌天发誓不会再有。

人们根本不予理睬,拼出吃奶劲头继续探挖结果,出人意料地又在后院猪圈棚根儿上挖出一个大黑坛子,白银比前一坛子只多不少。

当人们又从大白脸家东墙根儿的更深处,挖出一个大缸扣着两个坛子时,所有人简直惊头呆脑了,东门里果真有人藏着金山银海!

人们不再到处挖找,而是突然停手围住大白脸,不约而同地追问她到底还藏有多少宝物。

此刻的大白脸既不再急,也不再哭叫,刚才九妯娌还死拉活拽抱住不让她哭闹,这会儿,她好像又回到有气无力任物儿没吃的状态,一反常态冷静下来,并转向一旁的妯娌们说:甭再拉拽了,我不急,我看看坛里的物件齐全不齐全。说着,慢慢从地上爬起来,抹抹眼泪,又理理发鬓,拍土起身,拧着小脚往四个大坛子跟前走来。

到了坛前,大白脸回头冲人群说:甭再忙活了,把油布剥开,我看齐全不?怒指坛子叫人把油布重新剥开。

四个大坛子一个个又被打开了,白花花的银元,明晃晃的元宝,亮灿灿的金条,五光十色的首饰,亮在了坛子口上。

大白脸低头像是数了数,依依不舍地摸了又摸,然后长出一口气说:全对了,就这么多,都搬走吧。说着,转身向院中一边的妯娌们走来,如释重负地招手示笑。不及旁人看仔细,大白脸突然疾步转身,"腾腾腾"快跑了几步,弯腰的同时,猛一头撞在了一边的大缸上。只听"砰"一声闷响,白俊女人随声倒在了水缸跟前。

当人们反应过来,慌张扶人时,她已头破血流,不省人事。

这让在场的所有人猝不及防,整个院里顿时大乱。

九妯娌离得最近,最先扶起来六妯娌。只见冬阳融融的柔光下,白脸上一道鲜血顺腮而下,又不断流在前襟上,白手白脖颈反衬着鲜血更加红亮……

九妯娌一边给六妯娌擦脸,一边喊:快去叫药铺先生!又自言自语说,六嫂哇,这是何苦哩!不就是几坛子没用的物件儿吗,拿命换,值不?咋这么想不开哩!

人们七手八脚抬走大白脸之后,九妯娌还在不停地嘟囔:我爹打早就说过,钱少了是日子,钱多了横竖是个祸害。看看这应验的准不准,一点也不假哎!

大白脸被抬走了,高低不平的院里忽然沉寂下来,似乎坑坑洼洼的新土乱瓦中,再也没了可藏的物件儿。工夫不长,人们又都返回来。香妮子大哥并没因此心慈手软,他指示贫民团来人堵住门口,不让肖家妯娌们走开,仍然一脸怒相大发警告:拿死吓唬谁呢?老子怕死就不在这挡事儿!都死了才安生,省得再找你们要钱财。大白脸不是说任物儿没藏吗?怎么挖出来这么多呢?哎?谁也甭想蒙混过关,不说出埋宝的实话,死都甭想死安生!

这痞羔子心眼儿贼多,一边督促人们把坛子抬走,一边又回过头来指住九妯娌厉声问:老六家元宝挖净挖不净先不说,你家宝匣藏在哪,要老实交代,别叫再费事。交代出来,算个老实,饶你不死,要是不说,早晚也得挖出来,到时候想减罪都没用了。

大妯娌怕九妯娌说走了嘴,忙抢上说:往俺家挖吧,说不定也埋着哩。九妯娌打断她说:甭拿死呀死的吓唬谁,早晚都有那一天。我把俺家宝匣埋到大门口了,不信你们去看看。说着,带人们来她家大门口指认埋藏处,急得刁馋恨不得上去咬她一口。

实际上,门口周边早被挖得坑洼不平,宝匣找不见,只有再深挖。人们都在疯找,有人内心嘀咕:这傻老婆真不该实话说给香妮子家这帮孽种,他家要是捞到宝物,过不几天就得挥霍一空。

挖宝的从头晌挖到后晌,从后晌挖到天黑,整挖了一天,除了大白脸家那几坛宝贝外,再也没挖出来任何稀罕物件。贫民团开始怀疑九妯娌在说假话。

香妮子二哥早已累没了底气,气急败坏地指着九妯娌鼻子说:你到底说,还是不说?要是不说……拉出个要大打出手的架势。

香妮子二哥正向九妯娌发急,赶巧被出来喊儿们吃饭的香妮子娘瞅见。她见二小子向九妯娌犯浑,二话没说,上去就往混账痞子脑袋上扇巴掌,边打边大骂浑账痞子不识好歹,踢打小子们赶紧回家吃饭。

黑天里,不晓是谁嘟囔了一句:头天白天不是二百五家在这挖过了?他家兔崽子把街门台下的大元宝全挖走了,说不定早挖走宝匣没言声哩!

这一说,香妮子家小痞子们如梦初醒,顾不上回家吃饭,立时放下门口的刨找,成群搭伙地向二百五家赶来。

二百五家就住肖家东边的斜对门,离香妮子家并没多远,全家正在屋门口围着地桌吃饭。香妮子大哥带一帮人气哼哼赶到后,鹅脖子伸臂冲门里喊:都别吃了,先把九宝红家的宝匣交出来!快点儿!

二百五爹见香妮子家几个浑账痞子来自家门口耍横,放下饭碗站起来说:喊谁呢?没大没小跑到别人家来撒野。你当是警备小队长管事儿啦?滚出去!不识好歹的物件儿。

香妮子大哥见二百五爹暗骂他的爹老子,顿时恼怒大骂:装你娘哪家子好人?快把宝匣交出来,甭叫老子费事。

二百五家也是三代清贫,咋说翻身农民也得比日本警备小队长的龟孙们活得硬气。老家伙根本没把浑账痞子放在眼里,带上二百五就冲出门来,二话不说,上去就打。

此时,天已大黑,乱打场面十分激烈,双方谁也不甘示弱。二百五家一家人跑出屋来就拾上了靠在门口的大家伙——起粪叉、三齿挠、镢头、铁锨一起上,不大工夫就有人倒在地上没了动静。

香妮子弟兄几个见二百五抱住他爹大喊救命,以为老家伙装死讹人,住手擦嘴并没有走开。当他们发现二百五爹卧地早已血肉模糊时,逃跑已经来不及,也不晓是哪个闲事包儿报了案,当下军管人员就荷枪实弹赶来把香妮子大哥、二哥抓走了。

这真是祸不单行。东门里大街上又一次热闹起来。二百五家摆上灵堂之后,香妮子家门口便招惹上麻烦。

大白脸头天刚死,棺材摆在了肖家院里,屋门没让进,当天过午时分就入殓钉了封棺钉,后人也没让披麻戴孝,人就草草埋了。二百五家第二天也来凑热闹,抬着死人在香妮子家街门口摆香停尸,非叫香妮子家的痦羔子们赔钱、磕头、陪丧不可。

香妮子家这头还在为俩小痦子被抓走着急,哪里还有赔钱、认罪之说。对头双方又在街上大打出手,对吵对骂互不相让,直到乡政府来人强行香妮子家出了钱,强令二百五家立即出殡才算了事,而有关寻找九妯娌宝匣的事端却随之没了下文。

殡埋了六妯娌,九妯娌也不再在四妯娌家街门口守护门院了。她向几个妯娌告别说:咱一大家子守个草帘子在街上混了这么多天,靠要饭总不是长事。四嫂家的房和地随便他们折腾吧,房能拆,地是谁也背不走。等四哥、四嫂回来再找他们要也不迟。让嫂们带上孩儿们各找亲戚往外头自求生路,又说平分完后,政府总会给人一条活路。

九妯娌说过家人,自己也带上俩孩儿一路要饭,一路打听着往天津方向出逃。

六

娘儿仨一路讨吃要饭,苦不堪言到了天津,先是打听到舅舅们早已逃散,后又打听到二妯娌全家也逃没了踪影。无奈之下,娘儿仨又在火车站讨要了几天坐车的盘缠。当娘儿仨坐火车逃到西安时,西安也和天津是同样遭遇,更是半个家人也没找见。九妯娌又带俩孩儿一路打短工、要饭回到了临河县城的东门里。

两个多月的外出求生,几乎快把九妯娌的小脚走烂了,她就凭着一股子除死没大灾的劲头,硬是坚持走了回来。当时,东门里街上并没多大变化,但肖家在待遇上却有了截然不同。县政府落实中央《关于清算减租及土地问题的指示》,在调查香妮子兄弟打死人的过程中,对他们造成大白脸撞死和乱挖肖家住宅的过火行为给予了纠正,对扫地出门的地主富农也多少给了住处和部分耕地,香妮子大哥和二哥因打死二百五爹被判了重刑。九妯娌家的情况比较特殊,她家在平分中并没多余土地可分,仅有的一间北屋按政策应当自留。就此,全家人又回到了原屋居住。

由于四嫂和四哥在解放军队伍上当干部,她家屋院原封保留归自家所有。

九妯娌一家人做梦也没想到还会有喜出望外的这一天。

有了住处,也就有了日子上的指望。谁知,安生日子没几天,九妯娌又在城里集上惹来个事端。

从西安回来后,家里一无所有。大妯娌带着七妯娌偷偷来看九妹一家,本想问问宝匣的下落,见她家开灶起火任物儿没有,便说要商量想法往监狱里探监事宜,顺便把各家偷着凑来的几毛钱塞给她,让她尽快支起来过家的锅灶。九妯娌就张罗上了。

城里的集市初一、初六是小集,初四、初九是大集。九妯娌赶的是初六小集。当时,集上行人稀少,寒风刺骨,卖粮卖菜的门户并不多见。

走到四明楼附近,路边一个十六七岁的俊闺女,带着一个五六岁的男孩蹲在一小堆白菜旁正在卖菜。九妯娌问过价钱,见旁边菜摊围得人多,便到旁边去挑。她挑着挑着不由自主地回头看见那个男孩冻得鼻涕哈啦,又返回到俊闺女这边来,拣起两棵冻硬的白菜叫闺女称秤。

闺女善目回了改亮奶奶一眼,指一棵好菜说:大娘,拣好的吧,不吃紧。劝大人不必照顾。

九妯娌笑笑说:看你冻着多不易呀。我把脏菜买走,剩下好菜你少卖个时候。卖给我,不少给钱。说着,把仅有的一点钱留给了俊闺女。

就这么个小事，那闺女叫她身边男孩跟着九妯娌走了一集，盯梢一直盯到了家门口。

第二天一早，闺女找上门来，见到九妯娌就跪下了，含泪非要认了干亲不可。

九妯娌慌忙扶起来闺女语重心长说：这可不敢使唤。闺女，咱家里任物儿没有，你进来的可不是个好户人家，还是不来往安生。又问，你是哪道街上，谁家人儿哩？

闺女低头不走，回说就在城南小关石桥那边，家里有爹和俩兄弟。早就听说东门里有个善心人家，没想到就巧遇上了。

九妯娌笑着不知说啥好，又自言自语劝闺女改主意。闺女扭头见九妯娌的大儿子肖功实在院里拾掇劈柴，整了整衣衫，扭头向老人笑了笑，大大方方出屋帮肖功实捆柴去了。

从此，那闺女经常跑来家里帮干杂活儿。

九妯娌见闺女心实人俊，慈眉善目的少言寡语，加上自家也确实没个贴心闺女，就心喜面和认可了来往。

要说光是认下干亲也就罢了，谁知闺女在后来的几年里，多次跪于九妯娌跟前苦苦央求，非要嫁给肖功实不可。

这就给九妯娌惹来了麻烦。

按说，闺女从个头身条，到模样品性哪都好，谁家媒人也不会如此提亲把闺女嫁给改亮爹这样一个弱人。

闺女亲爹发现后，先是找来九妯娌哈腰说好话，要她死了认亲、成亲的念头，央求她放孩子一马。九妯娌虽说好话回尽，却仍没见效。

闺女家是贫农成分，刚分了房、地过上有粮的日子。闺女在家是头大，家里打早就指望她嫁个牢靠人家，日后好给俩兄弟带来接济，没承想，竟然要嫁个比她大了多岁的穷地主崽子。气得她爹又打又骂，关在家里不叫出门。

闺女爹见软的不行，后来上门就改了口气，怒指九妯娌脑门儿说：你不晓你家是大地主啊？也不看看你儿那干柴模样就胡乱攀附？你一个地主婆子死了这门心思，休想叫我家闺女也跟着你家在街上没脸没皮活着，我打死也不能叫她嫁过来！往后再敢招惹我闺女，小心我上门敲断你家狗崽的双腿！

九妯娌小心翼翼地回说道：他大伯，千万别着急，都是我没把孩子管教好，往后不叫他们再来往就是了。赶紧向来人赔不是。

对门香妮子娘看不过眼，指住那闺女亲爹生气说：你家闺女非要嫁来个高成分，还不是为了人家那宝匣子，那匣里的物件能叫人享用一辈子哩！说得老头子怒气冲天，蹦高跳脚地大骂：放你那咸屁！谁稀罕他家那没影儿的胡猜啊？再敢多嘴，小心我割下你舌头下了酒菜！之后多天里，一再来找九妯娌逼命，吵闹撕扯得满街沸沸扬扬，半个城里人对那宝匣传说得更是邪乎，而那闺女到底图谋什么，谁也言白不清，反正自己一再说失了亲娘，非要找个好婆婆，死活非要嫁给肖功实不可。

两家跑跑打打，打打跑跑，整折腾了一冬，直到腊月头年儿里，也没定亲、娶亲，也没给街邻递话儿报喜，闺女就跑来跟肖功实住到了一屋。第二年秋天，生了个大胖小子，取名叫肖改亮。

改亮娘嫁来后，改亮家日子好了许多。一家人早已都会下地干活儿，挖刨耕种样样熟悉。改亮娘手勤心善，又会在集上卖粮倒菜，不到一年工夫，家里很快缓上阳来，而且，婆家一旦有节余，九妯娌都叫改亮娘送去娘家。改亮老爷见到外孙就没了脾气，后来对这门亲事也默认下来。从此，街人都称九妯娌叫改亮奶奶。

也就是在改亮周岁过半的正月里，四宝红和高腿儿骡子突然回到家来，说是部队正在西北剿匪，二人出差进京路过。妯娌几个见到远回的亲人，不由得一起伤痛抹泪，哭诉公婆们至今没回，大宝红兄弟三人押在狱里，六宝红和九宝红被日本人抓走，大白脸撞死的悲惨景况……

改亮奶奶见妯娌们只顾哭诉，提醒四哥说：别的都是小事，得抽工夫往狱里瞅瞅大哥他们还活着没有，人命关天，只要人还活着，不愁后头没日子。

　　四宝红擦过泪脸说：要是论成分，哥、弟他们都算是地主，但不是恶霸汉奸，不应该定罪抓进狱里。押他们是政府执行政策过了头，得找政府去说说。当下找去政府说明了情况。政府回话说，肖家是临河县城最大的地主家族，盘剥百姓也最多，需要研究之后再定。

　　四宝红两口子走后不久，大宝红兄弟三人还真被放了出来，但都被定为地主成分，必须接受劳动改造。即使如此，肖家各家总算齐了人口，日子就算过上了。

　　成立了合作社和大炼钢铁的年月里，肖家日子还算安生，改亮叔叔肖功在一次铁路招工时，随大批民工去了大西北修铁路，家里还剩四口人。

　　两年后，全国闹大灾荒，吃"低指标"、"瓜菜代"，各家有了各家的难处。可难过的日子里，也说不清是家庭成分高不敢再有其他奢望，还是怕把宝贝挖出来招来祸害，肖家妯娌们好像把改亮奶奶的宝匣全扔到了脑后，谁也没提及过挖出宝来渡过难关的事端。

　　大宝红回来后，在生产队当木匠，收入上并不能养家糊口。大妯娌也快五十岁的人了，拖带着几个能吃的大男大女一筹莫展。她自己一饿再饿，眼看浑身浮肿得几乎不能走路，眼珠子像铃铛一样终于倒在了炕上。

　　冬天刚过，回暖的地里刚刚返青起绿。改亮爹悄无声息进家后，小心翼翼从怀里掏出来一小把菠菜，叫改亮娘赶快做碗菠菜汤，自己连忙取柴起火。

　　改亮娘以为要给改亮做菜汤，慌忙说：可不敢。谁家也不叫起火。你这是要找罪受！

　　改亮爹说：顾不得那么多了，快帮手拾掇。

　　改亮奶奶见儿子、儿媳忙活锅灶，堵在厨房门口大声追问：没听说队上不让起火啊？哪来的菠菜，不要命了？！

　　改亮爹点火烧水赶紧说：快别说了，快做碗菜汤吧。

改亮奶奶一听就火了,顺手指住儿子生气说:说清楚,哪弄来的?敢有半根菜毛来路不正,我剁下你双手!

改亮爹从没见过当娘的如此发火,不由委屈得落下泪来,边拉风箱边说:亲娘几时教过儿子偷过谁家一针一线?这是头天娘给的改亮买书钱,还没来及交给老师,我先给我大娘买了菠菜。快给我大娘做碗菜汤吧,饿得快不行了!边哭边歪头弄柴侍火。

改亮奶奶这才想到一家人已是半月没见粮食,每天全靠不多的野菜和榆皮面果腹,懂事的儿子在饿得直不起腰的当口里,还把仅有的菠菜给他大娘做碗汤,这叫为娘的实在心里难受,不由哽咽难忍,哭着赶紧把瓦罐里仅有的半把棒子面打扫出来,就手馇进了锅里。

当改亮奶奶带着家小,款着小脚,端着菠菜粥赶进大嫂家时,院里早已哭声四起。大妯娌死了,饿死了。菜粥成了供桌上仅有的祭品。

殡埋了大妯娌,四妯娌高腿儿骡子那边也出了祸端。自从"三反"那年进京出差回家来,两口子从西南随部队一直打进了西藏,随后就在西藏安了家。也就是在大妯娌死后的头七里,县民政局领导陪同部队来人向肖家传来噩耗,说是夫妻二人在一次大火中为救部队物资不幸牺牲。没过多久,部队也没叫肖家去人到部队上出丧,也没叫政府在街上公布,只派人送来了烈属证,说是人已埋在了西藏当地,家里可以按烈属待遇。

从此,肖家大门口上挂了一块红地金字的烈属牌子,至于牌子的主人归谁家,牌的名誉谁家享受,没人争过要过,也没人说过问过,就那么不明不白地常年挂在街面上,而改亮奶奶更是在哪也没提及过自家算不算是烈属的事。

四妯娌的事端安生下来没半年,七妯娌老蘑菇家又生来是非。

自打香妮子家小痞子打死二百五爹被关进监狱后,两家子吵吵打打就没有过消停。老蘑菇为躲事端,像木桩一样夹在中间,从不见多嘴多舌。

秋里,好不容易熬来谷子、豆子堆在了打谷场上,头天香妮子三哥在场上看夜,第二天场里就少了半布袋黄豆。

社员们一个个饿得晕头转向,一家家都在巴望分点口粮救命,豆子被偷,日子上少了指望,没有一家不怒火中烧。

队长发誓非要把贼人查出来不可,咬牙要给社员们一个交代。不晓是谁高嗓门儿提醒道:这有么可难?顺着地上的豆粒儿往前找呗,找到谁家,那就是贼窝!

人们豁然心亮,不容分说,当即就从城东打谷场上顺乡道往城里找来。

其实,谁偷了豆子,完全是秃子头上的虱子——明摆着。香妮子家那一窝贼羔子,哪个手脚也不干净。当年香妮子娘在改亮奶奶家做针线活,捎走袜子、顶针之类的小物件是常有的事,只是改亮奶奶视物儿大度,睁一眼、闭一眼装作不晓罢了。如果也像大白脸一样认钱惜物儿的面白心黑,发现小偷当场张扬,恐怕这一家人早在街面上没了面相。

在丢粮这件事上,队长非要搞个水落石出,也是为饥饿的人们出口气,只有把大贼挖出来,才能向众人有个交代。

当地上的豆粒儿不远一个,不远一个,断断续续引导人们向肖家大院胡同里走来时,人们不免全都屏住了呼吸。

胡同的头一家是七宝红家,平分后住在七宝红家大北屋的香妮子三哥家的门口上干干净净,而有几颗显眼的豆粒儿清清楚楚拐弯儿亮在了西屋老蘑菇家门口上。

这突如其来的变故出乎所有人意料。人们不约而同更加气愤,故意把老地主七宝红和地主婆子老蘑菇拉到街上,意是叫他们指出真正贼人把黄豆贼到了哪?

老蘑菇天生嘴笨,跪在街心低头唔唔嘟嘟半晌说不囫囵一句话:我、我,几时学过偷物件儿哩?要不,往俺家搜,有半个黄豆就是我偷。愿意叫人们往她家搜出个清白。

七宝红也很生气,明知人们扯上他家是为了让举报香妮子三哥,却闭嘴锁舌跪地发呆,死活不肯吭声。

生产队队长等不耐烦了,带上人在七妯娌家翻箱倒柜彻底搜查,结果,自然是一无所获。

街人心知肚明,香妮子三哥那疙羔子听说了人们顺路搜豆子,来不及躲闪,顺手把自家门口的豆子捏向对过,把视线引向了西屋门口。这是明显栽赃,叫谁也说冤枉。

老蘑菇心里窝气吐不出来,跪地回来天天关在屋里不见天日。

过了五六天,也不晓老蘑菇从哪拾来了胆子,一早起来就站在自家房顶上,破开嗓门儿大声骂街:谁偷了队里的黄豆,一家子不得好死——! 谁吃了那贼豆,老天爷叫他一家老小得噎嗝,断子绝孙——!

香妮子三哥气势汹汹跑到房上,揪住地主婆一阵拳打脚踢。房上、街上顿时安生一会儿。

过不到半袋烟工夫,人们又听到老蘑菇在房上破口大骂,声嘶力竭骂得更狠更脏。

第七天黑夜,老蘑菇在房上整骂了一宿,天亮后,生产队长派来数条大汉把她从房上拉拽下来。三条大汉根本按不住,五条大汉一人按一只胳膊按一条腿,再一人按住脑袋才能把她降住。头被按住了,老蘑菇还在咬牙切齿歪着脑袋吐唾沫伤人。

老蘑菇疯了,见人咬牙切齿,谁见了谁绕开她走路。有气的是,七宝红一直装聋作哑不吭声,就像老蘑菇不是他的家人一样,阴着老脸不见声色。

香妮子三哥受不了疯人昼夜吵骂,找人把两家小院隔墙分开。小窄院里任物儿也堆放不下,进进出出要多堵心有多堵心。

老蘑菇一辈子就有一回生养,宝贝闺女出落得要多齐整有多齐整,就因为出身低下,亲娘疯后,先是在改亮家住了俩月,冬天就嫁进了东关的眼子家。

眼子那瞎大脑袋天生就不会正眼瞅人,斜着秃脑壳,歪着粗脖梗,走路左右晃荡,吃熬菜时,分不清是鼻涕还是碗里的粉条被箸子挑起来,一连齐着往嘴里抹,恶心得半道街上老娘儿们臭摆他腌臜。

就是这么个城里有名的脏人,因为队里丢了豆子,轻而易举娶了个如花似玉的大闺女!

度过"瓜菜代"的第二年夏末,五宝红一家从西安迁回老家来,说是城市有工作的不如乡下能吃上饭,就在队里牲口棚一边搭了个草屋住下了。

当年秋初,溏沱河发大水,洪流顺城北大堤滚滚向东,气势磅礴的河面足有十里之宽。河中凡是能漂在水上的物件应有尽有,庄稼、菜梗、大树、木箱之类的浮物让人眼花缭乱。

五妯娌黑老包听说河里漂了不少好物件,吃晌饭的工夫里向大儿子肖功为嘟囔说:咱家回来连个住处都没有,河里那木头捞上来就是白得。言外之意愿意叫儿子捞些置家有用的物件回来。

肖功为自小水性就好,每逢过河,必早上岸。当他带着娘的心愿赶到河边,见到河里漂着一根足有一丈多长的大木梁时,不顾旁人说劝,脱衣就飞身跳进水里。

壮小伙水性果然超群,随洪水顺势而下,转眼工夫就将大木梁追擒到手,并起起伏伏随之漂流。

岸上人们无不称奇,都为肖功为过人的水性叫好。可是,木梁太大,一人只能抱住顺游,无论如何也拖不近岸边。

只见水流此起彼伏把人越打越远,岸上开始有人向河心慌张大叫,要他赶紧放下木头往回游。也不晓是那傻孩儿听不真,还是舍不得那抱住的有用物件,大水把人越冲越远……

不少人在河堤上连喊带追地随水东奔,跑出数里地之后,河里的人头一起一伏越来越小,最后时隐时现,慢慢任物儿看不见了……

一天两天过去了,十天半月过去了,孩子没见回来!

　　黑老包先是急火攻心地求人们沿途追找，后来见找人无望，便整天大脚小盘地坐在家里呼天抢地痛哭起来，嘴里还在不住地责骂自己：我真是财迷心窍，害了孩儿呀……我好糊涂……凄婉断肠的哭声撕人心肺、刺人髓骨，整天整宿的哭唤使人很快哭尽了心力。

　　黑老包死了，任病没得就死在了家里。那渐渐无力的凄婉哭声，如同河床上空孤雁落难时的悲鸣，让人无法忘怀难以回望的凄怆景象……

　　紧接着过后就开始了"四清"运动，生产队要再一次评定阶级成分。

　　平分土地那年，因为改亮奶奶交不出来梳妆匣子，她家被评为大地主。这一回，人们又翻出宝匣的事端，说是光那匣里的物件评她大地主也不冤枉。改亮奶奶纵然浑身是嘴也表白不清，她一再解释说：那匣里物件打早就埋在了当街大门口上，对天发誓也没骗过谁。我言白过多少遍了，谁愿意挖谁挖，谁挖出来谁拿走，咱保准不拦着。你挖找不出来，只能怨你手脚笨，怨不着谁哩！

　　人们就愤怒指责她胡编乱造，不交宝物是成心与贫下中农作对，就得定成地主成分，并给她罪加一等，戴上地主分子帽子，要她接受劳动管制改造。

　　改亮娘就在家里反复劝导婆婆尽快把宝物交出来，省得招惹麻烦。改亮奶奶笑着说：你们一个个都说得跟真事儿一样，言白那物件金贵，可谁见过哩？谁也没见过的物件，靠猜忌也能给人定罪啊？评成我大地主，那宝贝物件就评出来啦？一个个又不视宝，又瞎心盲目地找不见，还想唬我呢，说到天边上也怨不着我哩。谁愿挖谁挖，我就是不交。那是俺爹娘叫传给后人的宝贝，我还给俺子孙后代留传授呢！

　　改亮娘说：娘啊，甭再守着那点主意，交了吧，存着也没用。这如今卖个废纸、破布都得到废品站验收，咱就是挖出来，也到街上花不出去。退一步说，就算那宝物咱不交，也不能认下大地主啊。

给咱戴帽子,凭哪一条政策?不是说当年我公爹抽大烟把家抽败了吗?甭说是按新中国成立前三年自有家产定成分,就是按日本人打进来时期计算,那时候咱也倾家荡产了,咋能算是地主哩?

改亮奶奶说:你就是愿意跟自个较真儿。这是你说了算数的事不?说冤枉就冤枉,说不冤枉,也不冤枉。当年你公公丢下那60亩好地分给各家种,能说清算成谁家哩?分单上又没改名。再说,日本人打来那年,我公婆逃走后,留下那么多商铺叫咱收租,那该算成谁家的呢?说不清楚!戴就戴吧,那又不是看得见摸得着的压身物件,你要说有大帽子,就有,你要不往心里装,那帽子在哪呢?还不是自个儿做主的事儿呀。咱该咋过咋过,别叫那没影的物件压住心肠,不往心里装,任事儿没有。自当没有它。她劝说改亮娘并不着急,慢嘴慢舌嘟囔说,人家叫我扫街、下地劳动改造,我心眼儿里愿意。我从小就窝在家里不受委屈,弱不禁风连个铁锨都拿不动。如今多干点力气活儿,为乡亲们扫干净街面,又不是干缺理的坏事儿,不丢人,不吃亏哩。他们想咋整,就咋整吧,不叫咱去偷、去抢,都是为乡亲们干好事,咱愿意哩。

改亮奶奶反复唠叨改亮娘,一再劝说儿媳不要着急,还说人家穷人祖辈受苦,早就该换换日子了,整整人,出出气,也算是气派着活过一回。劝儿媳不要再找生产队理论。

改亮娘说:娘啊,我看你就是一辈子窝囊。嘴上那么说,轮到谁头上也是别扭。定成分得讲政策,不能像揪面团儿一样,捏成啥样算啥样。

改亮奶奶说:你看你,傻钻牛角尖,咋就不明事理哩?哪朝哪代不分等级?咋你就非得占个上风,不能过个下等日子哩?甭急,日头早晨起来,黑天落下,工夫家家一样长,咱比谁家也没短过半会儿;多少年的日子都是甜了苦,苦了甜,下头过到上头,上头回到下头,老天爷准会叫你轮换着过。甭急,急火伤身。干活儿吧,心也静,身子骨也硬朗,咱愿意哩。

她家地主成分没经任何申辩,一连三榜没有变过。改亮奶奶是东门里家喻户晓的大地主婆,且半个城里还在一直传说着她有个从娘家带来的银边金角的梳妆匣,那匣里装着稀世珍宝,谁也猜测不透端底,最终也没听说谁找到了下落。

七

改亮奶奶最苦的日子是在文化大革命初期,比平分时期被赶出家门那年还遭罪。她除了每天扫街、下地、到大队部接受训话,还时常被学生们带进学校,跟着老师们上台陪斗,之后还要老实交代宝匣的下落,讲过去怎么盘剥穷人。

改亮奶奶挨斗态度特别诚恳,站在台上实话实说,也不往台下乱看,也不管效果如何,一本正经地往外拾掇自家的老底子:我打早就说过,匣里的物件就埋在了俺家门口地下,也不晓人们挖找了多少遍;俺婆家这头并不比娘家那头日子好过,俺娘家才是有大钱哩,光是拳大的元宝就有三间壁墙;俺仁舅舅在天津做大买卖,光金条就有多少箱……

话音未落,台下打倒地主老财的喊声立刻连成一片,口号声当即湮没了回答声。

面对台下黑压压人头,改亮奶奶不慌张,也不管人们听清听不清,自管自言自语低头磨叨:没有翡翠玉石、珍珠玛瑙,没有金条元宝、钻石银锭,咋能算是有钱人家呢?俺孩儿他爹抽大烟,把个好端端家业抽糟了,要不是后来也不会受那样的穷罪……

每次挨斗回来,改亮娘都叫婆婆在炕上躺歇一会儿。

改亮奶奶躺过缓缓神儿,想说的话依然往外拾掇:俺娘家给钱供俺花项,那是娘家底子厚,不能算成婆家的罪过。咱在娘家婆家都对乡亲们看得亲,自个儿活一个心里踏实。你甭替娘想不开,娘心里有数,一辈子跟谁也没结过怨,啥样帽子也戴不到心上。谁想叫娘急火上心才算是选错了人。娘的主意正着哩,自个儿不往心里装,几时也不会受压。你说是不?躺一会儿缓上来劲头,又坐起来磨叨,娘也六十开外的人了,挨斗在台上站半天,还不如往地里干半天活儿筋骨舒展。陪他们喊叫半天也长不出来庄稼,该拔草还得拔草,该间苗还得间苗,耽误了工夫,老天爷不会替咱庄稼人把地里的工夫补回来。

改亮奶奶对上台挨斗并没放在心上,倒是对地里野草疯长而没工夫去拔有点心疼。

最叫改亮奶奶好笑的是,借着县政府和城关公社没人管事的当口,有人又把宝匣的事端翻倒出来,让她头戴高帽子,站在自家大门口指认埋宝位置。

改亮奶奶一手扶着晃悠悠的高帽,一手指着门口下头说:平分那年我就说过多少回,嫁来的当天黑夜就叫大丫环把宝物埋这了,你们谁也不往耳朵里装。那天黑灯瞎火的人来人往,到如今这么多年,也不晓人们挖找了多少遍,谁都比我心里惦得实在。对谁我也不偏向,愿挖就还挖,谁挖走了我也不心疼。

人们就又不管不顾地撸胳膊挽袖子一阵子狂挖,最终依然是一无所获。

自打记事,改亮就见奶奶款着小脚下地干活儿,热天跪在地里锄草间苗,回来路上从不空手,要么拾起来路上的花秸、豆秸、玉米秸子夹在怀上,要么拔回来猪草、野菜或捡起小树枝子、秫秸叶子捆绑成捆拽在背上,反正是回家烧火、喂猪有用的物件,她都不肯让糟蹋在地间。她那身四季不离身的老式斜襟灰白褂子,多年洗了穿,穿了洗,从没见换过别的式样。

改亮始终不明白,当街他家斜对过的香妮子娘就与他奶奶行动上不一样,那老婆子动不动就与四邻五舍吵包子打架,有个屁事也要疯到房上又腰伸臂地扯嗓门儿骂街。

香妮子家院子并不大,柴草、鸡粪处处碍脚,香妮子娘却在脏院里养了几只会生养的老母鸡。鸡群里有只大洋鸡。柴鸡们在院里刨食下蛋,安分守己,唯独大白洋鸡到处野脚。先前,大白洋鸡下蛋又大又勤,为穷家日子立下大功。自打春里下过一场雨,大洋鸡疯癫起来,翻过街墙,穿过胡同,天天往东院二百五家的新宅子那头跑,气得香妮子娘差点犯下老病。

后来,香妮子娘一早放鸡出窝时,抠抠鸡屁股带硬壳,就拿竹篓把它扣下。大洋鸡被扣一天放出来,临黑该钻窝了,还是野到二百五家把蛋下了才回来。

月余里,二百五娘走在街上若无其事地大脚过路,从来也不看香妮子娘那愠怒脸色,自管挺着腰杆直走。香妮子娘心里就骂:黑心老妖,吃了我家鸡蛋装糊涂,连个响屁也不敢放。那野蛋自当喂了没良心的母狗!骂过,还是觉得吃亏,心里像压了块砖头喘不过气来。

这天,天刚麻麻黑,香妮子家几个光棍儿围拢地桌坐定后,当娘的把干粮往桌上一跺,生气说:咱那洋鸡连着往她老妖家野了那么多蛋,今儿黑夜想给你们打碗鸡蛋汤,连个蛋皮都没有,我心堵!怒指二百五家那边咬牙说,叫她个黑心窝的安生煮咱家鸡蛋吃呀,呕她!我呕她!气哼哼扔下干粮站起来朝房梯上走。

香妮子娘又像以往一样要站到房上骂街了,至于站得高,传得远,炊烟笼罩不会被人瞧准模样的好处,她倒没有多想,而在上房之前早把骂街调子揣在了怀底:她个黑心窝的老不要脸,偷吃了俺家鸡蛋不得好死——长烂疮——生下后人没屁眼儿——!气呼呼爬上房来。刚站稳,刚想扩展嗓门儿使向高潮,忽见东院二百五家厨房门口升起浓烟,细一瞅,火苗早已跃起,火与烟混咬着往房顶上蹿……香妮子娘心颤了,慌张了。瞬间后悔自己不该爬上房来。可她上来了,瞅见了,四下里还确实无人!她立刻出乱了舌头,本能地喊走了声调:着火啦——着火啦——快来救火呀——!骂街声转成了呼救声,火气变成了急劲。

邻居们纷纷奔出来,连她家的小痞子们都跟着跑了去。不等有人发问,香妮子娘在房上焦急地指指点点:在那,二百五家新宅子厨房门口!——那,那!像个指挥官,居高临下发号施令。

众人齐心协力奋勇扑打,火舌很快被扑灭了,一场大灾幸免于难。

香妮子娘垂头丧气地下房来，还没等老婆子学舌，早被香妮子一顿指鼻子数念：我说我娘这算演得哪一出好戏，叫她个老不死把鸡蛋吃喽还不算，还得帮她家上房喊人灭火。我娘才是天下大善人哩！

香妮子娘气得肚子一鼓一胀，老长工夫喘不上气来。老婆子生气不吱声，手掌蹭了蹭嘴角，心里憋闷得更加难受，不一会儿工夫，口吐白沫，四肢痉挛。待几个光棍儿爷抬着老娘往医院奔时，人已在半路上死挺了身子。

至此，二百五家又返回头来整死了香妮子家一口，只不过二百五爹是被香妮子家小痞子为银子打死，香妮子娘是被二百五娘为鸡蛋气死，两家都是为找不见的物件结下的怨恨，成年累月吵吵打打便成了东门里路人皆知的家常便饭。

香妮子娘一死，除了蹲大狱的俩哥哥有吃有住以外，剩下的三条光棍儿连个在家做饭的女人都没有。

改亮奶奶见这一家人过得可怜，叫改亮娘赶紧给他弟兄们张罗个媳妇。

改亮娘撅嘴说：看我娘说得轻巧不？谁不晓那是咋样一户人家？昨儿个头晌，香妮子还在街上向大伙打赌，指着咱街牲口圈门口的大粪坑子说，谁要敢给我一瓶子烧酒，一只烧鸡，我跳进粪坑里扎个不露头叫大伙儿看。吓得周围没人言声。

街上无人不晓，莫说一斤烧酒一只鸡，就是半斤烧酒半只鸡，那傻物件也敢往里跳。谁愿意嫁进这么个脏臭人家呢？

改亮娘接着说：咋张罗？一家痞子几时有过正型？再说，他家挑头来拆咱房，挖咱金……

改亮奶奶打断说：别说那不着调的话！他拆，他挖，他家日子比人家殷实了？咱可不能成天惦着那点压心的物件。你见这世上谁在物儿上安生活过？可不能那样活着，为物儿记仇不值当。

说归说，念归念，不多时日，改亮娘还真为香妮子张罗上一个拐媳妇。

那小媳妇个小,肩斜,唯一的本事能说会道。娘家人听说香妮子家底子薄,直肠子对改亮娘说:亲事应下归应下,屋里摆设要不齐全,亲事不能算妥。也不抬眼皮。

改亮娘就回来与痞子们商量。

香妮子说:那还不好说啊,谁家娶起媳妇齐全不上摆设儿?叫她家放心,一万个要求也能答应。

亲事就算定妥了。

定过亲,接着香妮子家又翻盖了新房,院里屋里柜里匣里摆设的物件比原先答应得还齐全,拐闺女很快嫁了过来。

月刚满,香妮子家的摆设儿明显见少。

拐新娘疑心盘问香妮子:屋里物件咋少了?

香妮子垂下脑壳不言声。

物件哩,屋里物件哩?拐媳妇疑神疑鬼大声盘问,要香妮子从实招供。

香妮子硬着头皮回说道:卖啦。你不在家工夫里拉出去卖啦。

咋说卖就卖了?也不和我吱一声,为哪个去卖?

不为哪个。

我问你为哪个去卖那物件们?!拐媳妇有些生气,声音愈发洪亮。

香妮子阴脸回说道:是为钱呗。还债,为还债钱!

拐媳妇又问:哪的债,哪来的债?

香妮子实话实说借的债,并强硬说反正没抽没赌。

拐媳妇又问:几时说过背了债,咋我不晓?硬逼香妮子照实多说。

香妮子乌脸儿回答说:甭逼。看不见盖了新屋又娶亲?上哪再弄钱讲摆设?

拐媳妇说:那你早不吭声,一家子连个屁也不放!

香妮子说:早吭声,谁还嫁我?

拐媳妇就哭出了声,双手掩面说:受用了我,坑害我呀……伤痛得大放悲声。

香妮子梗脖子粗声说:谁吭谁天地良心。债头尽了期,不卖物件卖你呀?你又不能当物儿卖!要过过,不过散!不耐烦走开了。

拐媳妇能说会道的本事也不晓贼到了哪,气得斜肩更斜,直到捏着鼻子还完债,又苦干了一年,家里摆设也还没齐全。

紧巴日子有紧巴的过法儿,拐媳妇走路不稳当,行动也不稳当,进了香妮子家没两年,那一家腿长手短的痞子传授早染进了骨子里。黑夜饭后,她找改亮娘串门聊天,临走把院里的大瓦盆捎在了手上。

第二天,改亮娘去香妮子家借筛子,进门见自家的大盆在他家房夹道里靠着,随口问:他婶子,我说俺家那大盆哪也找不见哩,闹了半晌跑你家串门儿来了! 我瞅瞅,看这盆上长了腿脚不?咯咯笑。

拐媳妇先是一怔,随后破口大骂:他个香妮子万人操哩,一家子没一个正经物件!嫁来他家算是倒了血霉。骂过,又觉得说给媒人不对味儿,转转眼珠又忙说,咳呀,想起来了,我从王蛋儿大娘那借过来洗布袋……那啥……话没完,正巧三妯娌王蛋儿蔫无声走了进来。拐媳妇支支吾吾瞪眼珠子没了下文。

王蛋儿不偏不倚听了个真,哭丧着皱脸毫不客气说:我说香妮子家,烂鸡巴脏嘴瞎污秽谁呢?我可听见了。

拐媳妇见是傻王蛋儿一人走来,松一口气,随机应变道:正说哩,三大娘,这不是刚从你家借来的大盆呀?你瞅瞅,这大盆是从你家借来的不?

王蛋儿一听就火了,大骂道:脏鸡巴娘儿们往谁身上泼赃呢,谁拿她家大盆了,谁拿了?

拐媳妇赶紧说:你拿来呗。三大娘,你可不能冤枉好人。这大盆刚从你家借来,你可不能不认账。死口咬定就是从王蛋儿手里借的物件。

　　王蛋儿生气着急辩不来清白,混身哆嗦着左看右看不知如何是好。她正要往拐媳妇跟前冲,见拐媳妇手提水桶往井台上走,似乎得到了什么启示。只见她往前猛跑了几步,犹豫都没犹豫便一头扎进了井里。当人们天下大乱捞出来三妯娌时,傻人早已命归了西天!

　　这不是祸从天降吗?改亮娘和拐媳妇早已呆在一边傻了眼,谁也没想到会出下这么大乱子。其实,王蛋儿为大盆跳井只是个由头,真正原因是她听说三宝红得了绝症要住医院,而队里又刚刚公布她家当年根本分不上红,意味着她家手里分文没有。

　　傻王蛋儿死了,从井里捞出来还咬牙瞪眼。

　　傻王蛋儿还没殡殓,街人还没过多说谁委屈,拐媳妇却不依不饶对香妮子又吵又打,要死要活也不做饭了。

　　香妮子低声下气地求媳妇别生气,之后,亲自跑到三宝红家向三宝红磕头认错赔了钱,事端才算平息下来。

　　光阴荏苒,转眼到了改革开放平反昭雪的年月。街头巷尾议论改亮奶奶的地主帽子被摘,保不定是把宝匣献给了县政府,要不也不会这么快就不再到大队受训,也不再出屋扫街,县里还专门派人为东门里发来了通知,说是在建立县志过程中,彻查了肖家历史,除了把四宝红和高腿儿骡子载入县志外,还彻底为改亮家平了反,由现在的地主成分改为贫农成分。

　　一纸平反书很快让改亮说上了媳妇,改亮妹妹也嫁了个整在人家。

　　改亮娘感慨说:娘啊,说个平反就算把咱打发了?咱挨整遭罪了几十年,咋说也得有个赔礼,不能就这么算了吧?

　　改亮奶奶笑笑说:你这点芝麻见识也不怕外人笑话。你嫁来咱肖家这多年,几时见我挨整受压来?我说过多少遍,戴那帽子是他们的事,我可没往心上挂过。我不往心里装,谁也压迫不着我。娘有个好身子,金山银山也不换哩。说得一家人都乐了。

这之后,改亮叔叔退休回来翻盖了新房。改亮奶奶在俩孩儿家轮流吃住。改亮娘说:咱过了大半辈子才过上了想过的好日子,总算安生了,好日子还在后头哩。

改亮奶奶又笑着说:尽说棒槌话。哪天不是好日子了?日子由你挑,好赖一天都是日子。不是外人不叫你好着过,是你自个儿不叫自个儿好着过。钱财多了就叫好日子了?吃又吃不完,花又花不净,带又带不走,不就是心里多装个数儿啊,那不叫好日子哩。官儿没了,人在。物儿没了,自当咱没有过。你说,哪样的日子才算是好日子哩?娘给你说,家里没病人,外头没官司。说得一家人又都乐了。

<h1 style="text-align:center">八</h1>

改革开放 30 周年,正好赶上改亮奶奶百岁寿辰。

春末晴天里,湛蓝的天空万里无云。改亮在天津的二爷爷家的大伯、老舅舅家的大伯、西安八爷爷家的大伯,改亮奶奶在台湾的侄子、在香港的侄女、在北京的外甥,从全国各地全赶了过来,加上大宝红的儿孙,三宝红、五宝红的外孙,为老寿星前来祝寿的族人、亲里不下百十口子人。

改亮奶奶身穿大红绸子新夹袄,脚穿裹脚女人的绣花鞋,梳洗打扮得比出嫁那天还新鲜,并特意把亲手赶做的一百双老虎头鞋也摆在了寿场上。

如今的改亮家,已是四世同堂住上了小二楼。祝寿大宴家里摆不开,专门在县城的临河宾馆安排举行。祝寿仪式简朴大方,县志办公室和民政局专门来人,为老人颁发了寿星证书和补助金,长寿老人象征着当地社会的安宁和人民生活的祥和。

过完寿,老寿星当即把所有的老虎头鞋打发到了东门里有娃娃的各家。

外来亲戚走完后, 改亮在一个安静的黑天坐在奶奶床头上,又与奶奶提及那个多半个世纪以来,被整个城里人牵肠挂肚的珍宝匣子,愿意叫奶奶道来个实情。

改亮奶奶握住孙子双手说:真有哩。我爹我娘在我出嫁的头天黑夜,专门把我叫到里间屋,千叮咛,万嘱咐,一再说,到哪也要把宝物藏好。要我一辈子实心实意待人,在世上活来个实在,别的都不重要,不要把钱财装在心上去跟自个儿找麻烦。他们说,只有实心实意做人能传授给后人、把日子过长远。你奶活来这把年纪,不光沾了那匣的光,还沾了多年出地、扫街的好处。奶要是整天叫大丫环、二丫环伺候着大门不出,二门不迈,成年累月不出个力气,说到哪也活不到今儿个哩。

改亮听后心中暗喜,但又有些纳闷儿,笑问奶奶宝物价值多大?

奶奶笑着说:既是宝物,哪能不值钱哩?抵过万贯家财!谁拿金山银山我都不换呢。你想想,人活在世,再珍贵的宝物也抵不过命大。咱的物件儿不都在自个儿身上带着啦?没了身,这金那银再多也没了干系。财物上没了还能挣,少了还能多,可你得记住我爹说过的这句话,财少了是日子,财多了,横竖是个祸害。你往四下里找找,咱这街上谁活过我了?他们活不过我,都是舍不得自个儿手里那点物件儿!舍了物儿,轻了身,生了寿,这叫一报一还。咱这宝贝叫我心轻着活了百年,你说能值多少钱?谁拿多少钱能买来个百年人寿呢?宝物就在门口下藏着哩。笑说得十分心悦。

改亮更加纳闷儿,又为奶奶的宝物尚未丢失而万分欣喜,得意问:咋我奶那大本事哩?埋下的物件都快上百年了,谁也找不见。那宝真就埋在咱家街门口了?

改亮奶奶说:这能有假?这哪是你奶有本事哩?自打平分那年,人们就在咱家门口刨哇找哇,多少人把它挖出来又埋上,埋上又挖出来,奶就看着他们一个个心急火燎地叫人好笑。你说你翻找那金子银子累不?金子银子非得归了自个儿才舒坦呀?我爹我娘就不叫我像他们那样累心活着,给我在匣里装的比金子银珍贵多了。

改亮急问:孙子能晓不?

改亮奶奶笑着说:能晓,能晓。我早就说过,过了百岁就给儿孙们传授下去,把那宝物挖出来给你们都看看,也好让我闭眼上路有个安生。

改亮着急问:在哪埋着呢,怎么谁也没能挖走?

改亮奶奶说:我不是言白几十年了?明里暗着都说过,那宝物就在咱家大门口下埋着,多少人刨找我都心里有数。傻物件们一个个都不识货,谁也没认出来过。我有好几回都亲眼见到过那宝物还安在哩。说着,笑向改亮指指说,赶明儿叫上你爹你娘和你叔一家子,叫上你媳妇和你弟、妹一家子,咱大伙都往门口去瞅瞅那宝贝物件。

第二天前晌,火阳已经高过树梢,朗朗晴天上又像谁家娘儿们糊了块新尿布一样,把个清澈鲜透的阔天世界映衬得哪都舒展大方。改亮奶奶在改亮的搀扶下,一拧一款地又来到旧家街门口。

如今东门里的整个街上并没多大变化,人们都在城外闲地上盖楼建房,城里的旧宅子在规划上依然保留着原样。

改亮奶奶在旧家的街门口上指着门边的石台儿说:挖吧,就在这一边埋着。说过,叫改亮亲自动手去挖。

此刻,街上并无他人,只是偶尔有人路过,没人在意去多眼停留。挖着挖着,改亮挖出来一块拳头大的鹅卵一样的白中掺黄的石头,把石头搬向一边接着往下挖。

改亮奶奶拍手笑着说:甭挖啦,挖着啦。你们都好好瞅瞅这宝贝物件。

改亮爹、娘、叔、婶一干全家老小,全瞪眼惊视老人的手指处——手指处,除了那块粗糙的鹅卵一样的黄白色大石头外,并无他物。

改亮奶奶笑着说:这就是那宝贝物件。你们还要往哪找呢?我爹我娘当年就是在我出嫁路上,从城北河里给我捞了这块石头装在了匣里。

改亮全家人都不言语,目光呆滞大失所望。

改亮奶奶说:我嫁来咱肖家的当天黑夜,就在后院里把那人人上心的梳妆匣子砸砸烧了,匣里的石头就埋在了咱家大门口石台儿下。

后　记

　　又一本集子出版,我依然认为自己处在写作的摸索中,关于小说创作还有进一步提高的很大空间。已是写了多年小说,从学写到发表,干熬了七年时间!漫长七年的前五年没向任何人讨教过,完全一意孤行地光棍儿解闷儿,到了第五年,实在"光棍儿"不下去了,找到了时任《天津文学》的主编张少敏老师,他反复讲,小说是写人的,我这才成了有头苍蝇。可当时很是想不通,人和事怎能分得开呢?没事能有情节吗?没情节能叫小说吗?人和事怎样才能写在一起呢?这种想法,一直在后来的写作中搅扰了多年。虽然一直努力写人,但有的是写人,有的是写事,有的诠释立意,有的张扬主题思想或道明个哲理,许多作品也发表了,甚至还有获了奖的,终归没有把握好小说创作的核心所在。再后来,《人民文学》主编李敬泽老师来天津讲课,记忆犹新地又听到小说是写人的,至此我才对小说的写人有了深层理解,回过头来再查看自己已发表的作品,严格说来,有的还真不能叫小说!尤其是最近又受到《当代小说》主编刘照如老师的指教,小说是写人性的,使我茅塞顿开。这使我对自己的创作有些沮丧,也有些懊恼,借助于今天集子的出版,还想在理解小说创作方面浅谈己见。

　　首先,把小说和故事区别开来应该有个界限。我也认为小说是在讲故事，但活灵活现的人物和生动曲折的故事不是一码事，人物才是小说可读的源泉。虽然人们对小说并没有多么严格的界定，但就小说而言，写好的前提，烂于心的应是人的秉性，而不是新奇的故事。比如，《二眼子》这篇小作，我通篇围绕着二眼子和他媳妇"这个人"，通过时间变化展现人物的心路历程，以期让人读后留下"人"的印象。小说和故事的区别在于小说的起笔和落脚点在人上，而故事的起笔和落脚点在事上。小说是通过生活场景，从意境中展现出人物的鲜明特征来，而不是概括者的说教或叙述。日常生活中，不曾见过任何一个相同之人，每人都有每人的特点。小说跃然在纸上的，也应该是这样的人，或虎狼蛇蝎，或慈眉善目，让人过目不忘、记忆犹新，并通过一系列的"事儿"去说明这个人，让人记住的是人，结论出来的也是人。如果通过人物活动说明了一个事，让人印象的是事，看过作品记住的也是事，那就是故事了。这只能是我个人的浅薄理解。

其次，把小说的"真"和"假"区别开来应该有个水准。既然都讲故事，为什么有人道出来娓娓动听，让人痴迷不悟、泪流满面，而有人道出来却强按葫芦不进水呢？这说明，把小说写"真"并非易事。现存真实和艺术真实是有区别的。艺术真实能否达到与现存真实"同真"的效果，是小说是否乱编一气的试金石。由于艺术真实高于生活，所以，初写小说难免陷入"人不够，事来凑"的泥潭，罗列千奇百怪的所谓新事往人物身上乱堆一气，以为这样就丰满了人物本身，其实，丰满出来的顶多是个花花绿绿的石膏模特。实质上，写小说念的并非此经，有的十多岁孩子就能写得非常精彩，这是为什么呢？是因为其开笔在了"人"上，心里想到的是人，下笔写的也是人。对于小说中的人来说，活了就是奇迹，有了真实活动及其空间，就"真"，就花香蜂来，而把稀奇古怪的事情集于一身，反倒不伦不类猫狗不分，让人说"假"，也就难免有睹无快了。所以说，小说不俗为奇，求奇为怪。我认为，把小说讲成故事，把故事写成小说，是让人看不下去的原因之一。再就是，写小说通常都是要编,但所编的故事应与人物相符。猪八戒是假,人们却信以为真,此人确实捡了钱,自己写出来却让人说是瞎编,这是为何?我认为,这与所写的人和事不符有关,至少是自己写出的捡钱内容逻辑推不出理来,加之从概念出发再平白直述、眉毛胡子一把抓,很难逃脱"假"的指说了,尤其是小小说,又短,容不得多嘴,过于复杂的情节再不提炼,很难不去说事儿,而短篇过多的说事儿连不上人的血肉,就不是小说了。

第三,把小说的长存和短现区别开来应该予以重视。大凡小说都要通过文字表达思想,文字的表述和文章的结构,能否给人以阅读享受,明显展示了作品的艺术功力和文学价值,也是长存和短现的关键所在。通常情形下,一部好的文学作品,艺术性和文学性是紧密相连的,许多名作之所以在文海中脱颖而出、在历史的长河中经久不衰,其艺术魅力功不可没。有的小说读后就扔了,有的小说百看不厌,这是艺术本身在作怪。我在这方面做得很不够,在短篇中企图用桌椅板凳或鸡鸭猪狗去偶尔对话的艺术手法,衬托人物更加接近主题,以期达到题目和内容相符,通过环境氛围来渲染和突出人物的形象,尚须大的提高。

俗话说,人要直,文要曲。让人读后没有想法的文章是失败的文章,小说的含蓄和故事的曲折不应混为一谈。比如说,题目就非常重要。如果开篇未读,早知结尾,或题目把内容全亮明了,那和通讯有什么区别呢?我认为,用叙述的方式把握好短小说比较难,闹不好就会翻进"故事"的阴沟里。因为篇幅小,站在局外一说事儿,转眼到头了。我认为微短小说在意境中展现生活画面更容易深刻人物,用出人意料的结尾升华主题,用鲜明的语言突出人物个性,从而弥补字少带来的结构缺陷,是明智的写作选择。

我的长作品写得少,把握不好通篇结构,同样犯有"局外说事儿"的毛病,有的作品很不深刻,是今后加以改进的所在。